낭인천하

무림낭객(武林浪客)

백야 新무협 판타지 소설

FANTASTIC ORIENTAL HEROES

낭인천하 1

백야 新무협 판타지 소설

초판 1쇄 찍은 날 § 2012년 12월 14일
초판 1쇄 펴낸 날 § 2012년 12월 21일

지은이 § 백야
펴낸이 § 서경석

편집부장 § 권태완
편집책임 § 박우진

펴낸곳 § 도서출판 청어람
등록번호 § 제1081-1-89호
등록일자 § 1999. 5. 31
어람번호 § 제2-2288호

주소 § 경기도 부천시 원미구 심곡2동 163-2 서경B/D 3F (우) 420-822
전화 § 032-656-4452 팩스 § 032-656-4453
http://www.chungeoram.com
E-mail § chungeorambook@daum.net

ⓒ 백야, 2012

ISBN 978-89-251-3104-7 04810
ISBN 978-89-251-3103-0 (세트)

浪人天下

1

낭인천하

무림낭객(武林浪客)

백야 新무협 판타지 소설

FANTASTIC ORIENTAL HEROES

도서출판 청람

浪人天下

낭인천하

白夜自序

1.

무협에는 몇 가지 불문율 같은 게 존재한다. 가령 여주인공은 안 된다라든가, 주인공이 처음부터 끝까지 무공을 펼칠 줄 모르면 안 된다라든가.

그런 불문율 중에 행동에 제약을 받는 주인공은 안 된다는 것도 있다. 수많은 무협의 주인공 중에서 팔이 잘렸거나 봉사이거나 혹은 벙어리라는 식의 육체적인 제한을 가진 주인공이 몇 되지 않는 까닭이 거기에 있다.

물론 제한이라고 해서 반드시 육체적인 제한만 있는 건 아니다. 마음의 제한, 행동의 제한 등등 어떻게든 주인공을 구속하고 속박시키는 '제한'들은 한시적이어야 하지 그게 영구적이 되어서는 결코 안 되는 것이다.

그래서 팔 없는 주인공이 나중에는 팔을 대신할 수 있는 무언가를 장착하고 한쪽 눈이 없을 때에는 눈보다 더 귀한 무언가를 그곳에 박아두기도 한다.

2.

이 글의 주인공에도 그의 행동을 구속하고 속박하는 제한들이 존재한다. 그것은 육체적인 제한이 아닌, 주인공의 정신을 속박하는 무언가다.

그렇게 자기 자신을 구속하는 제한을 언제까지 달고 있을지, 또 어떻게 속박에서 벗어나게 될지는 오직 주인공만이 알고 있을 것이다.

하지만 개인적으로는 무협의 불문율과는 달리, 그 속박과 구속이 영구적이었으면 좋겠다는 생각을 하고 있다. 무협의 주인공 또한 사람이고, 사람인 이상 결코 전지전능할 수가 없으므로.

사람인 까닭에 고뇌하고 번민하고 좌절하는 게 당연할 테고, 그러한 고민과 번뇌와 좌절을 뚫고 다시 우뚝 서야만 비로소 주인공이라 할 수 있을 테니까.

나는 그러한 주인공을 만나고 싶다. 손짓 하나에 수천 수만 명의 사람이 몰살을 당하거나 눈짓 한 번에 강호의 모든 미녀가 미쳐서 달려드는 식의 주인공이라면, 다른 무협에서 얼마든지 만날 수 있을 테니까.

〈무림오적(武林五賊)〉 시리즈의 세 번째 연작인 〈낭인천하(浪人天下)—무림낭객(武林浪客)〉의 주인공은 그렇게 해서 만들어졌다.

3.

이 글의 시대적 배경은 전작들 〈무림포두〉와 〈염왕—무림엽사〉의 배경과 다르지 않다. 또한 중국 역사나 지리와는 전혀 무관한, 새롭게 창조된 공간이라는 것도 부언해 두고 싶다.

이 글을 이해하기 위해서 전작들을 읽어야 하느냐고 묻는다면 전혀 그렇지 않다, 라고 대답할 수 있다. 무림포두와 염왕, 그리고 이 낭인천하는 〈무림오적〉이라는 커다란 틀 안에서 각자 서로 독립된 체계를 지니고 있다.

물론 각 작품들의 주인공들이 서로 얽히거나 사건들이 부딪치는 교집합이 있을 수는 있지만, 낭인천하 하나만으로도 오롯하게 하나의 완결성을 보여줄 수 있는 그런 이야기를 쓰고자 했고 또 그렇게 쓰는 중이다.

4.

늘 그렇지만 새로운 글의 시작은 언제나 좋은 술의 향기처럼 달콤하면서도 가슴 두근거리게 만드는 법이다. 그 기분을, 그 향기를, 지금 이 글을 읽는 당신 또한 느꼈으면 좋겠다.

독자 제위의 건승을 기원하며.

2012년 가을
백야자서(白夜自序)

서문(序文) 유주(幽州)

유주(幽州)는 황량한 곳이다.

끝없이 펼쳐진 갈색 빛깔의 황무지. 그 황무지 위를 떠도는 모래바람. 숨을 들이쉬면 입안 가득 텁텁한 느낌을 주는 공기.

옷자락 사이로 물처럼 스며드는 흙먼지. 한낮인데도 흐릿한 하늘과 불투명한 햇살. 말라 죽은 나무 몇 그루와 또 말라 죽어가는 나무들.

확실히 유주는 사람들이 살 만한 땅이 아니었다. 그래서였다, 유주에 도망자들이 많은 것은.

대륙의 땅이기는 하지만 중원에서 너무나도 멀리 떨어져

있는 곳. 누구 하나 그들의 땅이라고 생각하지 않는, 사람들의 기억에서 잊힌 땅. 살아가기에는 적당하지 않지만 적을 피해 몸을 숨기기에는 최적인 곳.

그곳이 바로 유주였다.

2.

늦은 여름, 흑은 가을의 초입.

아침저녁 나절에는 신선한 바람이 불어 제법 싸늘하게 느껴지기도 했지만 그래도 낮에는 아직도 무더운 열기가 아지랑이처럼 피어오르는 계절.

말 그대로 중원의 끝이자 변방의 시작이라 불리는 이곳에서도, 유명촌(幽冥村)은 유주의 끝자락에 자리 잡고 있었다.

황량한 벌판 너머 저 멀리 만리장성이 버티고 서 있는 산자락이 희미하게 보이는 유명촌. 도망자들의 천당이라고 알려진 이 유명촌의 경계로, 기이한 모습의 한 사내가 걸어왔다.

한줄기 메마른 사풍(砂風)이 회오리를 일으키며 지나간 직후의 일이었다.

第一章
유주의 밤은 낮보다 아름답다

하지만 유주에는 더 이상 귀신이 살지 않았다.

유령들과 귀신들이 사는 곳이라고 경원 당했던 이 저주의 땅에 언젠가부터 사람들이 모여들기 시작했고, 그들은 황무지를 터전 삼아 자신들의 마을을 세웠다.

그러나 여전히 세상 사람들은 유주를 외면했다.

귀신이 사는 곳, 유주. 지금 그곳은 귀신보다 더 지독한 도망자와 낭인들이 살아가는 땅이었다.

1. 이방인(異邦人)

삐거덕거리는 소리와 함께 문이 열렸다. 한 움큼의 모래바람이 낯선 사내와 함께 안으로 들이닥쳤다.

유랑객잔(流浪客棧)의 손님들은 그 사내가 문을 열고 들어설 때부터 창가 쪽 자리에 앉을 때까지, 그리고 그가 주문한 국수 두 그릇과 양젖 한 동이가 나올 때까지, 단 한 번도 시선을 떼지 않고 지켜보았다.

사실 유주를 떠돌아다니는 사람 중에는 별의별 사람이 다 있었다. 적의 이목을 피하기 위해서 사내로 변장한 여인은 물론이고 여장남자도 있었다.

심지어는 음양인(陰陽人)도 있었고 가끔은 어린아이처럼

생긴 늙은이도, 내일 모레 죽을 듯한 노인처럼 생긴 꼬마도 있었다.

굴곡 심한 삶을 살아가는 유주의 사람들답게 유랑객잔의 손님들이 보고 들은 것은 절대 평범할 수가 없었다. 그러니 웬만큼 특별하고 기이하지 않는 한 결코 그들의 시선을 붙잡아둘 수가 없었다.

하지만 창가에 앉은 사내의 모습은 의외로 너무나 평범한 외양이었다.

오랫동안 제대로 씻지 않은 얼굴과 헝클어진 머리카락, 그리고 허리춤에 매달려 있는 검 한 자루. 이곳 유주뿐만 아니라 강호 어디에서고 쉽게 만날 수 있는 전형적인 낭인(浪人)의 모습이었다.

너무나도 평범한 사내.

유랑객잔의 손님들이 그런 평범하기 그지없는 사내에게서 눈을 떼지 못하고 있는 까닭은 사실 그 사내에게 있지 않았다.

사내와 함께 객잔으로 들어와 지금 그의 곁에 앉아 있는 일고여덟 살가량의 사내아이, 그리고 사내가 바닥에 내려둔 커다란 광주리 안에서 바동거리고 있는 갓난아이가, 이곳 객잔에서 술을 마시고 있는 손님들의 시선을 붙잡고 있는 것이다.

조그만 사내아이는 서투른 젓가락질로 퉁퉁 분 국수를 열심히 먹고 있었고 광주리의 아기는 호리병으로 만든 젖병을 고사리 같은 손으로 익숙하게 잡은 채 양젖을 마시고 있었다.

확실히 그와 같은 광경은, 기이하고 희한한 일이 매일처럼 벌어지는 이곳 유주에서도 쉽게 구경할 수 없는 일이었다.

자신의 몸 하나조차 제대로 간수하기 벅찬 곳이 무림이었고 또한 유주였다. 그러니 서로에게 도움이 될 만한 동료가 아닌, 따로 돌보아야 할 사람들을 데리고 여행한다는 건 자살 행위와 마찬가지였다.

그런데 지금 저 사내는 돌보아야 할 일행을, 그것도 혼자서는 아무것도 할 수 없는 어린아이 두 명을 데리고 이 험한 유주 땅을 떠도는 것이다. 흥미있는 일이 아닐 수 없었다.

하지만 그것도 잠시, 객잔의 손님들은 다시 제 할 일들, 그러니까 먹고 마시고 떠드는 일에 집중하기 시작했다. 낯선 타인의 일에 깊은 관심을 보이기에는, 아무래도 그들의 정서는 유주의 땅처럼 잔뜩 메말라 있는 것이다.

언제 죽을지 모르는 목숨이었다. 살아 있을 때만이라도 본능에 충실해야 했다. 그것은 유주에서 살아가는 자들만이 지니는 삶의 진리라 할 수 있었다.

"많이 먹어라."

잠시 동안이나마 사람들의 시선을 붙잡아 두었던 사내는 먹다가 반쯤 남긴 국수를 사내아이 쪽으로 밀며 부드럽게 말했다.

"아빠는?"

사내아이의 말에 사내는 까칠까칠한 턱을 매만지며 빙긋 웃었다.

"속이 더부룩한 게 영 입맛이 없구나."

"하지만 아빠 며칠 전부터 제대로 먹지 않았잖아요?"

"속이 좋지 않아서 그런 게다. 그러니 아빠는 신경 쓰지 말고 마저 먹어라."

"정말 괜찮은 거죠?"

사내아이는 기쁜 듯 말하며 국수 그릇을 제 쪽으로 끌어당겼다. 일고여덟 살 정도로 보이는 나이와는 어울리지 않게 소년의 말투는 매우 또렷하고 정확했다.

소년이 두 그릇째의 국수를 맛있게 먹는 모습을 지켜보면서 사내는 연신 차를 마셨다.

차가 동이 날 무렵 눈치 빠른 주인이 얼른 새로운 찻주전자를 가져다주었다. 사내가 고맙다는 시늉을 하자 뚱뚱한 체구의 주인은 가볍게 어깨를 들썩거리며 아무것도 아니라는 표정을 지었다.

유주를 떠돌아다니는 사람치고 과연 돈이 넉넉한 자가 어디 있을까. 술을 마시기 위해 혹은 허기를 달래기 위해 이곳 유랑객잔에 들리는 사람들은 더더욱 그랬다.

아무리 유주가 황량한 곳이라 하더라도 찾아보면 그럴듯한 음식과 향기 좋은 술을 파는 객잔은 얼마든지 있었다. 유명촌만 봐도 그러했다.

유주에서도 변방에 위치한 유명촌, 그 유명촌의 초입로(初入路)에는 다섯 곳의 객잔이 약간의 거리를 두고 모여 있었다. 그중에서 가장 허름하고 지저분하며 음식 질이 떨어지는 곳이 바로 유랑객잔이었다.

유랑객잔에서 파는 기름기 둥둥 떠 있는 국밥이나 면이 퉁퉁 불어 있는 국수를 먹기 위해 이곳에 들린 사람이라면, 뒤져 보지 않아도 그 주머니 사정을 익히 짐작할 수가 있는 것이다.

사실 자식에게 한 그릇의 국수를 더 먹이고 자신의 허기진 배는 차로 달래는 사내에게, 차 한 주전자 더 가져다주는 것 정도는 그리 어려운 일이 아닐 수도 있었다. 그럼에도 불구하고 그 정도의 성의를 가진 주인은 많지 않았다.

객잔 주인의 살뜰한 마음 씀씀이는 사내의 우울했던 기분을 풀어주기에 충분했다. 그래서였을 게다, 찻주전자를 내려놓고 돌아서려는 뚱보 주인장에게 사내가 말을 건넨 것은.

"여섯 명의 사내와 한 명의 여인을 찾고 있소."

뺨이 터질 듯 살이 오른 뚱보 주인은 무표정한 얼굴로 사내를 돌아보았다. 사내는 주인장의 그 무심한 눈빛에 잠시 망설이다가 재차 입을 열었다.

"아마 보름에서 이십 일 전후로 이곳을 지나쳤을 거외다. 사내들의 차림새는 정확하게 모르지만 대부분 칼을 지녔을 것이오. 매우 날렵하고 가볍게 움직여서 그들이 움직이는 기척은······."

"모르오."

뚱보 주인은 무뚝뚝한 목소리로 사내의 설명을 단번에 잘랐다.

"이 바닥에서 장사를 하는 사람에게는 불문율이 몇 가지 있소. 그중 하나가 바로 남의 일에는 절대로 관심을 가지지 말라는 것이오."

맞는 말이다.

유주에서 살아가거나 떠도는 사람들 모두가 살인자였고 도망자였다. 혹은 그들을 추적하는 추격자이거나. 어쨌든 괜한 관심과 섣부른 호기심은 스스로의 명(命)을 재촉하는 일이 될 수 있었다.

"그렇구려. 미안하오."

사과하는 사내의 얼굴에 서늘한 기운이 스며들었다.

뚱보 주인은 여전히 무표정한 얼굴로 사내와 두 아이를 흘낏 보고는 뒤뚱거리며 자리를 뜨려 했다. 그때 사내가 다시 입을 열었다.

"미안하오만."

뚱보 주인은 나지막하게 한숨을 내쉬며 몸을 돌렸다. 사내는 이를 악문 표정으로 망설이다가 힘겹게 입을 열었다.

"일자리를 찾고 있소."

이번에는 의외라는 표정이 뚱보 주인의 얼굴을 스쳐 지나갔다. 사내는 머뭇거리며 말을 이었다.

"예까지 오는 동안 여비가 떨어져서…… . 어떤 일이라도 좋소. 이래 봬도 안 해본 일이 없으니까."

뚱보 주인은 세 겹이나 되는 턱을 매만지면서 잠시 사내의 아래위를 훑어보았다.

보통 키에 마른 체구의 창백한 낯빛을 한 사내였다. 얼굴을 뒤덮고 있는 흙먼지 아래로는 서른 전후의 제법 잘 생긴 용모가 숨어 있었다.

하지만 확실히 거칠고 힘든 일을 할 만한 모습은 아니었다. 어디에서고 흔히 볼 수 있는 패배자의 모습. 단지 사내의 허리에 매달린 검 한 자루만이 조금 특별해 보일 뿐이었다.

'검이라…….'

애당초 검은 떠도는 낭인의 무기로 어울리지 않았다. 검이란 원래 수련자의 무기였다, 낭인이 아닌. 모름지기 낭인은 칼이 어울리는 법이다. 단순하게 휘두르고 베고 내리치기에 적합한, 그러면서도 놀라운 타격과 살상력을 지닌 무기가 바로 칼이었으니까.

한동안 말없이 사내를 훑어보던 뚱보 주인은 고개를 저으며 말했다. 역시 무뚝뚝하기 그지없는 목소리였다.

"미안하지만 당신이 할 만한 일은 없는 것 같구려."

냉정한 음성이었다. 뚱보 주인은 그 말을 남기고는 곧바로 주방으로 들어갔다.

사내는 입술을 다문 채 창밖으로 시선을 돌렸다. 누런 빛깔의 황무지가 끝없이 펼쳐져 있었다. 잿빛 하늘이 낮게 드리운 게 곧 어둠이 내려앉을 것 같았다.

양젖은 먹던 아이는 어느새 낮게 드르렁거리며 코를 골며 잠을 자고 있었다. 광주리 안에는 헤진 담요가 있었는데, 잠든 아이는 고사리 같은 두 손으로 그것을 꼭 쥐고 있었다.

한편 두 번째 국수 국물까지 맛있게 비운 소년은 지저분한 소매로 입을 훔치고는 만족스럽다는 표정을 지으며 젓가락을 내려놓았다.

"다 먹었으면 가자."

사내의 말에 소년은 저도 모르게 창밖을 쳐다보았다. 우중충한 날씨. 구름에 가려 해는 보이지 않았지만 곧 날이 저물거라는 건 이 꼬마아이도 충분히 알 수 있었다.

소년은 재빨리 광주리 안의 아이를 돌아보며 난처한 표정을 지었다.

"아창(阿昌)이 막 잠들었는데요."

소년의 얼굴에는 어린 동생이 깰 때까지 이곳에 머물렀으면 좋겠다는 표정이 역력했다. 사내는 냉정하게 고개를 저었다.

"언제 깰지 모르지 않느냐?"

"그래도 자다가 깨면 엄청 울 텐데."

소년의 말에 사내의 얼굴이 살짝 찌푸려졌다.

지금 소년은 좀 더 쉬고 싶어서 동생 핑계를 대고 있었다. 아무래도 저 모래바람 휘몰아치는 황무지를 걸어야만 하는 게, 또 그곳에서 야숙(野宿)을 해야 하는 것이 영 내키지 않는 모양이었다.

무리는 아니었다. 또래에 비해 똑똑하고 침착해 보이기는 했지만 그래도 이 소년은 아직 여덟 살에 불과했다.

집을 떠나 힘든 여행을 시작한 지 보름, 그리고 이 거친 황무지를 헤맨 지도 벌써 닷새째였다. 그러니 이 지저분하고 볼품없는 유랑객잔마저 천당처럼 느껴지는 게 당연한 것이다.

거기까지 생각한 사내는 찡그렸던 인상을 폈다. 그리고 고개를 숙여 소년의 눈가에 시선을 맞추고는 부드러운 목소리로 말했다.

"아호(阿虎)야. 그렇게 힘들면 차라리 에서 아빠를 기다리는 건 어떻겠니? 늦어도 한 달이면 돌아올 테니까. 너만 좋다면 내, 주인장에게 부탁해 보마."

자상한 부친의 말에 소년 담호(覃虎)는 입술을 깨물었다. 그렇게라도 하지 않으면 눈물이 흐를 것만 같았기 때문이었다.

"싫어요!"

담호는 물기 어린 목소리로 말했다.

"더 이상 기다리는 건 싫어요."

아들의 결연한 말에 사내의 얼굴빛이 살짝 어두워졌다.

왜 그 마음을 모르겠는가.

그의 아들들은 앞으로 살아갈 평생에 걸쳐서 누군가를 기다릴 시간을 이미 다 써버렸다. 그들의 아비를 기다리는데, 그리고 그들의 엄마를 기다리는데.

"잘못했어요. 이제 투정 부리지 않을게요. 절대로 쉬어가자는 말도 하지 않을게요. 그러니까 기다리라는 말은 더 이상 하지 마세요."

담호는 손등으로 눈가를 닦으면서 애원하듯 말했다.

사내는 입술을 깨물었다. 가슴 한편에서 무언가가 부글부글 끓어올랐다. 그는 입술을 깨물며 시선을 돌렸다. 여전히 창을 두드리는 바람 소리가 요란했다.

'이곳에서 하룻밤 자는 데 얼마나 들까?'

사내는 눈을 가늘게 뜬 채 창밖을 바라보면서 주머니 사정을 확인해 보았다. 이윽고 그는 잔잔한 미소를 머금으며 담호에게 말했다.

"그래. 나도 아창의 우는 소리는 듣기 싫으니까. 예서 녀석이 깨기를 기다리기로 하자꾸나."

자식의 머리를 쓰다듬는 사내의 손길은 부드러웠다. 그래서였을까, 담호의 얼굴이 밝아졌다. 담호는 싱긋 웃으며 장난꾸러기처럼 말했다.

"그죠? 아창이 한번 울면 동네 사람들 모두가 귀를 막았으니까요. 엄마는 고, 고……."

"고막 말이냐?"

"네. 맞아요, 고막. 엄마는 아창이 울면 고막이 찢어질 것 같다고 하셨어요. 그래서 아창이 울 것 같으면 서둘러 장난감을 쥐어주거나 먹을 걸 주셨는데……."

말을 하다가 말고 담호는 다시 울먹거리는 표정을 지었다. 사내는 속으로 한숨을 내쉬며 담호의 머리를 쓰다듬었다.

"울면 지는 거다."

"알고 있어요."

담호는 억지로 울음을 삼켰다. 확실히 일반 또래 아이들과는 사뭇 달랐다. 담호는 그 어린 나이에 벌써 울음을 속으로 삼키는 법을 알고 있었다.

그때였다.

바로 옆에서 들려오는 묵직한 저음이 있었다.

"사내 일곱에 여인 한 명의 기묘한 일행이라면 보름 전 즈음에 본 적이 있소이다만……."

2. 유명조

사내는 흠칫 놀라 고개를 들었다.

언제 다가왔는지, 사십대 초반의 중년인이 탁자 옆에 서서 그를 내려다보고 있었다.

오른쪽 눈썹 밑에서 턱에 이르기까지 길게 난 검상(劍傷)이 예사롭지 않게 보이는 인물이었다. 옷차림은 남루했지만 눈빛이 번쩍이며 깊은 것이, 평범한 떠돌이 낭인은 아닌 듯했다.

"사내가 여섯이 아니라 일곱이던데."

중년인의 말에 사내는 가볍게 눈살을 찌푸렸다.

'한 명 더 있었다는 말이지.'

그 중년인은 자신을 쳐다보는 사내의 시선에서 경계의 빛을 느꼈는지, 아무렇게나 헝클어져 있는 머리카락을 쓸어 올리며 제 소개를 했다.

"미처 소개가 늦었구려. 산동 땅의 자룡(紫龍)이라고 하오. 성은 혁(赫)이오."

중년인의 갑작스런 소개에 사내는 잠시 망설이다가 입을 열었다.

"요동(遼東)의 담우천(覃羽天)이오."

일순 중년인, 혁자룡의 눈빛이 살짝 빛났다가 사라졌다. 그는 담우천의 맞은편 자리에 털썩 주저앉고는 힐끗 주방 쪽을 바라보며 입을 열었다.

"돼지 귀신에게 말하는 걸 들었소. 만약 담형이 찾는 자들이 내가 본 그들과 동일하다면, 나는 그들이 누구인지 확실히 알고 있소."

그 말에 담우천의 얼굴빛이 가볍게 변했다.

하지만 그는 '어디로 향하던 길이냐' 고, '그들이 누구냐'

고도 묻지 않았다. 단지 혁자룡의 눈을 직시한 채 가만히 입을 다물고 있을 따름이었다.

먼저 다가와 말을 건넨 쪽은 혁자룡이었다. 또한 유주 땅에서 이유없는 친절은 있을 수가 없었다. 즉, 뭔가 원하는 것이 있거나 얻을 게 있지 않고서야 이렇게 스스로 나서서 친절을 베풀 리가 없는 것이다.

담우천이 가만히 자신을 바라보고 있자, 혁자룡은 가볍게 눈살을 찌푸렸다. 얼굴에 난 흉터가 일그러졌다. 확실히 좋은 느낌을 주는 인상은 아니었다.

혁자룡은 헛기침을 한 번 하고는 천천히 입을 열었다.

"아마도 열흘 전 즈음일 거요. 유명촌 인근에서는 보기 드문 여행자들이 동북쪽에서 나타나 곧장 남하했소. 마침 달빛조차 없는 한밤중이었던 까닭에 그들을 본 사람은 그리 많지 않을 것이오."

그럼 당신은 어떻게 보았냐는 듯한 담우천의 눈빛에 혁자룡은 고소를 머금으며 말을 이었다.

"나는 우연히 소피를 보러 나섰다가 그들을 볼 수 있었소. 그리고 그들의 옷차림을 본 순간, 그들의 신분도 알아차릴 수가 있었소. 그들은……."

게서 혁자룡은 입을 다물었다. 그는 물끄러미 담우천을 바라보며 손가락으로 탁자를 통통거렸다.

약간의 시간이 지나고서야 담우천은 그 의미를 깨달았다.

그의 미간이 살짝 모아지는 것이 마치 쓴웃음을 짓는 듯 보였다.

담우천이 입을 열었다.

"나는 가진 돈이 별로 없소."

그의 담담한 말에 혁자룡은 알고 있다는 듯이 고개를 끄덕였다.

"일자리가 필요하다는 것 또한 이야기 들었소. 그래서 하는 말이오."

문득 그의 목소리가 낮아졌다.

"한 가지 일을 도와주시오. 그 일이 성공하면 그들의 신분은 물론 사례도 하겠소."

혁자룡은 담우천의 눈치를 살피며 말했다.

"보아하니 오늘밤 이곳에 묵을 노자도 없는 것 같은데… 내가 도와줄 수도 있소."

담우천의 얼굴이 살짝 붉어졌다. 돈이 없다는 것이 창피한 일은 아니었다. 단지 그 일로 인하여 다른 이에게 동정을 사게 되는 게 부끄러울 뿐이었다.

"은자 오십 냥. 어떻소?"

혁자룡은 은밀한 어조로 말했다.

"수락한다면 곧바로 선금 열 냥을 주겠소. 나머지 마흔 냥은 일이 끝난 후에 지급하고."

무슨 일일까.

은자 오십 냥이라면 결코 적지 않은 금액이었다. 담우천과 아이들이 아껴 쓴다면 충분히 일 년은 버틸 수 있는 액수였다.

"다행히도 오래 걸리는 일이 아니오. 아무리 길어도 닷새면 충분한 일이오. 물론 돈이 걸려 있으니 나름대로 위험도 따르겠지. 하지만 뭐, 우리가 살아가는 게 다 그런 게 아니겠소?"

혁자룡의 말에 침묵을 지키고 있던 담우천이 물었다.

"무슨 일인지 가르쳐 줄 수 있소?"

"담 형이 이 일을 하겠다고 수락한다면."

혁자룡은 어깨를 으쓱거리며 말을 이었다.

"행여 무슨 일인지 알게 된 후 변심하면 그것도 나름대로 골치 아파지게 되니까 말이오."

적어도 부잣집을 터는 일은 아닐 게다. 이곳 유명촌에 그럴 만한 부자가 있을 리 없으니까.

그렇다면 공물(公物)일까.

유주는 변경지대. 여진족과 조선을 오가는 길목에 위치해 있었다. 그만큼 유주는 많은 사신과 또 공물들이 오고갔다.

하지만 혁자룡이 지금 하는 제의가 여진족이나 조선에서 오는 사신들의 공물을 터는 일이라면 담우천은 무조건 거절해야 했다.

지금껏 유주에서 공물을 강탈당했다는 소문은 단 한 번도 듣지 못했다. 반면 공물을 강탈하려다가 몰살한 낭인들에 대한 소문은 두어 달에 한 번 꼴로 세상에 퍼졌다.

그런 담우천의 속마음을 읽었다는 듯이 혁자룡이 웃으며 말했다.

"혹시나 해서 하는 말인데 공물은 결코 아니요."

"알겠소."

'어차피 열흘 정도 간격이 벌어진 상태다. 예서 닷새 정도 더 늦어진다고 해봤자 그게 그거지. 이 혁자룡이라는 자를 통해 놈들에 대한 정보를 얻게 된다면, 나 혼자 그들을 찾아 헤매는 것보다 외려 그게 놈들을 더 빨리 쫓는 일이 될 것이다. 게다가 무엇보다 은자 오십 냥이라니…….'

잠시 생각하던 담우천은 천천히 입을 열어 새로운 조건을 제시했다.

"닷새, 그리고 은자 백 냥과 내가 찾는 자들에 대한 정보. 이것들을 확실하게 지켜준다면, 당신이 말하는 그 일에 합류하겠소."

"은자 백 냥?"

혁자룡은 웃었다. 그의 얼굴에 난 흉터가 지렁이처럼 꿈틀거렸다. 그러나 담우천의 표정은 여전히 담담했다. 그는 무심한 눈길로 혁자룡을 바라보았다.

혁자룡은 잠시 눈살을 찌푸리다가 문득 고개를 끄덕이며 입을 열었다.

"좋소. 그렇게 합시다. 애당초 그 눈빛이 마음에 들어서 제의한 거니까."

그는 주방 쪽을 돌아보며 소리쳤다.

"이봐, 저귀(猪鬼)! 여기 좋은 술하고 오리 구운 것 좀 내와! 둘 다 내 앞으로 달아두고!"

저귀, 돼지 귀신이라 불린 뚱보 주인장이 주방 안에서 크게 소리쳤다.

"벌써 밀린 외상값만 은자 서른 냥이 넘는다구!"

"알았어. 한 방에 갚으면 되잖아? 언제 내가 돈 안 갚는 거 봤나?"

"하기야……."

저귀의 목소리가 작아졌다. 그리고 마치 그 주문을 기다렸다는 듯이, 그는 이내 오리구이 한 마리와 술 한 병을 들고 주방에서 나왔다.

"뭐, 붉은 용[紫龍]이 돈 떼어먹었다는 소리는 들어본 적이 없으니까."

그는 술과 오리구이를 탁자에 놓으며 말했다.

"삼십 년 묵은 분주(汾酒)야. 맛이 기막힐 거네."

저귀의 말을 뒤로 한 채 혁자룡은 옷소매로 술병을 뒤덮고 있던 먼지를 쓱쓱 닦은 다음 병마개를 열었다. 일순 가슴속까지 맑아지는 듯한 향기가 객잔 안에 그윽하게 퍼졌다.

담우천은 기이한 눈빛으로 저귀와 혁자룡을 번갈아 바라

보았다.

낭인은 언제 죽을지 몰랐다. 특히 유주 땅을 떠도는 낭인들은 더욱 그러했다. 어제까지 멀쩡하다가도 오늘 아침에 시체로 발견되는 경우가 빈번한 곳이 유주였으며, 그렇게 죽고 죽이는 이들이 이곳의 낭인들이었다.

그럼에도 불구하고 저귀라는 뚱보 주인이 혁자룡에게 외상을 준다는 건 확실히 의외의 일이었다. 그만큼 이 사내를 믿고 있다는 것이다. 그의 실력을 믿든 혹은 그의 질긴 생명력을 믿든 말이다.

"좋군."

혁자룡이 고개를 끄덕이며 감탄했다. 주방으로 돌아가던 뚱보 주인장이 투덜거렸다.

"쳇, 술도 마실 줄 모르면서 언제나 좋은 술만 찾는다니까."

그러거나 말거나 혁자룡은 담우천의 잔에 술을 따랐다. 그리고 자신의 잔에 술을 따른 후 술잔을 들며 말했다.

"같이 일하게 된 걸 진심으로 환영하오, 담 형."

담우천은 술잔을 들지 않았다. 대신 조금 전 혁자룡이 그러했듯 손가락으로 탁자를 가볍게 퉁겼다.

혁자룡은 아, 하는 표정을 짓고는 이내 쓰게 웃었다. 그는 술잔을 단숨에 비워내고는 소매춤에서 은자를 꺼내 던졌다. 담우천은 그 은자덩어리를 받아 들고 가볍게 흔들며 무게를 가늠했다. 열 냥은 족히 되어 보였다.

"그럼 이제 건배해도 될까?"

혁자룡은 담우천이 열 냥의 은자를 품에 넣는 모습을 지켜보면서 제 술잔에 술을 따랐다. 담우천이 술잔을 들다가 문득 생각났다는 듯이 물었다.

"돈을 가지고 있으면서 왜 외상을 지는 것이오?"

혁자룡은 귀찮다는 듯이, 혹은 당연하다는 듯이 대답했다.

"원래 술과 음식은 외상으로 먹어야 맛이 있으니까."

담우천은 잠시 생각하다가 고개를 끄덕였다.

"알겠소. 이제 건배합시다."

그제야 혁자룡은 만족한 표정을 지으며 입을 열었다.

"그럼 이제 말을 놓겠네. 그 돈을 받은 걸로 내 밑에서 일하게 된 것이니."

"상관없소."

"좋아, 우리 유명조(幽冥組)에 들어오게 된 것을 환영하네."

담우천은 혁자룡과 건배하면서 문득 눈빛을 빛냈다.

유명조라……

3. 거짓말

밤이 되어서도 바람은 잔잔해지지 않았다. 외려 더욱 거세진 바람이 우웅! 하는 울음소리를 토해내며 연신 창문에 부딪쳐 왔다. 나무로 만들어진 창틀이 삐거덕거리며 몸살을 앓았다.

아호와 아창의 모습은 보이지 않았다. 그들은 혁자룡이 준 선금 중에서 일부를 사용하여 빌린 객방에 들어가 잠을 자고 있었다.

다른 손님들 또한 자리를 뜬 지 꽤 오래되었다. 지금 객잔 안에는 담우천과 혁자룡, 그리고 계산대 앞에서 꾸벅꾸벅 졸고 있는 뚱보 주인장뿐이었다.

술에는 사람의 마음을 느슨하게 만드는 묘한 마력이 있다. 시를 읊는 서생 나부랭이나 칼날 위에 목숨을 얹고 다니는 무인들이나 그 마력에 빠져드는 건 마찬가지였다.

벌써 다섯 병의 빈 술병이 탁자 위에 아무렇게나 나뒹굴고 있는 가운데, 혁자룡의 얼굴은 붉게 물들어 있었다.

"술이 약하구려."

담우천은 자신이 따르는 술을 거절하는 혁자룡을 보고 그렇게 말했다. 혁자룡은 애매하게 웃으며 말했다.

"원래 내 정량은 석 잔이지. 오늘 자네를 만난 게 기뻐서 여섯 잔이나 마셨으니까, 이미 주량을 훨씬 넘게 마신 거야."

즉, 혁자룡이 마신 술은 겨우 반병에 불과하다는 의미, 나머지 다섯 병하고도 절반은 담우천 혼자 마신 것이다. 그럼에도 불구하고 담우천은 여전히 꼿꼿하게 허리를 편 채 술병을 기울이고 있었다.

혁자룡은 질렸다는 듯이 그를 바라보다가 불쑥 물었다.

"왜 그들을 쫓는 겐가?"

담우천은 잠자코 술잔을 비웠다. 그리고 차분하게 술잔을 내려놓으며 말했다.

"개인적인 일이오."

"이제 동료가 되었으니 말해줘도 상관없지 않나?"

"내가 당신의 사생활에 대해서 묻는다면? 가령 당신의 신분이나 부모형제들에 대해서 말이오."

"흠, 기분 좋을 리가 없겠군. 아무리 동료라고 하더라도 말이지."

"그러니 그 일은 더 이상 묻지 마시오."

"그러지 뭐."

혁자룡은 어깨를 으쓱거렸다. 그리고 길게 하품을 하며 다시 입을 열었다.

"언제까지 술을 마실 건가?"

담우천은 힐끗 시선을 돌렸다. 창은 덧문이 채워져서 밖이 보이지 않았다. 여전히 귀신이 우는 듯한 소리만이 연신 창문을 거칠게 두드리고 있을 뿐이었다.

"유주에는 귀신이 산다고 했던가?"

담우천이 혼잣말처럼 중얼거렸다. 혁자룡은 피식 웃으며 말했다.

"내가 유주에 들어온 지 벌써 십 년이 넘었지만 귀신이나 유령 따위는 단 한 번도 본 적이 없네."

"하지만 소문은 그렇소. 유주에는 귀신이 산다고. 갈 곳 잃은, 오로지 원독(怨毒)만 남아 저주처럼 떠도는 귀신들 말이오."

"뭐, 우리 같은 낭인들을 귀신이라고 부른다면 그 말도 틀린 건 아니겠지."

혁자룡은 자조적으로 웃으며 빈 술잔을 앞으로 내밀었다. 담우천은 잠시 그를 바라보다가 묵묵히 술을 따랐다. 혁자룡은 새하얀 주액(酒液)을 내려다보면서 중얼거렸다.

"술에 취한 귀신이라……."

그는 단숨에 술을 들이켰다. 그리고는 '크!' 하는 소리는 내면서 몸서리를 쳤다. 그리고는 술잔을 팽개치듯 내려놓으며 말했다.

"그래도 한 가지만은 확실하지. 유주의 밤은 낮보다 아름답다는 거 말이네."

혁자룡은 안주로 나온 나물 한 점을 집어먹으며 말을 이어 나갔다.

"만약 생각이 있다면 달빛 교교하게 내려앉은 밤, 시원한 바람이 은은하게 불어오는 밤에 황무지로 가 보게. 내가 말한 게 무슨 뜻인지 잘 알게 될 테니까."

담우천은 잠시 혁자룡을 지켜보다가 다시 굳게 닫힌 창으로 시선을 돌렸다.

비록 유주의 밤이 낮보다 아름답다, 라고는 하지만 그건 어디까지나 유주의 낮보다 아름답다는 것에 불과했다. 확실히 이곳은 사람들이 살 만한 땅이 아니었다. 모래와 바람. 황무지와 불모의 땅.

그 황량하기만 한 유주를 오갔던 옛 여행객들은 한밤중에 들려오는 바람 소리에 겁을 먹었다. 호곡성(號哭聲), 귀신들이 우는 소리. 그래서였다, 유주에는 유령들이 산다는 소문이 떠돈 것은.

하지만 유주에는 더 이상 귀신이 살지 않았다.

유령들과 귀신들이 사는 곳이라고 경원 당했던 이 저주의 땅에 언젠가부터 사람들이 모여들기 시작했고, 그들은 황무지를 터전 삼아 자신들의 마을을 세웠다.

그러나 여전히 세상 사람들은 유주를 외면했다. 귀신이 사는 곳, 유주. 지금 그곳은 귀신보다 더 지독한 도망자와 낭인들이 살아가는 땅이었다.

"난 아이들이 싫네."

그 귀신보다 지독한 낭인 중의 한 명인 혁자룡이, 혀가 꼬인 목소리로 중얼거리듯 말했다.

"아이들은 내게 짜증과 불쾌감만 줄 뿐이야. 그 이상도 그 이하도 아니지."

담우천은 대답하지 않았다. 혁자룡뿐만 아니라 많은 사내가 그런 식으로 생각하니까.

　어떤 의미에서는 담우천 또한 마찬가지였다. 자신의 아들들이 아닌, 세상의 모든 꼬마가 짜증나고 불쾌한 존재들이라고 생각하니까.

　"아들들인가?"

　혁자룡의 물음에 담우천은 담담히 고개를 끄덕였다.

　"그렇소."

　"실수했군."

　혁자룡은 피식 웃으며 말했다.

　"우리 같은 낭인에게 가족이 있다는 건 사치야. 아니면 극히 어리석은 일이거나."

　역시 맞는 말이었다.

　언제 죽을지 모르는 목숨인 것이다. 또 누구에게 원한을 살지도 모르는 인생이었다. 그러니 피붙이는 남기지 않는 게 좋았다. 또한 실수로 피붙이를 만들었다면 모른 체하고 살아가는 것이 낭인의 법칙이었다.

　담우천은 다시 술을 따르며 말했다.

　"나는 낭인이 아니오."

　"거짓말."

　혁자룡은 눈살을 찌푸렸다.

　"자네에게서는 나와 비슷한 냄새가 나거든. 낭인 특유의 늑대 같은, 음습하면서도 악착같은 무언가가 있어. 자네의 눈빛도 마찬가지야."

"잘못 보셨소. 확실히 나는 낭인이 아니오. 그저 산에서 토끼나 사슴을 잡아먹고 사는 사냥꾼에 지나지 않소."

"그것도 거짓말."

혁자룡은 손가락을 하나 들어 담우천의 눈앞에서 휘휘 내저으며 말했다.

"자네는 낭인이야, 그것도 제법 강한. 어쩌면 나만큼 강할지도 모르지."

담우천은 한숨을 쉬며 말했다.

"난 애송이에 불과하오."

"그것도 거짓말."

혁자룡은 피식 웃으며 말했다.

"내가 지금껏 이 바닥에서 근근이 버틸 수 있었던 것은 사람 보는 눈이 정확하기 때문이지. 손속을 겨뤄보지 않아도 상대가 나보다 강한지 아닌지 알 수 있었기에 그나마 이렇게 살아 있는 거거든. 그런 내 눈은, 자네가 결코 애송이가 아니라고 말하고 있네."

"과분한 칭찬이오."

"아니, 나는 다른 사람을 함부로 칭찬하지 않네."

"그건 이 친구 말이 맞아."

언제 깬 것인지, 어느새 다가왔는지 뚱보 주인장이 술 한 병을 탁자에 내려놓으며 불쑥 입을 열었다. 그의 단추 구멍만

한 눈에는 눈곱이 끼어 있었다.

"이 친구에게는 세 가지 장점이 있는데 그중 하나가 사람 보는 눈이 비교적 정확하다는 거야. 그리고 다른 하나가 바로 남을 함부로 칭찬하지 않는다는 거고."

그 말에 담우천은 문득 궁금하다는 듯 물었다.

"나머지 하나는?"

"아까 말한 것 같은데."

뚱보 주인장은 다 마신 술병들을 치우며 무뚝뚝하게 말했다.

"돈에 대해서는 철저하다는 거. 빌린 돈은 반드시 갚고 또 빌려준 돈은 반드시 받아내지. 아, 이게 마지막 술이야. 이것만 마시고 끝내라구."

저귀는 다시 계산대로 돌아가 팔을 괴고 엎드렸다. 혁자룡은 담우천이 다시 술병을 기울이는 걸 물끄러미 바라보다가 입을 열었다.

"내가 왜 자네를 끌어들였는지 아나?"

"눈빛이 마음에 든다고 하지 않았소?"

"아, 물론 그것도 있지."

혁자룡은 낄낄거리며 말을 이었다.

"자네가 이곳으로 들어올 때의 움직임이 매우 가볍고 신중했거든. 자네는 들어서자마자 객잔 안에 있는 손님들을 훑어

보고 그들의 자세와 무기를 관찰했지. 그리고 본능적인지 의식적인지는 모르겠지만, 이곳에 있던 사람들 중에서 가장 강한 나와 가장 먼 자리를 잡았고. 게다가 이 자리는 여차하면 창을 부수고 도망칠 수도 있으니까."

혁자룡은 담우천을 가리키며 말을 이었다.

"자네의 그런 조심성이 마음에 들었거든. 게다가 객청을 가로질러 예까지 오는 동안 발걸음 소리가 전혀 들리지 않는 걸 보면 꽤나 실력이 있는 것 같고… 뭐, 아까 말했다시피 무엇보다 그렇게 필사적인 눈빛을 하고 있는 게 좋았기도 하지만."

'이자…….'

생각보다 날카로운 눈썰미를 지닌 자였다. 확실히 사람 보는 눈이 있었다. 이 정도 눈매라면 이 험한 유주에서도 얼마든지 버티고 살아갈 수 있을 것이다.

담우천은 마시던 술잔을 내려놓았다. 이제 뚱보 주인장이 가지고 왔던 마지막 병도 비었다. 남은 반 잔의 술, 그게 오늘의 마지막 술인 것이다.

취하면 말이 많아지는 성격인 것일까. 혁자룡이 다시 입을 열었다.

"어쨌든 아이들은 귀찮아, 힘들기도 하고. 그런데도 굳이 같이 다닐 필요가 어디 있나?"

그것도 맞는 말이다. 지금 담우천의 상황에서 보자면 더더욱 옳은 말이었다.

편한 여행길도 아니고 보름이나 앞서간 자들을 반드시 따라잡아야 하는 길이었다. 그 험난한 여정을 여덟 살 꼬마와 갓 돌이 지난 녀석과 함께한다는 것은 확실히 무리였다. 그건 담우천 또한 고민했던 일이다.

만약 아이들을 맡길 곳이 있었다면, 아이들을 맡아 주겠다는 사람이 있었다면 그는 결코 담호와 담창을 데리고 길을 떠나지 않았을 것이다.

술에 취해 있기는 하지만 여전히 혁자룡의 눈치는 빨랐다. 그는 담우천의 안색을 살피며 말했다.

"저귀라면……."

혁자룡은 눈짓으로 계산대를 가리켰다. 계산대 앞에는 뚱보 주인장이 코를 드르렁거리며 엎드려 자고 있었다. 혁자룡의 말이 계속 이어졌다.

"저 친구라면 잠시 맡아줄 거야. 물론 대가는 필요하겠지만 그건 아까 받은 선물로 충분할 테고."

"그게 이번 일을 맡는 조건 중의 하나라면."

담우천은 잘라 말했다.

"이번 일은 없던 걸로 하겠소."

혁자룡의 얼굴에 난 상처가 다시 꿈틀거렸다.

"그럼 계속 아이들을 데리고 다닐 생각인가? 만약 그 녀석들 때문에 이번 일을 망치게 된다면 그때는 어찌할 건데?"

"내 목숨으로 갚겠소."

어디까지나 담우천은 담담하게 말했다.

"하지만 나와 아이들이 함께 다니는 게 정 못마땅하다면 당신은 다른 협력자를 구해야 할 것이오."

혁자룡은 험상궂은 눈빛으로 담우천을 쏘아보았다. 어느새 그의 얼굴에는 취기 한 점 보이지 않았다. 어쩌면 애당초 취하지 않았던 것인지도 모른다.

담우천은 그의 시선을 피하지 않았다. 물처럼 부드럽고 돌처럼 단단해서 무슨 생각을 하는지 종잡을 수 없는 눈빛. 이윽고 혁자룡은 한숨을 내쉬며 질렸다는 듯이 고개를 저었다. 그러다가,

'아니, 그건 그것대로 좋을지 모르겠군. 내 계획에 아이들까지 있다면 금상첨화가 될 테니까.'

혁자룡은 문득 그런 생각을 했다. 하지만 그는 내색하지 않은 채 여전히 마음에 들지 않는다는 듯이 말했다.

"좋아, 좋아. 자네의 뜻이 정 그렇다면야 어쩔 수가 없지. 하지만 한 가지만 확실히 하자구. 자네의 아이들이 우리의 발목을 잡는다면 그때는……."

"내가 먼저 내 아이들의 목을 베겠소."

담우천이 그렇게까지 말하는 데야 더 이상 어쩔 도리가 없다. 혁자룡은 잠시 생각하다가 혼잣말처럼 중얼거리며 고개를 끄덕였다.

"흠, 생각해 보면 그것도 나쁘지 않는 것 같군. 애가 둘 딸린 자라면 아무래도 덜 경계하겠지. 좋아. 계획을 조금 수정하면 되겠군."

혁자룡은 씨익 웃으며 말을 이었다.

"아침 일찍 떠날 거야. 유명조의 나머지 동료들과 구룡포(九龍浦) 근처에서 만나기로 되어 있거든. 그들과 합류하게 되면 그때 우리가 하고자 하는 게 무슨 일인지, 또 자네 임무가 무엇인지 정확하게 이야기해 주지."

"그럽시다."

담우천이 고개를 끄덕일 때였다. 이 층 객방에서 희미한 소리가 들려왔다. 소리를 들은 혁자룡이 고개를 갸웃거리며 중얼거렸다.

"어디 새끼 고양이라도 있나?"

담우천은 절반 남은 술을 마저 마시고는 서둘러 자리에서 일어났다. 혁자룡이 고개를 들어 쳐다보자 담우천은 담담히 말했다.

"둘째 녀석이 깼나 보오. 가서 다시 재워야겠소."

문득 그는 희미한 미소를 지으며 말을 이었다.

"선잠을 깬 녀석의 울음소리는 정말 고막이 찢어질 것 같으니까."

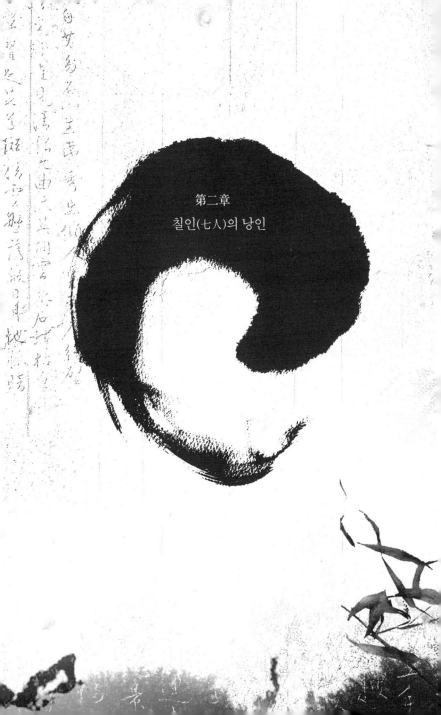

第二章
칠인(七人)의 낭인

물론 그렇다고 해서 상품의 낭인이 최고수냐 하면 그건 또 아니었다. 중품의 낭인 중에서도 고수들은 얼마든지 있었다. 황야삼랑이나 무모호 연리수는 중품에 속하는 자들이었지만 그 실력만큼은 이 바닥에서 알아주는 고수들이었다. 적어도 이곳 유주에서만큼은 열 손가락 안에 드는 실력자들이었다.

　　하지만 담우천은 유주 사람이 아니었으며 또 황야삼랑에 대해서도 전혀 몰랐다. 그런 까닭에 담우천은 사실대로 말했다.

1. 아버지 노릇

다음날 아침.

혁자룡은 유랑객잔의 뚱보 주인장에게 닷새치 식량과 물, 그리고 두 마리의 말을 빌려달라고 요구했다. 뚱보 주인장은 투덜거렸지만 그의 요구를 거절하지는 않았다.

"그리고 미리 요구했던 것들도 잊지 말고."

혁자룡의 말에 저귀는 귀찮다는 듯이 대꾸했다.

"돈이나 제대로 내. 그것들 구하느라 꽤 힘이 들었으니까."

"알았네. 어디 내가 돈 떼어먹었다는 소리 들어봤나?"

"뭐, 지금껏 없었다는 건 앞으로 생길 거라는 의미도 되겠지."

"허어, 나이 들더니 흰머리뿐만 아니라 농담도 느는군그래."

담우천은 담호와 담창에게 아침을 먹이면서 잠시 그들이 대화를 나누는 광경을 지켜보았다.

이상하다면 확실히 이상한 일이었다.

우선 혁자룡이 구태여 자신을 선택한 게 이해가 가지 않았다. 유주는 낭인들의 땅, 그러니 돈이 필요하면서 제법 실력이 좋은 낭인들은 얼마든지 구할 수 있었다.

혁자룡 스스로도 말하지 않았던가. 자신의 동료들과 합류할 것이라고.

만약 그의 말이나 저 뚱보 주인장의 증언처럼 혁자룡이 인망이 높고 동료들이 많은 자라면, 차라리 낭인 부대를 구성하여 일을 처리하는 게 훨씬 나은 일이었다. 적어도 담우천처럼 딸린 혹은 없을 테니까.

이상한 점은 또 있었다.

저 저귀라는 뚱보 주인과 혁자룡의 관계가 그러했다. 객잔의 주인과 단골 손님간의 친근함이라고만 생각하기에는 그들 사이가 너무나도 허물이 없었다. 지금 저들이 보여주고 있는 친밀감은 생사의 간극(間隙)을 함께 넘나든 적이 있는 동료애와 가까웠다.

마지막으로 혁자룡의 정체가 의심스러웠다. 그는 애당초

제 소개를 할 때부터 무언가 숨기고 있었다.

일반적으로 강호무림을 떠도는 자들이라면 이름보다는 별호(別號)에 더 애착을 가지며 자긍심을 느끼는 법이었다. '산동 땅의 자룡이니, 성은 혁이니' 하는 식보다는 '내 동료들은 나를 가리켜 산동검귀라고 부르며 놀리기도 하오'라는 식의 소개가 훨씬 많았다.

그럼에도 불구하고 혁자룡은 단 한 번도 제 별호에 대해서 이야기를 꺼낸 적이 없었다. 또 담우천을 낭인이라고 확신하면서도 그의 별호에 대해서 물어본 적도 없었다.

'물어볼 필요가 없다는 것일까.'

어차피 이번 일만 끝나면 헤어질 사람들이니 더 서로에 대해 알아봤자, 더 가까워져 봤자 소용이 없다는 겐가. 그게 아니라면 애당초 가까워질 생각이 없다는 것일까.

담우천이 그런 생각을 하고 있을 때였다. 만족한 얼굴로 뚱보 주인장과의 대화를 끝낸 혁자룡이 담우천의 자리로 걸어왔다.

"좋은 소식이야."

그는 싱글거리며 말했다.

"마침 우리의 목표가 구진포(九進浦)에서 발이 묶인 상태로 머물러 있다는군. 이미 구절하(九絶河)를 건넜을 거라고 생각했는데 말이지. 이번 일을 끝내는데 닷새는 걸릴 거라고 예상했는데 어쩌면 내일 끝날지도 모르겠어."

구진포는 구절하를 사이에 두고 구룡포의 맞은편에 있는 나루였다. 혁자룡은 꽤 흥분한 듯 콧구멍까지 벌렁거리며 말을 이어 나갔다.

　"아는지 모르겠지만 구절하는 물결이 너무 거칠고 급해서 매우 솜씨 좋은 뱃사공이 아니면 그 누구도 건너지 못하지. 구진포에는 그 정도 실력이 있는 뱃사공이 셋이 있는데 한 명은 술 싸움에 휘말려 저번 달에 죽었고 또 다른 한 명은 산동의 친척집에 놀러 갔거든. 돌아오려면 최소한 한 달 이상은 걸릴 거야."

　혁자룡은 게서 말을 멈추고 담우천을 바라보았다. 담우천은 어쩔 수 없다는 듯이 물었다.

　"마지막 한 명은?"

　혁자룡은 씨익 웃으며 말했다.

　"강씨 노인이라고, 세 명 중에서도 가장 실력이 좋은 뱃사공이네. 그런데 며칠 전 지독한 감기에 쓰러져 앓아누웠다더군. 그 바람에 우리의 목표는 사흘 전에 구진포에 당도했음에도 불구하고 여전히 그곳에 머물러 있다는 소문이야."

　"소문이라면 확실하지 않겠구려."

　"아니, 확실해."

　혁자룡은 단언하듯 말했다.

　"그 친구는 아무 소문이나 내게 전해주지 않으니까. 그 친구가 말하는 건 확실한 정보야."

"그 친구라면⋯⋯."

"그래, 저기 앉아 있는 뚱뚱한 친구."

혁자룡의 시선을 따라 담우천은 저귀를 돌아보았다. 저귀는 연신 툴툴거리면서도 먹을 것들을 싸느라 정신이 없었다. 그를 바라보는 담우천의 귓가로 혁자룡의 목소리가 들려왔다.

"저 친구는 유명촌뿐만 아니라 유주 전체에서 알아주는 정보통이거든. 유주에서 일어나는 모든 일과 소문이 저 친구의 귀로 들어가지. 그중에서 사실로 판명난 이야기들만 저 친구의 입 밖으로 나온다네. 물론 아무에게나 그런 이야기를 해주는 건 아니지만."

담우천은 고개를 끄덕였다.

저귀가 몸만 무거운 게 아니라 입도 무겁다는 건 어제오늘 그를 겪으면서 확실히 알 수 있었다.

"어쨌든 이 꼬마들이 밥을 다 먹는 대로 출발하자구. 오늘 하루 종일 말을 달리면 약속 장소에 당도할 거야."

기분이 좋았던 까닭에 혁자룡은 그렇게 말하며 담호의 머리를 쓰다듬으려고 했다. 담호는 재빨리 고개를 피했다. 혁자룡은 눈살을 찌푸렸다. 괜한 짓을 했다는 표정이 역력했다.

무슨 영문인지 모르겠지만 담호는 그런 혁자룡을 노려보고 있었다. 혁자룡은 혀를 차면서 자리에서 일어났다.

"여하튼 이 꼬마들, 발목 잡지 못하게 해야 하네."

혁자룡은 그렇게 한 소리 내뱉고는 저귀에게로 돌아갔다. 담우천이 담호를 돌아보며 입을 열었다.

"왜 그러느냐?"

담호는 입술을 깨물었다.

"저 사람의 어디가 마음에 안 드는 게냐?"

담우천이 재차 물었다. 그제야 담호는 힘겹게 입을 열었다.

"무서워요."

"뭐가?"

"저 아저씨 눈빛이요."

"흠. 걱정 마라."

담우천은 담호의 머리를 부드럽게 쓰다듬었다. 이번에는 담호도 그 손길을 피하지 않았다.

"어떤 일이 있더라도 너희는 이 아빠가 지켜줄 테니까. 알겠느냐?"

담호는 고개를 끄덕이고는 웃으며 제 아버지를 올려다보았다.

담우천은 저도 모르게 고개를 돌리며 속으로 한숨을 쉬었다. 한없는 신뢰를 담고 있는 아이의 눈빛이 부담스럽기도 한데다가 영 어색한 까닭이었다.

애당초 어느 사내라 하더라도 제대로 된 아버지 노릇을 한다는 건 쉬운 일이 아니었다. 하물며 꽤 오랜 시간을 아이들과 헤어져 있었던 담우천은 더 그러했다.

지금 그는 이렇게 완벽하게 신뢰를 받는다는 게 얼마나 힘들고 부담스러운 일인지 새삼 깨닫고 있었다.

2. 대단한 녀석

"약속 장소까지는 이제 반나절 남았네! 좀 더 서두르세!"

혁자룡과 짐을 실은 말이 가까이 붙었다. 잠시 상념에 젖은 까닭에 담우천을 태운 말의 속도가 느려진 것이다. 담우천은 고개를 끄덕이며 박차를 가했다.

말의 속도가 갑자기 빨라지자 담우천의 앞에 앉아 있던 담호의 안색이 새파랗게 질렸다.

유랑객잔을 출발해서 거의 네 시진 가까이 말을 타고는 있었지만, 아무래도 말안장이 쉽게 익숙해지지 않는 소년이었다. 이렇게 귓가로 황야의 바람이 쌩쌩 스쳐 지나가며 주위의 경관이 획획 넘어가는 것이 무섭기도 하고 겁이 나기도 했다.

하지만 담호는 입술을 깨물고 태연한 척 버텼다. 그보다 훨씬 어린 담창도 겁내지 않고 있는데 형이 되어서 겁낼 수는 없는 노릇이었다.

담우천의 등에는 여전히 광주리가 있었고, 갓 돌 지난 담창은 그 광주리를 붙잡고 서서 기이한 소리를 지르고 있었다. 아마도 제 딴에는 즐겁게 외치는 환호성인 듯했다. 담대하기로 따지자면 제 형보다 나은 동생이었다.

혁자룡은 담창을 힐끗 보고는 다시 담우천을 향해 입을 열었다.

"저 녀석, 물건이 될 소질이 다분하군!"

얼굴을 때리고 지나가는 바람과 나는 듯이 달리는 말의 속도에 흥분하여 꽥꽥 소리치는 어린 아기. 확실히 뭔가 되도될 싹이 보였다.

담우천은 말없이 미소만 머금었다.

같은 피를 타고 한 뱃속에서 태어나도, 아이들이 성격은 똑같지 않은 법이었다. 담우천의 아이들도 그러했다. 큰 아이 담호는 침착하고 사리가 깊은 반면 둘째 담창은 성깔이 있고 담대했다. 혁자룡과 같은 무인의 입장에서 보자면 확실히 둘째의 성격이 마음에 들 법했다.

해는 서쪽으로 기울어고 있었다. 끝없는 황무지 위로 누런 황사가 거친 바람을 타고 일어나 시야를 어지럽혔다. 두 필의 말이 거침없이 그 황야를 질주하는 가운데 날이 어두워지고 있었다.

슬슬 쉴 채비를 해야 했다. 좀 더 날이 어두워지면 잠자리 찾는 일이 쉽지 않게 된다. 그러나 혁자룡은 말의 속도를 늦출 생각을 하지 않았다.

"조금만 더 가면 공자묘(公子廟)가 나오네. 약속 장소는 거길세."

담우천은 고개를 끄덕였다. 하지만 그의 눈에는 한 가닥 의 아한 빛이 맴돌았다.

공자묘란 말 그대로 공자를 기리기 위해 만든 사당이었다. 공자묘가 있다는 것은 그 주변에 공자묘를 만들고 기도와 기 원을 하러 찾아오는 사람들이 있다는 의미였다. 그러나 이 허 허벌판의 황야에 마을이 있을 리가 없었다. 마을이 없다면 공 자묘도 없는 법이다.

'가보면 알겠지.'

담우천은 조용히 중얼거렸다. 그리고 혁자룡과 벌어진 거 리를 메우기 위해 힘껏 박차를 가했다. 그와 두 아들을 태운 말이 거친 호흡을 쏟아내며 속력을 내기 시작했다.

"저곳이네."

황무지 오른편으로 낮은 구릉이 있었다.

숲이라고까지는 할 수 없지만 그래도 다른 곳과는 달리 나 무들이 삐죽삐죽 자라 있어서 멀리서 보면 마치 커다란 무덤 처럼 보이기도 했다.

그 구릉 중턱에는 혁자룡의 말대로 허물어져 가는 사당 한 채가 있었다. 사당 옆으로는 조그만 개울이 졸졸 소리를 내며 흐르고 있었다.

한달음에 구릉을 올라 그 쓰러져 가는 사당 앞에 이른 혁자 룡은 말에서 뛰어내리며 말했다.

"유주를 오가는 여행객들이 쉬어가는 곳이야. 주변에 옹달샘과 개울이 있어서 하루이틀 쉬기에는 딱 좋은 곳이지. 백년 전에 유주의 관리들이 만들었다고 하는데, 뭐 그러거나 말거나."

뒤따라 당도한 담우천은 훌쩍 말에서 내린 다음, 근처 나무에 말을 묶고 담창을 내렸다. 담창의 인상이 찡그려졌다.

"엉덩이가 너무 아파요."

그럴 것이다. 하루 종일 말 위에 앉아 있기에는 소년의 엉덩이가 너무나도 부드러우니까.

"잘 참았다."

담우천은 담호를 향해 미소를 지었다. 그리고는 등에 매고 있던 광주리를 풀어 내렸다. 광주리 안의 담창은 세상모른 채 잠들어 있었다.

태평한 건지, 무신경한 것인지.

담우천은 그런 생각을 하면서 조심스레 아이를 안아 들었다.

혁자룡은 부지런하게 사당 주위를 돌아다니면서 나뭇가지들을 주워 모았다. 낮에는 아직 무더웠지만 황무지의 밤은 전혀 달랐다. 황무지의 기온 차이는 사막의 그것처럼 심해서, 밤이면 온몸이 부들부들 떨릴 정도로 추운 곳이 바로 이곳이었다.

문은 반쯤 떨어져 나간 데다가 허름하고 낡은 사당이었지만 그래도 벽과 지붕은 그대로 남아 있었다. 바람과 추위는 어느 정도 막아줄 수 있었다.

혁자룡이 모닥불을 피우는 동안 담우천은 나뭇잎과 잔가지들을 모아 자리를 만들었다. 그리고 광주리 안에 있던 지저분한 요를 들고 와서 그 위에 깐 다음 담창을 눕혔다. 오늘 하루가 꽤 피곤했던지 담창은 새근거리며 잠자고 있었다.

그동안 담호도 가만있지는 않았다. 아직도 쓰라린지 연신 엉덩이를 부비면서도 소년은 자신이 할 수 있는 일을 하고 있었다. 잔가지를 주워 오거나 짐을 풀러 게서 나온 바가지에 물을 길러오는 등 담호는 쉬지 않고 부지런히 움직였다.

"자, 다들 먹자구."

혁자룡은 모닥불 앞에 자리 잡고 앉아서 보따리 하나를 풀었다. 저귀가 아침에 싸준 음식들이 보따리 가득 나왔다. 기름종이에 싼 구운 오리와 여러 가지 만두, 교자, 전병들과 나물 무침, 볶은 야채 등등 식어도 맛좋은 음식들이었다.

"이건 오늘 먹을 거라고 특별히 신경 썼군그래. 다른 보따리에는 말린 육포들뿐이던데."

혁자룡은 오리 다리 하나를 뜯어 게걸스럽게 먹으며 중얼거렸다.

점심을 말 위에서 육포로 해결한 까닭에 다들 배가 고팠나보다. 담우천과 담호는 물론, 음식 냄새에 잠을 깬 담창마저도 엉금엉금 기어와 음식에 매달렸다.

"먹고 싶니?"

담우천이 오리고기를 찢어 주었다.

"그건 안 돼요, 아직."

담호는 고기를 잡으려는 담창을 말리며 대신 고기만두를 쥐어줬다. 담창은 두 손으로 고기만두를 쥐고서 입을 가져갔다. 야들야들한 교자피(餃子皮)를 깨물자 고기즙이 터지듯 흘러나왔다.

입가에 기름기가 흥건했지만 아이는 싱글벙글 웃으며 고기만두를 먹느라 정신이 없었다. 담호는 제 옷소매로 담창의 입가를 닦아주며 투덜거렸다.

"정말 지저분하게 먹는다니까."

담호는 제 몫의 고기만두를 먹는 한편, 연신 담창을 챙기느라 바빴다. 담창이 급하게 먹다가 켁켁거리자 담호는 얼른 바가지의 물을 먹였다.

"천천히 먹으라니까. 누가 빼앗지 않거든."

담호는 마치 엄마처럼 담호를 보살피고 있었다.

오리구이를 뜯으며 그 광경을 지켜보던 혁자룡의 눈이 휘둥그레지는 건 당연했다.

아직 제 앞가림도 하지 못할 나이의 꼬마가 하는 행동치고는 상당히 능수능란한 움직임이었다. 꽤 오랫동안 동생을 보살펴 온 모습이었다.

'흠, 이 녀석도 물건이군.'

혁자룡은 오리구이를 절반으로 찢어서 뜯어 먹으며 담호의 하는 행동을 물끄러미 바라보았다.

신경 쓰지 않았을 때는 몰랐는데, 알고 보니 그 꼬마는 의외로 바쁘게 움직였다. 담호는 아버지의 앞에 물을 대령하거나 동생이 흘린 음식 찌꺼기를 치우거나 혹은 개울가에 가서 조그만 수건 같은 걸 빨아와 담창의 손과 얼굴을 닦아 주는 한편, 자신의 배를 채우는 일도 게을리 하지 않았다.

이윽고 보따리 안의 음식이 절반가량이나 사라졌을 무렵, 사람들은 더 이상 음식에 손을 뻗지 않았다. 혁자룡은 벽에 등을 기댄 채 트림을 했고, 담우천은 남은 음식을 다시 보자기에 쌌다.

"쉬야 했는지 보고 올게요."

담창은 담호를 데리고 사당 밖으로 나갔다.

"대단한 녀석이군."

혁자룡은 담창이 사라진 문 쪽을 바라보며 중얼거렸다. 담우천이 담담한 어조로 말했다.

"저런 상황에 처하게 되면 동생을 돌보는 일 정도는 누구나 할 것이오."

"아니, 그게 놀라운 게 아니지."

혁자룡은 배가 불러 귀찮다는 듯이 천천히 말했다.

"그 와중에도 제 몫을 결코 놓치지 않는다는 게 대단한 거지. 먹고 싶었던 오리 다리 하나도 챙겼고, 또 밤에 야식으로 먹을 전병과 동생에게 줄 고기만두도 소매에 숨겼으니까."

혁자룡은 다시 한 번 트림을 하고는 말을 이어 나갔다.

"비록 음식이 남아 있다고는 하지만 무슨 일이 언제 어떻게 발생할지 모르니까, 오늘 밤 당장 저 음식 꾸러미를 잃어버릴 수도 있겠지. 그때가 되면 저 더럽고 조그만 소매 안에 들어 있는 전병과 고기만두는 훌륭한 비상식이 될 테고. 그렇게 미리미리 대비하는 준비성이 대단하다는 거야."

담우천은 방금 싼 음식꾸러미를 잠시 내려다보았다. 다시 혁자룡의 말에 갖다 두는 것보다는 담호의 광주리 안이 낫겠다, 하는 생각이 언뜻 든 것이다.

"똥을 한 무더기나 쌌어요."

담호가 인상을 찌푸리며 돌아왔다. 소년의 품에는 바지가 벗겨진 채 엉덩이를 까발린 담창이 깔깔거리며 웃고 있었다.

담호는 광주리에서 헌 옷가지를 꺼내 능숙한 손놀림으로 기저귀처럼 채웠다. 담창은 조금 전 담우천이 만든 잠자리 위에서 헌 요를 꼭 쥐고 이리저리 뒹굴거리다가 이내 쌕쌕거리며 잠들었다.

그동안 담호는 깨끗하게 빤 담창의 헌 옷가지들을 불가 옆에 펼쳐 두었다. 그리고는 음식 꾸러미를 보며 뭔가를 생각하던 소년은 잠시 망설이다가 입을 열었다.

"이거 광주리 안에 넣어두는 게 낫지 않을까요? 아무 데나 놔두면 자다가 발에 치일 수도 있으니까요."

그것 보라는 듯이 혁자룡이 담우천을 돌아보며 씨익 웃었다.

담우천도 어쩔 수 없다는 듯이 웃고 말았다. 그의 아들은 방금 전 자신이 떠올렸던 생각과 같은 생각을, 그것도 과감하게 입 밖으로 내놓기까지 한 것이다.

"혁형 말이 맞는 것 같구려."

담천의 말에 혁자룡은 어깨를 으쓱거렸다.

"내가 사람 볼 줄 안다고 했지 않은가?"

3. 동료들

그때였다.

"내가 일착인가?"

문 바깥에서 낯선 사내의 목소리가 들려왔다. 담우천의 시선이 그곳으로 향했다. 하지만 혁자룡은 그 목소리의 임자가 누구인지 알고 있다는 듯이 신경 쓰지 않았다.

한 사람이 사당 안으로 들어왔다. 낡고 허름한 모포를 피풍의(避風衣)처럼 온몸에 두르고, 군데군데 구멍이 난 삿갓을 깊숙하게 눌러 쓴 자였다. 호리호리한 체구에 어울리지 않는, 무식하리만치 큰 칼이 눈에 띄었다.

사당 안으로 들어서던 그자는 담우천을 보고는 걸음을 멈췄다. 경계하는 기색이 역력했다.

"왔으면 멀뚱히 서 있지 말고 와서 앉아. 지붕 안 무너져."

혁자룡이 콧잔등을 찌푸리며 말했다.

"여전히 입이 거치네."

삿갓 쓴 사내는 웃으며 말했다. 그리고는 불가로 다가와 털썩 주저앉았다. 흙먼지가 뭉게구름처럼 피어올랐다.

"아, 미안. 꽤 먼 길을 달려왔더니 말이야."

사내는 쾌활하게 웃으며 삿갓을 벗었다.

호기심 섞인 눈빛으로 사내를 지켜보고 있던 담우천의 눈빛이 살짝 흔들렸다. 삿갓을 벗자 묵직한 사내 목소리와는 다르게 남장여인이라고 착각할 정도로 예쁘장한 얼굴이 드러난 까닭이었다.

갸름한 얼굴에 큰 눈과 오뚝한 코가 오밀조밀해서, 목소리만 아니라면 영락없는 미녀의 얼굴이었다. 서른은 채 안 되어 보이고 스무 살은 훨씬 넘은 듯 보였다.

"서로 인사하지. 이쪽은 담형."

혁자룡의 말에 담우천이 손을 모으며 말했다.

"불산의 담우천이오."

예쁘장하게 생긴 사내는 고개를 까닥이며 짧게 말했다.

"연리수(延里秀)요."

연리수라.

담우천은 그 이름을 되뇌어보았다. 하지만 이름만으로는 그가 어떤 자인지 알 수가 없었다. 근 십 년 넘게 강호에서 떠나 있던 까닭이었다. 근래 어떤 자들이 이름을 떨치는지, 또 어떤 문회방파(門會幫派)가 위세를 날리는지 알 리 없는 게 당연했다.

하지만 연리수는 담우천이 자신의 이름을 듣고도 무덤덤한 표정을 짓자, 기분이 상한 듯 코웃음을 쳤다.

"흥!"

묵직한 목소리만 아니라면 확실히 여인의 행동이나 표정 그대로였다.

그렇게 코웃음을 치다가 뒤늦게 담호를 발견한 연리수의 얼굴이 확 변했다. 무뚝뚝한 표정 대신 달콤한 미소가 가득 찼다.

"귀엽게 생긴 꼬마네. 이름이 뭐니?"

담우천에게는 냉랭하기 그지없던 연리수였다. 하지만 지금의 얼굴은 마치 오랜만에 조카를 만난 이모처럼 훈기 넘치는 표정이 가득 담겨 있었으며, 목소리 또한 부드럽게 변했다. 어쩌면 저 묵직하고 낮은 음성은 사내답게 보이기 위해서 일부러 꾸며내는 목소리일지도 몰랐다.

담호는 연리수의 부드러운 말에 얼떨떨한 표정을 지으며 저도 모르게 대답했다.

"안녕하세요, 담호라고 합니다."

연리수는 활짝 웃으며 말했다.

"무례한 제 애비와는 달리 참 예의가 바른 아이로구나."

일순 담호의 얼굴이 굳어졌다.

"우리 아빠는 무례하지 않아요."

이번에는 연리수의 얼굴이 굳어졌다.

"아니, 확실히 네 아빠는 무례하다."

"무례하지 않아요!"

"무례해!"

약이 오른 듯 연리수의 굵은 목소리가 높아졌다. 그때였다.

"아직도 철이 덜 들었군, 무모호(無毛虎). 애하고 말다툼이나 하고 말이지."

또 다른 사내의 목소리가 바람을 타고 들려왔다. 연리수의 눈빛이 샛노랗게 번들거렸다. 그는 벌떡 자리에서 일어나, 어느새 사당 안에 들어와 있는 두 명의 사내를 노려보았다.

"죽고 싶나, 흑랑(黑狼)?"

두 사내는 대략 삼십대 중반으로 보였는데, 한 눈에 봐도 같은 뱃속에서 태어난 형제라는 사실을 알 수 있을 정도로 비슷한 외모를 지녔다.

독 오른 살모사의 눈빛과 각진 턱, 그리고 찢어진 눈매와 한쪽 입술이 말아 올라가는 식의 미소까지. 다른 게 있다면 우측의 사내는 흑의(黑衣)를, 좌측의 사내는 백의(白衣)를 입고 있다는 것뿐이었다.

그들은 연리수의 으름장에도 불구하고 전혀 기죽지 않았

다. 우측의 사내가 손을 내밀며 말했다.

"그만하자. 털 없는 녀석과 싸우다가 삼 년 재수 털리기는 싫으니까."

"흑랑!"

연리수의 고함이 쩌렁 울렸다.

동시에 그의 손이 허리춤의 커다란 칼에 닿았다, 싶은 순간 어느새 그 새파랗게 빛나는 칼날이 흑랑이라 불린 사내의 목 언저리에 닿아 있었다.

반면 좌측의 사내 또한 어느 틈에 칼을 빼 들고서는 연리수의 옆구리를 찌르고 있었다. 그것은 눈에 보이지 않을 정도의 재빠른 반격이었다.

그야말로 일촉즉발의 순간,

"그만둬, 다들. 오랜만에 만나서 칼질들이나 할 셈이야? 칼질할 상대를 잘못 고른 건 아니고?"

금방이라도 피를 볼 것만 같은 험한 분위기와는 어울리지 않는, 느긋한 목소리가 혁자룡의 입에서 흘러나왔다.

흑랑이 천천히 손을 들어 연리수의 칼날을 밀어냈다. 연리수는 그를 노려보고만 있었다. 백의 사내가 칼을 거둬들였다. 흑랑과 백의 사내는 혁자룡의 곁으로 다가가 앉았다. 흑랑이 피식 웃으며 말했다.

"장난한 거야, 혁형. 자네 말대로 꽤 오래간만에 만났으니까. 저 녀석 발끈하는 걸 보는 것도 꽤 재미있는 일이잖나?"

연리수의 눈이 가늘어졌다. 낭인의 세계에서 애송이 취급 당하는 건 곧 목숨을 걸고 싸워야 할 일이었다. 쥐고 있는 칼이 부르르 떨리는 걸 보면 그의 화가 삭혀지지 않는 것 같았다.

하지만 혁자룡은 그의 기분은 아랑곳하지 않고 담우천을 보며 말했다.

"아, 인사하지. 이쪽은 황야삼랑(荒野三狼)이라고, 유주에서는 알아주는 칼잡이들이네. 그중 첫째인 흑랑, 그리고 둘째인 백랑. 셋째는 일전에 다쳐서 지금 휴식 중이지. 그리고 이쪽은 담우천이라고 새로 합류하게 된 동료야."

흑랑과 백랑이 가볍게 고개를 끄덕였다. 제대로 된 인사조차 하지 않는 걸로 보아 담우천을 자신들의 동료로 생각하지 않는 듯했다.

"불산의 담우천이오."

담우천은 담담하게 말했다. 하지만 흑랑은 들은 척도 하지 않은 채 혁자룡을 돌아보며 입을 열었다.

"얼마나 대단한 일이라고 굳이 외인(外人)까지 고용했나? 우리끼리 충분할 것 같은데."

"적랑이 빠졌으니까."

혁자룡은 당연하다는 듯이 말했다.

"적랑의 자리를 메워야 하잖아?"

"홍! 저자가 막내 자리를 메울 정도의 실력을 지녔다는 건가?"

"이봐, 흑랑. 지금 내 눈을 의심하는 겐가?"

"응? 아, 아니. 그건 아니지만……."

"잘 듣게. 황야삼랑의 자존심이 높은 건 내 알 바가 아니지만 그렇다고 해서 내 사람 보는 눈까지 의심하는 건 용납할 수가 없네. 설마 우리들의 우두머리가 자네라고 생각하는 건 아니겠지?"

"무, 물론 아니. 내가 잘못 말했네. 막내가 아직 쾌유하지 못해서 요즘 사실 조금 감정적이거든. 이해해 주게."

흑랑은 연리수와 담우천을 대하는 것과 달리 쩔쩔매며 사과했다. 혁자룡은 그제야 화가 풀린 듯 가볍게 웃으며 고개를 끄덕였다.

"뭐, 적랑 때문에 마음이 어지럽다는 건 나도 잘 아니까. 어쨌든 저기 담형은 내가 직접 초빙한 사람이야. 그러니 적어도 일이 끝날 때까지는 동료라고 생각하고 친하게들 지내게."

"그러지."

흑랑이 애써 웃으며 말할 때였다. 그때까지 잠자코 있던 백랑이 불쑥 입을 열었다.

"하지만 저 꼬마들은?"

그는 담호와 담창을 둘러보며 물었다. 일순 혁자룡의 눈살이 살짝 찌푸려졌다. 그러나 그는 곧 태연한 얼굴로 대답했다.

"그 아이들은 담형의 자식들이네."

"응? 그런데 이곳에 왜……."

흑랑이 의아한 듯 입을 열었다. 하지만 그가 미처 질문을 다하기도 전에 혁자룡의 말이 곧바로 이어졌다.

"그 아이들은 담형이 책임질 거야. 그러니 더 이상 거론하지 말자구."

"아니, 그것만으로는 부족해."

입이 무겁기로 소문난 백랑이 다시 입을 열었다. 혁자룡은 다시 한 번 눈살을 찌푸렸지만 흑랑에게 하듯 오만하게 백랑을 대하지 않았다. 백랑은 무정한 눈빛으로 두 아이를 돌아보면서 말을 이었다.

"이번 일, 절대로 실패해서는 안 되는 일이지. 그런데 시작부터 이런 혹 덩어리들이 달려 있다면… 나는 포기하겠어."

흑랑이 당연하다는 듯이 말을 받았다.

"죽이든가 아니면 일이 끝날 때까지 어디 맡겨두면 되겠군. 아, 저귀네 객잔 어때?'

'누구는 그런 제안을 하지 않았겠나?'

혁자룡은 내심 한숨을 쉬었다.

사실 백랑의 표현이 아니더라도 이번 일은 지금껏 혁자룡이 해왔던 그 어떤 일보다 위험한 일이었다. 그러니 한 치의 실수도 없어야 하는 건 당연했다.

'애당초 적랑이 부상을 입은 것부터 일이 묘하게 틀어진 거야.'

적랑이 부상을 입지 않았더라면 구태여 담우천을 끌어들일 필요가 없었고 또 귀찮은 혹 덩어리들에 대해 신경 쓸 이유도 없었다. 하지만 이미 일이 이렇게까지 진행된 이상, 아쉬워하거나 후회해 봤자 아무런 소용이 없었다.

"듣고 있자니 말이 지나치군."

담우천이 천천히 입을 열었다.

흑랑이 그를 돌아보았다. 감히 내게 하는 소리냐는 표정이었다. 담우천은 무심한 눈빛으로 그를 보며 말을 이었다.

"혁형에게 말했듯이 아이들은 내가 책임진다. 그게 싫다면 나는 떠나겠다. 내가 필요하다면, 더 이상 아이들에 대해서 왈가왈부하지 말고."

"허어, 이 자식 말하는 것 좀 봐라."

흑랑이 눈을 부라리며 말했다.

"지금 내가 누구인지 알면서 하는 소리냐?"

갑자기 분위기가 싸늘하게 변했다.

4. 칠인(七人)의 낭인

낭인이라고 해서 다 똑같은 낭인은 아니다.

일반적으로 낭인은 세 등급으로 분류하는데, 가장 하급은

원래 일반 평민이었으나 가난을 이기지 못해 낫 대신 칼을 쥐게 된 무리였다. 또 원래 각 지역의 파락호였다가 살인 혹은 강간, 도적질 등의 범법행위로 인해서 도망 다니면서 얼떨결에 낭인이 되어버린 무리도 이 부류에 속했다.

강호를 떠도는 대부분의 낭인이 이 부류에 속했다. 그들은 먹고 살기 위해서 강도도 되었다가 전투 중인 문회방파의 하급 무사가 되기도 했다. 간혹 흑도방파(黑道幇派)의 일원이 되기도 하는데 그것도 꽤 운이 좋거나 실력이 뛰어나야 가능한 일이었다.

중품의 낭인은 정식으로 무공을 익히다가 사정에 의해 사문을 뛰쳐나오거나 쫓겨나서 강호를 떠도는 무리를 일컫는다. 혹은 어떤 경로로든 상당한 수준의 무공을 익혀서 그것으로 돈을 벌고자 하는 이들도 이에 속했다.

그들은 나름대로 뛰어난 실력을 지니고 있으며 강호에서도 제법 명성을 날리기도 했다. 중주사견(中州四犬)이나 황야삼랑 같은 이들이 바로 그러한 경우였다.

중품의 낭인들은 가진 실력을 바탕으로 용병(傭兵)이 되거나 중소 문파에서 대우를 받으며 식객 노릇을 하거나 혹은 고관대작의 호위를 맡는 경우도 있었다.

그들에게 있어서 삶의 목적은 쾌락이었으며 행복이었다. 아방궁을 지어 호의호식하는 게 꿈인 자도, 수백만 금을 벌어서 멋대로 살아가는 게 희망인 자도 있었다. 어쨌든 어떻게 하면 먹고 살 수 있을까, 하는 근본적인 문제를 걱정하는 하품의 낭인들과는 처지가 달랐다.

상품의 낭인은 말 그대로 수련자(修練者)들을 의미했다. 자신이 배운 무공의 끝을 보기 위해서 강호를 떠돌며 수련하고 고수들을 찾아다니면서 비무하는 게 그들의 일상이었다. 그들에게 있어서의 삶의 목적은 무공이었고, 강함이었다.

물론 그렇다고 해서 상품의 낭인이 최고수냐 하면 그건 또 아니었다. 중품의 낭인 중에서도 고수들은 얼마든지 있었다. 황야삼랑이나 무모호 연리수는 중품에 속하는 자들이었지만 그 실력만큼은 이 바닥에서 알아주는 고수들이었다. 적어도 이곳 유주에서만큼은 열 손가락 안에 드는 실력자들이었다.

하지만 담우천은 유주 사람이 아니었으며 또 황야삼랑에 대해서도 전혀 몰랐다. 그런 까닭에 담우천은 사실대로 말했다.

"아니, 잘 몰라."

흑랑의 눈이 벌겋게 달아올랐다. 흉포한 살기가 눈빛을 타고 쏟아져 나갔다. 그러나 담우천은 여전히 태연한 얼굴로 혁자룡을 돌아보며 말했다.

"확실히 말해주시오. 내가 필요한지 아닌지."

혁자룡은 다시 한 번 속으로 한숨을 내쉬었다. 그의 계획에 따르자면 이번 일에 필요한 사람은 모두 일곱이어야 했다. 그것도 꽤 솜씨 좋은 자들로.

"당연히 필요하지."

혁자룡은 고개를 끄덕이며 말했다. 흑랑이 자리에서 벌떡 일어나려는 순간, 백랑이 입을 열었다.

"솜씨가 뛰어나다면……."

흑랑이 잠시 머뭇거리며 그를 돌아보았다.

황야삼랑 중에서 가장 무공이 강하고 또 심기가 깊은 이가 바로 백랑이었다. 그런 까닭에 맏형인 흑랑은 물론 혁자룡조차 한 수 접어주는 인물이기도 했다. 그런 백랑이 담우천을 향해 말하고 있었다.

"적랑을 대신할 정도로 실력이 뛰어나다면 나도 더 이상 문제 삼지 않겠소."

어디나 마찬가지였다. 실력만 있다면 입을 다물게 만들 수 있었다. 상대의 존경도 받을 수가 있었다. 그러니 실력을 보여달라는 것이다.

담우천은 무덤덤하게 물었다.

"허공에 대고 검을 휘두르라는 것이오?"

"내가 상대해 주지."

흑랑이 벌떡 일어나며 말했다. 담우천은 여전히 가부좌를 튼 자세로 다시 물었다.

"일을 벌이기도 전에 피를 봐야 하나?"

흑랑이 피식 웃었다.

"왜, 다칠까 겁이 나나?"

"아니. 자네가 제 몫을 하지 못하게 될까 봐 걱정스럽거든."

담우천은 흑랑에게 그렇게 말한 후 혁자룡을 돌아보며 물었다.

"나는 아직 애송이라 제대로 힘 조절을 하지 못하오. 자칫 죽일 수도 있는데 괜찮소, 그래도?"

이번에는 혁자룡보다 흑랑이 더 빨랐다.

"이 개자식이!"

흑랑이 소리치며 어느새 뽑아 든 칼을 번개처럼 휘둘렀다. 눈 깜짝할 사이에 새파란 도광(刀光)이 반원을 그리며 담우천의 목을 베어갔다. 담우천의 눈가에 서늘한 빛이 스며드는 순간이었다.

"하하! 힘들도 좋군. 강적을 앞에 두고 싸움질이라니 말이야."

걸걸한 사내의 목소리가 사당 밖에서 들려왔다.

"거사(擧事)를 앞두고 피를 보려 하다니, 아무리 바보들이라고 해도 그런 짓은 하지 않을 거예요."

뾰족한 여인의 목소리가 그 뒤를 이었다.

일순 흑랑의 움직임이 거짓말처럼 우뚝 멈췄다. 흑랑의 칼이 담우천의 목을 베기 바로 직전의 일이었다.

자칫 제 목이 베어질 뻔한 아슬아슬한 상황이었음에도 불구하고 담우천은 무심한 눈길로 흑랑을 잠시 바라보다가 고개를 돌렸다.

한 쌍의 보기 좋은 연인, 혹은 부부인 듯한 남녀가 팔짱을 낀 채 사당 안으로 들어섰다. 삼십대 초중반의 사내는 잘 생겼으며 허우대가 좋았고 이십대 중반으로 보이는 여인은 평범한 외모였으나 매우 육감적인 몸매를 지녔다.

그 두 사람이 나타나자 사당의 분위기는 새롭게 바뀌었다. 사내는 술에 취해 비틀거리고 있었으며 여인은 그런 사내를 부축하느라 안간힘을 쓰고 있는데, 그 모습을 바라보고 있는 이들의 얼굴은 딱딱하게 굳어졌다.

저 오만하고 성질 급한 흑랑이나 늘 침착한 얼굴의 백랑, 그리고 표독한 눈빛으로 흑랑을 노려보고 있던 연리수마저 그들의 등장에 낯빛을 바꾸며 엉거주춤 자리에서 일어났다.

"늦으셨소."

심지어 이 모임의 주최자이자 모임의 대장 격인 혁자룡마저 자리에서 일어나 그들에게 공손한 어조로 말하고 있었다.

"하하, 미안미안. 조금 늦었네."

"그 봐요. 술 좀 작작 마시라고 했죠, 내가?"

사내는 머리를 긁적였고 여인은 눈을 흘겼다. 사내가 웃으며 말했다.

"다들 장승처럼 서서 뭐하는가? 자자. 앉자구, 저 친구처럼."

사내의 말처럼 사당 안에는 오로지 담우천만이 자리에 앉아 있었다. 흑랑이 그를 보며 눈을 부라렸다.

"뭐하고 있나? 어여 일어나서 인사하지 않고. 설마 천하의 취검비도(醉劍飛刀)도 모른다고는 하지 않겠지?"

말하는 걸 보니 흑랑 자신을 모른다고 대답했던 것이 여태 마음에 남아 있었던 모양이었다. 그때였다.

"뭐야, 흑랑. 내 앞에서 아직도 칼을 빼 들고 있나?"

술 취한 사내가 이죽거리며 말했다. 흑랑은 깜짝 놀라서 황급히 칼을 칼집에 넣었다. 여인이 웃으며 말했다.

"이이 말대로 다들 편히들 앉자구요. 한두 번 본 사이도 아닌데 어색하게들 왜 이러세요?"

흑랑이 허리를 굽히며 대답했다.

"네, 형수. 그렇게 하죠."

그는 자리에 앉으면서도 여전히 담우천을 노려보는 걸 잊지 않았다.

'이 천둥벌거숭이 같은 놈, 지금은 자리가 자리인지라 참고 넘어가지만 언제고 내 뜨거운 맛을 보여주마.'

흑랑의 표독한 눈빛은 그렇게 말하고 있었다.

"이제 다들 모였군그래."

혁자룡이 분위기를 환기시켰다.

"급하게 연락을 취하느라 자세한 이야기가 부족했을 거야. 냉씨(冷氏) 부부야 싸울 수 있는 자리만 만들어주면 늘 대환영일 테고."

"역시 혁형이 우리를 잘 아는군."

"무슨 소리예요? 싸우는 거 좋아하는 건 당신이지, 난 언제나 당신 뒤치다꺼리하느라 정신없다구요."

"음, 그런가? 미안미안."

취검비도 냉씨 부부의 대화가 만담처럼 흘러나왔다. 혁자룡은 쓴웃음을 흘리며 그들의 대화가 끝나기를 기다린 후 다시 말을 이어 나갔다.

"어쨌든 이렇게 일곱 명이 모였으니까 이번 일에 대해서 제대로 설명을 하겠네. 우리는 이곳 유주를 지나가는 표행(鏢行)을 털 것이네."

표행이라.

담우천은 내심 고개를 끄덕였다. 애당초 공물은 아니라고 생각했다. 부잣집을 털 리도 없겠고. 그렇다면 표행을 습격하는 게 그나마 가능성 있는 일이라고 추측한 상태였다. 하지만 의아한 점이 없는 건 아니었다.

'겨우 표행을 털기 위해서 이 정도 인물들이 필요했던 걸까?'

담우천은 서로 부둥켜안다시피 한 채 키득거리고 있는 냉씨 부부를 보면서 그런 생각을 했다.

다른 낭인들과는 달리 취검비도는 담우천도 익히 들어본 기억이 있는 별호였다. 일개 낭인이라고 불리기에는 너무나도 아까운 실력을 지닌 절정의 고수가 바로 그들이었다. 그들과 함께라면 표국(鏢局) 전체를 기습해도 성공할 것이다.

하지만 그런 것에 비하면 혁자룡이나 백랑 등의 말과 행동이 너무 신중하고 조심스러웠다.

'표행의 물건이 평범한 게 아닌가?'

아니나 다를까, 담우천이 그런 생각을 하는 동안 혁자룡은 계속해서 말을 이어 나갔다.

"몇 명은 이미 알고 있겠지만 이번 표행은 예사 물건이 아니네. 그 표행을 따르는 이들 중에는 절정검(切情劒) 조흔(曹欣)도 있으니까."

"으음."

그 사실을 처음 들었는지 연리수가 저도 모르게 신음 소리를 내고 말았다. 그는 곧 자신만이 놀라고 당황한 걸 알아차리고는 그만 얼굴이 새빨갛게 변했다.

그러나 누구 하나 그를 놀리는 사람은 없었다. 흑랑은 물론 표정의 변화가 별로 없던 백랑마저도 잔뜩 긴장한 표정으로 혁자룡의 다음 말을 기다리고 있었다.

"지금이라도 늦지 않았네. 물러서겠다면 붙잡지 않겠어. 그만큼 위험한 일이니까."

혁자룡의 말에 흑랑은 잠시 머뭇거렸다. 이미 알고 왔지만 역시 절정검 조흔이라는 이름은 결코 무시할 수 없는 위명을 지니고 있었다. 그러나 흑랑은 곧 어깨를 으쓱거리며 말했다.

"털 없는 녀석이라면 몰라도, 진짜 사나이들은 한번 결심한 걸 물리지 않지. 계획대로 가자구."

"흑랑!"

연리수가 소리치며 그를 노려보았다. 흑랑은 딴청을 피웠다. 연리수가 이를 갈며 말했다.

"털 없는 사내라도 사내는 사내! 나도 빠지지 않겠어."

냉씨 부부, 그러니까 취검비도는 저들이 그러거나 말거나 여전히 천연덕스럽게 서로 희롱하며 즐거워하고 있었다. 확실히 그들은 싸울 자리만 만들어주면 아무런 상관이 없다는 태도였다.

혁자룡은 담우천을 바라보았다. 담우천이 고개를 끄덕였다.

"좋아. 다들 동의한 걸로 알고 이야기를 계속하지."

혁자룡도 고개를 끄덕이며 말했다.

"아무래도 걸린 액수가 큰 만큼 이번 건은 확실히 위험한 일이야. 하지만 그래도 내 계획대로 하면 다치는 사람 한 명 없이 일을 끝낼 수 있을 게야. 물론 절정검 조흔은 닭 쫓던 개가 되어서 지붕만 쳐다볼 게고."

혁자룡은 사람들을 둘러보며 말했다.

"위험한 만큼 평소대로 움직이지 않을 것이네. 게다가 마침 담형과 아이들이 있으니까 거기에 맞춰서 계획을 짜봤네. 어떤 식이냐 하면……."

第三章

누구에게나 문신은 있다

어쩌면 그게 낭인의 숙명일지도 모른다. 아니, 어쩌면 그것은 삶을 살아가는 자라면 누구나 지니고 있는, 가슴 깊이 새겨진 문신 같은 것인지도 모른다.

1. 한 사람의 몫

혁자룡을 필두로 하여 취검비도, 황야삼랑, 무모호 연리호, 이렇게 일곱 명의 낭인이 바로 유명조였다. 평소에는 각자 따로 유주 일대를 떠돌아다니다가, 긴급하거나 중요한 일이 생기면 지금처럼 한 곳에 결집한다.

이번 소집은 혁자룡을 통해 이뤄졌고, 사람들이 모이기로 약속된 날까지 그는 저 표행을 털 계획을 준비했다. 그것은 혁자룡이 나름대로 꽤 공을 들여 만든 계획이었지만 유명조의 몇몇 사람에게는 썩 내키지 않은 계획인 듯했다.

"마음에 들지 않아."

"왜요? 내가 보기에는 괜찮은 것 같은데."

혁자룡은 잠을 청할 수가 없었다.

두런두런 이야기를 나누는 냉씨 부부의 말소리가 그를 잠들게 하지 못하게 만드는 까닭이었다.

"아무리 생각해도 혁형의 이번 계획은 별로라니까. 평소처럼 짠 하고 나타나서 한바탕 싸우고 모두 죽이면 끝나는 거잖아?"

남편은 영 마땅치 않다는 듯 투덜거렸다.

"이번에도 그렇게 하면 얼마나 간단해. 적당한 장소에 숨어 있다가 갑자기 튀어나간 다음, 앞을 가로막는 표사(鏢師) 한두 명 해치우고 나서 절정검 조흔과 피 터지게 싸우는 거지. 다른 표사들은 내가 놈과 싸울 동안 혁형이나 친구들이 모두 정리하면 되고. 왜 가장 강한 내가 아니라 혁형이 조흔과 싸우려고 하는지 모르겠어."

"그건 혁 오라버니가 조흔과 구원(舊怨)이 있다잖아요? 어쩌면 잘 된 일인지도 몰라요. 혁 오라버니가 조흔의 체력을 소진하게 만들면 그때 당신이 그와 싸우는 거예요."

아내는 소곤거리며 남편을 달랬다.

"하지만 그러려면 혁형이 최소한 오십 초는 버텨줘야 한다구. 그런데 혁형이 저 절정검 조흔에게 오십 초나 버틸 수 있을까?"

"믿어야죠, 뭐. 혁 오라버니가 그렇게까지 말했으니까요.

그리고 혁 오라버니, 생각보다 약하지 않아요."

이런 식의 말을 들으면서 마음 편하게 잘 수 있는 사람이 과연 얼마나 될까.

혁자룡이 조용히 자리에서 일어났다.

그러거나 말거나 냉씨 부부는 계속해서 혁자룡의 실력에 대해 이야기를 나누고 있었다. 혁자룡은 한숨을 쉬며 사당 밖으로 걸어 나왔다.

별빛이 맑은 밤하늘이었다.

혁자룡은 사당 벽에 기댄 채 팔짱을 끼고 밤하늘을 올려다보았다. 어쩌면 내일 복수할 수도 있겠군, 하는 생각이 들었다. 나쁜 기분은 아니었다. 십 년 동안 마음속 깊이 새겨둔 원한이 드디어 끝나는 것이니까.

그때 문득 인기척이 들렸다. 혁자룡은 벽 뒤로 몸을 숨겼다. 어린 소년이 사당 안에서 살금살금 기어 나오는 모습이 보였다. 담우천의 큰아들이었다.

'이름이……?'

혁자룡이 소년의 이름을 떠올리려 고개를 갸우뚱거리고 있을 때, 소년은 밤하늘을 보며 크게 호흡을 가다듬었다. 그리고는 이내 자세를 취하며 무공의 투로(套路)를 펼치기 시작했다. 흥미가 생겼는지 혁자룡은 소년의 움직임을 잠시 지켜보았다.

'호오, 이것 봐라.'

일순 그의 눈빛이 빛났다.

소년 담호는 입술을 깨문 채 투로에 맞춰 앙증맞은 주먹을 내뻗거나 몸을 비틀거나 혹은 발을 들어 허공을 걷어차기를 반복했다.

아직 어설프지만 절도가 있고 무게가 실려 있는 동작이었다. 무엇보다 혁자룡의 눈길을 끈 것은, 그 중심이 흐트러지지 않고 낮게 유지되는 일관성이었다.

'중심을 유지하는 건 꽤나 어려운 일이거늘.'

혁자룡은 눈을 가늘게 뜨며 소년의 움직임을 지켜보았다.

물론 담호가 펼치는 무공이 대단한 건 아니었다. 지금 담호는 조금이라도 무공에 관심이 있는 사람이라면 누구나 알고 있고 또 익히는 용무팔권(龍武八拳)이라는 무공을 연습하고 있었다. 용무팔권은 그 이름에 걸맞게 동작은 화려하고 시원시원했지만 실전에는 별 소용이 없는 권법이기도 했다.

하지만 그런 용무팔권의 투로를 따라 움직이는 담호의 동작들은 의외로 평범하지가 않았다.

주먹과 발을 내지를 때는 제대로 힘이 실렸고, 다시 동작을 모을 때는 깃털처럼 부드럽게 움직였다. 지면을 딛고 있는 두 발은 안정되었고 투로를 따라 이어지는 동작은 한 치의 오차도 없이 매끄러웠다.

좀 더 힘이 실리고 빠르고 정확하게 펼치게 된다면 어지간한 장정들이라 하더라도 이 소년의 주먹을 피하지 못할 것 같았다.

혁자룡은 팔짱을 낀 채 담호가 수련하는 광경을 잠시 지켜보다가 문득 무슨 생각이 들었는지 그에게 다가갔다. 뒤늦게 혁자룡을 발견한 담호는 깜짝 놀라며 동작을 멈췄다.

혁자룡은 무뚝뚝한 표정으로 입을 열었다.

"안정된 자세는 물론, 권각(拳脚)의 파괴력 또한 허리에서 나오는 법이다. 중심을 좀 더 낮추고 허리는 보다 빠르게 회전해야 한다. 그리고 방금 전의 동작 같은 경우는 허리부터 틀어야 한다. 허리를 틀고 어깨를 틀고 손목을 튼다. 그 순서를 빠르게. 다시 한 번 해봐라."

"네? 네."

담호는 깜짝 놀라며 허둥지둥 자세를 낮췄다. 그리고 혁자룡의 조언에 따라 동작을 펼쳤다. 혁자룡의 눈살이 가볍게 찌푸려졌다.

"그렇게 동작이 딱딱 끊어지면 무슨 소용이 있겠나? 허리와 어깨, 손목 하나하나에 신경을 써서 그런 게다. 조금 전처럼 부드럽고 빠르게, 물 흐르듯 자연스럽게 이어져야 좋은 자세가 나오는 법이다. 잘 보거라."

혁자룡은 방금 전 담호가 펼쳤던 선룡출궁(旋龍出宮)의 수법을 재연했다.

용이 몸을 틀며 궁 밖으로 나온다는 그 초식은 담호가 표연했을 때와 비교가 되지 않을 정도로 부드럽고 섬세한 한편,

맺고 끊어짐이 확실하였다. 허리를 틀고 어깨를 비튼 혁자룡이 이윽고 일권을 내지르는 순간, 소맷자락에서 팡! 하는 세찬 공기의 파동 소리가 들렸다.

이윽고 시연을 마친 혁자룡이 뒷짐을 지며 말했다.

"부드러움을 정점으로 끌어올려 마지막 순간에 격렬하게 움직이는 것이 이 선룡출궁의 요체다. 처음에는 되도록 동작을 천천히, 그리고 면면부절(綿綿不絶) 끊임이 되도록 움직여라. 그리고 마지막 주먹을 내지르는 순간, 모았던 힘을 한꺼번에 쏟아붓는 게다."

혁자룡은 잠시 말을 끊고 생각하다가 다시 입을 열었다.

"사람들은 이 용무팔권을 삼류무공이라며 우습게들 생각하지. 애들이나 배우는 기초 중의 기초라고 말이다. 하지만 기본이 되는 무공일수록 더욱 중요하다는 사실은 사람들은 종종 잊거든."

담호는 눈빛을 빛내며 혁자룡의 말을 경청했다.

"이 용무팔권에는 권법의 기초이자 본질이라 할 수 있는 육합오요(六合五要)가 고스란히 담겨 있다. 만약 네가 그 육합오요의 정수를 깨우친다면 앞으로의 정진에 큰 도움이 될 것이다."

담호는 혁자룡이 하는 말 중 절반도 알아듣지 못했다. 면면부절은 무엇이고 또 육합오요는 무슨 말인가. 하지만 그는 본능적으로 지금 혁자룡의 말이 매우 중요한 가르침이라는 것을 알아차렸다.

'지금은 무슨 말인지 몰라도 외워두면 나중에 알게 될 거야.'

담호는 깜찍하게도 그런 생각을 하면서 혁자룡이 해준 말을 처음부터 끝까지 외우고자 했다. 그때 혁자룡이 다시 입을 열었다.

"자, 이걸 한번 연습해 보거라. 비연투추(飛燕投錐)라는 건데 너와는 잘 어울리는 초식일 게다."

혁자룡은 그렇게 말하며 한 가지 초식을 선보였다. 몸을 잔뜩 숙였다가 어느 순간, 이삼 장의 거리를 나는 듯이 한달음에 뛰어오르더니 두 무릎을 번갈아 내지르는 것이다. '나는 제비가 쇠침을 던진다'라는 초식명답게 빠르고 날렵한 가격이 일품인 초식이었다.

시범을 마친 혁자룡은 담호를 외면한 채 입을 열었다.

"단순하지만 제법 파괴력이 높은 초식이다. 최대한 빠르게, 기습적으로 움직인다면 상대가 미처 반응하기 전에 일격을 가할 수 있을 게야. 강호를 떠돌면서 우연히 습득한 초식치고는 매우 순도가 높은 놈이다."

담호는 그의 설명을 들으면서 방금 보았던 장면을 머릿속으로 떠올렸다. 그리고는 소년답지 않게 한숨을 내쉬고 말았다.

한달음에 이삼 장을 날아오르는 것이나 허공에 뜬 상태에서 연거푸 무릎 공격을 하는 건 거의 불가능하게 느껴졌기 때문이었다.

"동선(動線)이나 그 의미를 보자면 체구가 작은 여자나 어린아이가 펼치기에 딱 알맞은 초식이라 익히고도 별로 써먹지 못했지만, 어쨌든 중요한 건 한 순간에 네가 지닌 모든 힘을 한꺼번에 발출해야 한다는 점이다. 땅을 박차고 튀어오르는 바로 그 순간에 말이다."

혁자룡은 다시 한 번 시범을 보였다. 그는 개구리처럼 납작 몸을 숙였다가 힘껏 발을 굴렀다. 순식간에 그의 신형이 이삼 장이나 허공을 날았다.

경쾌하게 지면에 안착한 그는 담호를 향해 돌아서다가 문득 눈살을 찌푸리며 꾸짖었다.

"지금 어디를 보고 있는 게냐?"

입을 벌린 채 혁자룡을 바라보던 담호는 화들짝 놀라며 고개를 숙였다. 혁자룡은 혀를 쯧쯧 차면서 그에게 다가서며 말했다.

"내 뒷모습이 아니라 내가 찬 지면을 보란 말이다."

그게 무슨 뜻인지 모르면서도 담호는 혁자룡의 말에 따라 시선을 향했다.

이내 그의 눈이 휘둥그레졌다. 조금 전 혁자룡이 뛰어올랐던 그 자리에, 조그만 두 개의 구덩이가 움푹 패여 있었던 것이다. 바로 혁자룡이 몸을 날릴 때 생긴 흔적이었다.

"이 정도 힘을 기르려면 평소 진각(震脚) 수련을 게을리 하지 않아야 한다."

진각이란 발 구르기를 의미했다. 자세를 취할 때나 바꿀 때마다 발을 크고 힘차게 내딛는 것이 바로 진각이었다. 전설 같은 이야기이지만, 제대로 진각을 펼칠 줄 아는 사람이라면 한 번 발을 내딛는 것만으로도 지면이 갈라지거나 땅이 뒤흔들린다고 했다.

혁자룡은 그 뒤로도 서너 차례의 시범을 더 보였다. 한참 동안이나 혼자서 혁자룡의 자세와 동작을 흉내 내던 담호는 그가 사당 안으로 들어가는 뒷모습을 보고서 뒤늦게 허둥지둥 허리를 숙였다.

"가르쳐 주셔서 고맙습니다."

혁자룡이 멈춰 섰다. 그는 머뭇거리다가 낮은 목소리로 말했다.

"고마워할 것 없다. 네가 귀엽거나 기특해서 가르쳐 준 게 아니니까. 단지… 너도 들어서 잘 알겠지만 내일 생사가 오가는 싸움이 벌어질 것이다. 그때 네가 네 아비의 짐이 되어서는 안 된다고 생각했기 때문이다. 물론 오늘 하루 바짝 수련한다고 해서 될 일은 아니겠다만, 어쨌든 너도 한 사람의 몫을 해야 할 것 같아서 몇 마디 해준 것이다."

말을 마친 혁자룡은 곧 사당 안으로 사라졌다.

잠시 그의 뒷모습을 바라보던 담호는 혁자룡이 가르쳐 준 동작을 반복해서 연습하기 시작했다. 온몸에 땀이 흥건하게 배일 정도로 열심인 그의 얼굴에는 여덟 살 소년의 표정에는 어울리지 않는, 굳센 의지의 빛이 깊게 새겨져 있었다.

황량한 밤바람 한줄기가 구릉 너머에서부터 불어왔다. 구절하의 물기가 스며 있는 바람이었다.

2. 가슴 속에 새겨진 문신

"고맙소."

담우천이 말했다. 막 사당 안으로 들어서던 혁자룡이 머쓱한 표정을 지었다.

다른 사람들은 이미 깊게 잠든 지 오래인 듯싶었다. 냉씨 부부는 서로 껴안은 채, 연리수는 벽에 기댄 채, 그리고 흑랑과 백랑은 바닥에 드러누운 채 잠들어 있었다. 오직 담우천만이 홀로 모닥불 곁에 앉아 있었다.

혁자룡은 머뭇거리다가 그의 곁에 자리를 잡았다. 그리고는 담우천의 시선을 피해 고개를 돌리며 말했다.

"일전에도 말했지만 난 꼬마 아이들이 싫네. 녀석이 귀여워서 가르쳐 준 건 절대 아니라구."

"그럴 것이오."

강한 부정은 긍정일 수도 있었다. 스스로도 그런 느낌을 받았는지, 혁자룡은 재빨리 화제를 돌렸다.

"미안하군."

담우천이 고개를 갸웃거렸다.

"무슨 말씀이오?"

"자네의 배당 말이네. 이번 건이 최소한 은자 만 냥이 넘는 거액의 표물을 터는 일인데, 자네에게는 겨우 은자 백 냥만 주겠다고 해서 말이야."

"아아. 괜찮소."

담우천은 피식 웃으며 말했다.

"돈에 늘 쪼들리고 살기는 하지만 그렇다고 또 돈에 욕심이 많은 건 아니오. 은자 백 냥으로 충분하오."

"아니, 그래도 내가 너무 야박했다는 생각은 지울 수가 없네. 일이 무사히 끝나게 되면, 내 배당에서 따로 천 냥 정도 떼어주겠네."

"그럴 필요……."

"거절하지 말게. 가끔은 아이들에게 제대로 된 음식도 먹이고 또 자네 또한 좋은 술도 마실 필요도 있다네."

담우천은 입을 다물었다. 혁자룡이 그렇게까지 말하는 데야 더 이상 거절할 이유가 없었다.

'제대로 된 음식과 좋은 술이라.'

사실 중원 대륙의 음식이나 술은 그 수많은 종류만큼 가격의 차이도 엄청났다.

길거리에서 담자(毯子)를 지고 다니는 장사꾼에게 사먹는 국수는 겨우 동전 닷 푼에 불과했다. 그런 식으로 끼니를 때운다면 네 명의 가족이 은자 한 냥으로도 한 달 식비를 해결할 수가 있었다.

반면 금칠을 한 대문을 지나서 금으로 만든 그릇과 젓가락으로 먹는 국수는 단 한 그릇에 은자 열 냥이 넘었다. 그런 호화찬란한 객잔에서, 한때 황궁에서 일한 적이 있는 숙수(熟手)가 만든 요리 십여 가지를 주문한다면 은자 백 냥이 훌쩍 넘는 한 끼 식사가 되는 법이다.

그 정도는 아니더라도, 가령 어제 유랑객잔에서 먹었던 오리구이와 삼십 년 묵은 분주 한 병만 해도 최소한 은자 두 냥은 받을 것이다. 그것만으로 담우천 일가의 두 달 식비가 훌쩍 날아가는 셈이다.

"모름지기 사내라면 최소한 돈과 계집 앞에서만큼은 당당해야 하지. 마음에 드는 계집 앞에서 쩔쩔 매거나 푼돈을 앞에 두고 비굴해진다면 그때는 불알을 떼어낼 때가 된 게야."

혁자룡의 과장스러운 말에 담우천은 미소를 머금었다. 한결 그가 가깝게 느껴졌다. 그래서였을 게다, 굳이 하지 않아도 될 이야기를 한 것은.

"내일, 혁형이 굳이 조흔과 싸울 필요는 없을 것 같소이다만."

혁자룡은 말이 없었다.

문득 담우천 옆에 놓여 있던 바구니가 움직였다. 그 안에서 잠들어 있던 담창이 몸을 뒤척이며 칭얼거린 것이다. 담우천이 조심스럽게 아이를 다독거렸다. 혁자룡은 잠시 그 광경을 지켜보다가 입을 열었다.

"내가 무리한다고 생각하나?"

담우천은 난처한 표정을 지었다. 혁자룡은 그의 대답을 기대하지 않은 듯, 곧바로 말을 이었다.

"사실 나 또한 무리라고 생각하네. 일개 낭인 따위가 절정검 조흔 같은 고수에게 원한을 갚겠다는 것부터 어쩌면 말도 안 되는 소리이니까."

담우천은 한 손으로 담창을 다독거리면서 혁자룡의 옆얼굴을 바라보았다. 모닥불로 인해 짙은 음영이 생겼다가 사라지는 그 얼굴에는 뱀이 기어간 자국처럼 긴 상흔이 새겨져 있었다.

"내 나이 벌써 마흔둘이네. 열다섯 나이에 처음 칼을 잡았으니 강호에서 뒹군 지가 벌써 서른 해 가까이 되었지."

혁자룡의 목소리가 투박하게 울렸다. 담우천은 가만히 그의 이야기를 들었다.

"처음 칼을 쥐었을 때 나는 무림제일고수를 꿈꾸었네. 그리고 십 년이 흘렀을 때에는 조그만 문파의 주인이 되면 행복하겠다고 생각했지. 다시 십 년이 흘렀을 때에는 은자 백만 냥을 모아서 은퇴하는 게 소원이 되었네. 그리고 지금은… 어떡하든 은퇴할 때까지 살아남는 게 최우선이 되었지만."

문득 혁자룡의 입가에 자조적인 미소가 떠올랐다.

"하지만 은퇴하기 전에 하마터면 죽을 뻔했지. 벌써 십오육 년 전의 일이지. 피를 철철 흘리는 날 내려다보면서 놈이 그렇게 말하더군. 겨우 그깟 실력으로 지금껏 살아남은 게 용하다고 말이네. 그리고 또 조롱했네. 자신을 아버지라고 부르면서 자신의 가랑이 사이를 기어가면 목숨만큼은 살려주겠다고 말이지. 그때 놈의 나이, 불과 열일곱이었다네."

혁자룡의 이야기를 들으면서 담우천은 지금 이 사당 안에서 잠들어 있는 사람은 오직 그의 둘째 녀석밖에 없다는 것을 깨달았다. 다른 사람들은 모두 잠든 척하면서 귀를 쫑긋거리고 있었다.

"나는 구사일생으로 목숨을 구해 꽁지가 빠져라 도망쳤네. 그 뒤에 대고 녀석이 크게 웃더군. 그 웃음소리가… 아직도 내 귀에 선하다네."

문득 혁자룡이 불쏘시개용으로 들고 있던 나뭇가지가 우둑 소리를 내며 부러졌다. 그의 불끈 쥔 손등에 새겨진 굵은 힘줄이, 지금 그가 얼마나 분노하고 있는지 말해주었다.

"어차피 이 바닥이란, 타인의 생명을 자양분 삼아 살아가는 곳이니까. 내가 살기 위해서 타인을 죽여야 하는 건 당연하니까. 차라리 놈이 내 목숨을 빼앗았다면 별 원한 따위 갖지 않고 마음 편하게 저승으로 갔을 게야."

그의 말은 계속 이어졌다.

"내가 놈에게 복수를, 원한을 갚고자 하는 건… 내 목숨보다 더 소중한 무언가를 박살 냈기 때문이지. 부정하고 무너뜨리고 모욕한 거야, 내가 지금껏 살아왔던 모든 것을."

담우천은 입을 열었다가 생각을 바꾸었다. 이럴 때 건네는 위로의 말처럼 공허한 건 없었으니까.

시간이 흘렀다. 혁자룡의 시뻘겋던 눈빛이 차츰 평소의 냉정한 빛으로 되돌아왔다. 나이가 많다는 것은, 젊은 사람들보다 이성을 회복하는 속도가 빠르다는 뜻이기도 했다.

혁자룡은 부러진 나뭇가지를 불 속으로 던지며 말했다.

"이번 표행길에 놈이 있다는 걸 듣고는 쾌재를 불렀지. 솔직히 말하자면 은자 만 냥의 표물보다 놈의 존재가 더 반가웠거든. 그래서 굳이 내가 놈을 맡겠다고 한 게야."

그는 어깨를 으쓱거렸다.

"놈은 더욱 강해졌겠지. 하지만 나도 십오 년 전의 내가 아니니까."

거기까지 말한 혁자룡은 입을 다물었다. 담우천도 아무런 말을 하지 않았다. 잠시 침묵이 맴돌았다. 문득 등 뒤쪽에서 여인의 목소리가 들려왔다.

"하지만 아쉽게도 정면승부로는 이길 수 없을 거예요."

담우천은 고개를 돌렸다.

냉씨 부인이 가로로 길게 누운 채 그들을 쳐다보고 있었다. 예쁜 얼굴은 아니었지만 표정이 풍부하고 섬세한 여인이었다. 담우천의 시선에 그녀는 방긋 미소를 지어 보였다. 꽤 오래 전부터 알고 지낸 이에게 보여주는, 그런 친근함이 가득 담긴 미소였다.

담우천이 고개를 돌렸다. 혁자룡은 서글픈 미소를 띠우며 말했다.

"아마도 그렇겠지. 그때 불과 삼 초도 견디지 못했으니까. 하지만 지금이라면… 제수씨 말대로 오십 초 정도는 견디지 않을까?"

"흠. 뒤는 내게 맡기시오, 혁형."

이번에는 사내의 음성이 들려왔다. 취검 냉하벽(冷霞霹)이었다. 그 또한 깨어 있었던 것이다.

"역시 은퇴할 때까지는 살아 있어야지. 그래야 그동안 모은 돈으로 떵떵거리며 살 수 있으니까. 괜히 순간의 분노와 호승심 때문에 목숨까지 잃을 필요는 없소. 오십 초만 견디면 그 싸움은 혁형의 승리요."

냉하벽은 진심이라는 어조로 말했다. 혁자룡은 쓰게 웃으며 고개를 끄덕였다.

"나 역시 그리 생각하오. 과거 삼 초도 견디지 못한 내가 지금에 와서 오십 초를 버틸 수 있다면… 놈의 검에 목숨을 잃어도 내가 이긴 것이라고 말이오."

혁자룡은 잠시 머뭇거리다가 힘들게 말을 이었다.

"그리고 분명 오십 초는 견딜 수 있을 것이오."

담우천은 가만히 그를 바라보았다.

어쩌면 혁자룡 스스로도 그렇게 생각하지 않는 것처럼 보였다. 조흔에게 오십 초를 버틴다라.

절정검 조흔은 정말 강한 인물이었다. 마흔이 안 된 검객들 중에서 그를 능가하는 자는 찾기가 힘들었다. 혁자룡이 지난 십오 년간 뼈를 깎는 노력을 했다 하더라도 어쩌면 그들 사이의 격차는 더욱 벌어졌을지도 모른다. 삼십대에 이른 조흔의 위명은 이미 천하를 위진시키고 있었으므로.

하지만 담우천은 혁자룡을 만류하고 싶은 생각은 없었다. 무인이란 원한을 잊지 않는 법이었고 그들에게 있어서 목숨보다 중한 게 자긍심이고 또한 명예였으니까. 그 잃어버린 것들을 되찾기 위해서 싸우겠다는데 어찌 말릴 수가 있을까.

지금의 혁자룡은 더 이상 낭인이 아니었다. 당당한, 강호무림을 살아가는 한 사람의 무인이었다.

"무운(武運)을 빌겠소."

그게 담우천이 할 수 있는 최선의 말이었다. 혁자룡은 쑥스럽다는 듯이 웃으며 대답했다.

"뭐 불리하면 언제든 도움을 청할 것이네. 아무리 그가 강하다 하더라도 취검비도와 황야삼랑, 그리고 무모호와 자네를 상대로 버틸 거라고는 생각하지 않으니까."

한편 이때 냉하벽은 아내 냉 부인과 함께 두런두런 대화를 나누고 있었는데, 문득 담우천이 듣자니 그처럼 황당한 이야기도 또 없었다.

"할 수 없군그래. 혁형이 저토록 조흔과 겨루기를 원하니 내가 양보할 수밖에. 아까 혁형의 계획에 수긍하는 척하기는 했지만 조흔을 만나기만 하면 내가 먼저 싸우려고 했거든."

"생각 잘하셨어요. 저도 혁 오라버니를 응원할게요. 비록 결국에는 당신과 조흔이 싸우게 되겠지만."

담우천은 그들의 대화를 흘려들으면서 뒤로 물러나 앉았다. 그리고 눈을 감은 채 잠시 상념에 젖었다.

그때 갑자기 담창이 악몽을 꾸었는지 발작적으로 울기 시작했다. 날카로우면서도 우렁찬 울음소리가 사당 안을 가득 메웠다. 담우천은 당황하여 얼른 다가가 달래려고 했지만 울음소리는 더욱 커졌다.

"배가 고픈가?"

한 손으로 아이를 안아 든 채 광주리를 뒤지던 담우천의 얼굴에 낭패의 빛이 스치고 지나갔다. 양 젖을 담아두었던 젖병에서 시큼털털한 냄새가 난 것이다. 단단히 주의하기는 했지만 아무래도 상한 게 분명했다.

"이리 줘 보세요."

냉씨 부인이 달콤한 목소리로 말했다.

담우천은 무심코 젖병을 건네려다가, 이내 그녀가 달라고 한 것이 담창이라는 사실을 깨닫고는 머쓱한 표정을 지으며 아이를 건넸다.

냉씨 부인은 매우 안정된 손길로 아이를 받아 안았다. 그녀에게서 제 엄마의 냄새를 맡은 것일까. 담창의 울음소리가 낮아졌다. 아직 잠결인 아이는 칭얼거리며 그녀의 품속으로 파고들었다.

"착하지, 아가야."

냉씨 부인은 부드럽게 말하며 한 손으로 옷섶을 풀었다. 크고 탐스러운 젖무덤이 옷자락 사이로 환하게 드러났다.

멍하니 바라보고 있던 담우천과 혁자룡의 얼굴이 동시에 화끈 달아올랐다. 그들은 얼른 고개를 돌렸다. 하지만 아직도 냉씨 부인의 커다란 젖가슴이 그들의 망막에 아른거렸다.

"잠시만 기다리렴. 젖이 나올지 모르겠구나."

냉씨 부인은 한 손으로 젖무덤을 주물럭거렸다.

"내가 주물러 줄까?"

"됐네요!"

냉하벽이 도와준답시고 손을 내밀었지만 냉씨 부인은 차갑게 거절했다. 머쓱해진 그는 헛기침을 하며 뒤로 물러앉았다.

"어머, 나오네. 다행이구나. 네가 그래도 먹을 복은 타고났나 보다."

냉씨 부인의 말과 동시에 담창의 칭얼거림은 멎었다. 그리고 꿀꺽, 꿀꺽 하며 젖 먹는 소리만이 사당 안을 가득 메웠다.

'아이가 있었던가?'

냉씨 부인이 젖을 물리는 걸 보지 않으려고 돌아앉았던 담우천은 저도 모르게 고개를 갸웃거렸다. 젖이라는 게 아무 때나 나오는 건 아니었으니까.

"몇 개월 되었죠? 돌은 지난 것 같은데."

냉씨 부인이 물었다.

"그게……."

담우천이 애매하게 말꼬리를 흐리다가 겨우 대답했다.

"아직 돌은 지나지 않았습니다. 십일월이 돌일 겁니다. 저 녀석 태어날 때 정말 추웠더랬죠."

그때였다.

"어? 어, 엄……."

담호는 혼자만의 수련을 끝내고 막 사당 안으로 들어서다가, 냉씨 부인이 담창에게 젖을 먹이는 광경을 보고는 깜짝 놀라며 입을 벌렸다. 냉씨 부인에게서 순간적으로 엄마의 모습을 보았던 것이다.

하지만 곧 소년의 얼굴에는 실망의 빛이 떠올랐다. 그는 재빨리 입을 다물고는 심통난 표정으로 제 자리로 가서 누웠다.

배불리 젖을 먹었는지, 담창은 만족스러운 표정으로 젖꼭지에서 입을 뗐다. 그리고 마치 제 엄마의 품이라도 되는 양, 냉씨 부인의 품속으로 파고들며 정확하지 않은 발음으로 중얼거렸다.

"엄마, 엄마."

순간 냉씨 부인의 표정이 한없이 부드러워졌다. 담창을 바라보는 눈빛은 햇살처럼 밝았고 그 미소는 더없이 자애로웠다.

그녀는 아이의 이마에 입을 맞췄다. 그리고는 아이의 귓가에 대고 자장가처럼 소곤거렸다.

"그래, 이 엄마 품에서 푹 자렴."

"엄마는 무슨 엄마예요!"

그때, 돌아누워 있던 담호가 벌떡 일어나 앉으며 쏘아붙였다.

"아호!"

담우천이 당황해서 그를 불렀지만 담호는 멈추지 않았다. 소년은 냉씨 부인을 노려보며 계속해서 악을 쓰듯 소리쳤다.

"아줌마는 우리 엄마가 아니에요! 우리 엄마는, 우리 엄마는 아줌마랑 비, 비……."

냉씨 부인이 눈을 가늘게 뜨며 물었다.

"비교할 수가 없다는 거니?"

'비교'라는 단어가 떠오르지 않는 바람에 말을 더듬던 담호의 얼굴이 붉어졌다. 고집 때문이었을까, 그는 얼른 표현을 달리했다.

"우리 엄마는 아줌마랑 달라요. 다른 누구도 우리 엄마가 될 수 없다구요. 아줌마는 엄마가 될 수 없어요! 그러니까 함부로 엄마, 하는 소리를……."

"이제 그만해라."

담우천이 소년의 어깨를 잡았다. 아들을 바라보는 그의 얼굴이 딱딱하게 굳어 있었다.

"그게 무슨 말버릇이냐? 아무래도 내가 널 잘못 가르친 것 같구나."

"괜찮아요."

냉씨 부인은 품안의 꼬마를 담우천에게 건네며 말했다. 그녀의 얼굴에는 여전히 달콤한 미소가 머물러 있었지만, 왠지 차갑고 서늘하게만 느껴지는 표정이었다.

"아무래도 오늘 잠자기는 그른 것 같네요."

냉씨 부인이 자리에서 일어나며 말하자 냉하벽이 서둘러 그녀를 붙잡으며 달랬다.

"이봐, 애가 하는 말이야. 그런 것 가지고 삐치다니, 당신이 애야?"

"흥!"

그녀는 코웃음을 치며 매몰차게 냉하벽의 손길을 뿌리쳤다. 그리고는 뒤도 돌아보지 않은 채 사당 밖으로 걸어 나갔다.

"이런 제기랄."

냉하벽이 투덜거리면서 일어나더니 곧 아내를 따라 밖으로 나갔다. 그 와중에 냉하벽은 힐끗 담호를 바라보았는데, 그 눈빛이 어찌나 살벌하고 냉랭했던지 소년은 하마터면 오줌을 지릴 뻔했다.

그렇게 냉씨 부부가 빠져나간 공간에는 어색한 공기만이
맴돌았다.

담우천은 무표정한 얼굴로 담호를 바라보았다. 그 차갑게
가라앉은 눈빛에 담호는 고개를 숙여야만 했다. 담우천이 말
했다.

"가서 잘못했다고 빌어라."

담호는 고개를 숙인 채 고집스레 입술을 깨물었다. 담우천
의 목소리가 더욱 낮아졌다.

"지금 네가 잘했다고 생각하는 것이냐?"

"……."

"나가거라. 그리고 무얼 잘못했는지 깨닫기 전에는, 그리
고 냉씨 아줌마로부터 네 잘못에 대해 용서를 받을 때까지는
들어오지 말거라."

부친의 말은 엄하기 그지없었다. 소년의 커다란 눈동자에
눈물이 고이기 시작했다. 그러나 담우천은 냉랭한 표정을 바
꾸지 않은 채 소년을 외면했다.

담호는 결국 고개를 숙인 채 자리에서 일어나 밖으로 걸어
나갔다. 여덟 살 꼬마의 불쌍할 정도로 축 늘어진 뒷모습이
사당 밖으로 사라질 즈음, 누군가 비꼬듯이 중얼거렸다.

"내 이럴 줄 알았다. 괜히 혹 덩어리더냐?"

일순 담우천은 성난 범처럼 불똥 튀는 눈빛으로 흑랑을 노

려보았다. 흑랑은 잠든 듯 움직이지 않았다. 일촉즉발의 분위기가 장내를 휩쓸고 지나갔다.

지켜보고 있던 혁자룡이 참다못해 한마디 할까 하다가 곧 머리를 설레설레 흔들며 뒤로 물러나 앉았다.

'이래서 애들은 정말 싫다니까.'

혁자룡이 내심 그렇게 중얼거릴 때였다. 흑랑을 노려보던 담우천이 그를 향해 사과했다.

"미안하오."

"아, 나야 뭐 상관없는 일이니까."

혁자룡은 어깨를 으쓱거리며 말했다.

"하지만 제수씨는 제법 충격을 받았을 것이오. 그녀에게 엄마가 될 수 없다는 식의 말은……."

혁자룡은 말꼬리를 흐렸다. 담우천은 잠시 그의 뒷말을 기다렸지만 혁자룡은 더 이상 입을 열지 않았다.

'설마…….'

담우천의 뇌리로 문득 냉씨 부인이 담창에게 젖을 먹이던 광경이 떠올랐다. 그제야 어느 정도 그녀의 사정을 짐작할 것 같았다.

'혁형도 그렇고 저들 부부도 그렇고… 다들 깊은 사연 하나씩은 있구나.'

담우천은 이 와중에도 새근거리며 잘 자고 있는 담창을 광주리 안에 눕히면서 생각했다.

남들 모르는 사연.

어쩌면 그게 낭인의 표식일지도 모른다. 아니, 어쩌면 그것은 삶을 살아가는 자라면 누구나 지니고 있는, 가슴 깊이 새겨진 문신 같은 것인지도 모른다.

3. 좋은 사람

"들어가서 자자. 내일 한바탕 싸우려면 조금이라도 자둬야 한다구. 애들이 다 그렇지 뭐. 그런 것 같지고 삐치면 속 좁다는 소리밖에 듣지 못해. 그러니까 당신답게 활짝 웃으면서 들어가자, 응?"

달래는 건지 속을 긁는 건지 모르겠지만, 어쨌든 냉하벽은 부인의 화를 풀어주기 위해 노력하고 있었다.

"봐라, 저 버르장머리 없는 꼬마 녀석을 보고서도 계속 아이 타령만 할 거야? 차라리 아이 따위는 없는 게 낫다니까. 그러니까 더 이상 죽은 아이 생각은 하지 말고… 어라, 넌 또 왜 나왔냐?"

냉하벽은 인상을 찌푸렸다. 담호가 쭈뼛거리면서 그들에게 다가오고 있었다.

소년은 냉하벽의 냉랭한 시선에 어쩔 줄 몰라 하다가 고개를 푹 숙였다. 그리고는 기어 들어가는 소리로 힘겹게 말했다.

"미, 미안해요. 제가 잘못했어요."

"흥! 이제 와서 잘못했다고 하면 모든 게 해결될 거라고 생각하느냐? 사람 죽여 놓고 잘못했다 하면 그걸로 깨끗하게 해결되겠냐?"

냉하벽이 윽박지르자 담호는 더욱 어찌할 바를 몰라 하며 허둥댔다. 그때 냉씨 부인이 차분하게 말했다.

"됐어요. 이제 그만하세요."

"하지만 이 녀석……."

"애잖아요. 철모르는 애가 한 걸 가지고 정색을 하는 건 어른답지 않아요."

"아, 아니. 이보라구. 지금껏 누가……."

냉하벽이 어이없어할 때 냉씨 부인은 담호를 돌아보며 다정하게 말했다.

"그래. 사과를 받아들이마."

냉씨 부인은 고개 숙인 담호의 머리를 쓰다듬으며 부드럽게 말을 이었다.

"잘못은 누구나 저지를 수 있는 법이란다. 하지만 진심으로 잘못을 깨닫고 뉘우치고 사과할 줄 아는 사람은 정말 드물지. 너는 지금 용감하고 당당하게 행동한 거야."

그때였다. 고개를 숙이고 있던 담호가 갑자기 울먹이기 시작했다. 냉씨 부인이 깜짝 놀라며 물었다.

"왜 그러니? 내가 뭐 잘못 말한 거라도 있니?"

"그게 아니에요."

담호는 애써 울음을 참으며 말했다. 절대로 울지 않겠다고 그의 부친과 약속하지 않았던가.

"정말 죄송해서 그래요."

담호는 손등으로 눈가를 닦아내며 말을 이었다.

"제가 잘못했어요. 그런 말을 하는 게 아니었는데… 정말 죄송해요."

냉씨 부인은 물끄러미 담호를 내려다보았다. 왜 갑자기 소년이 우는지 알 것 같았다. 그녀의 입가에 부드럽고 인자한 미소가 스며들었다. 냉하벽도 같은 생각인 듯 고개를 끄덕이며 웃고 있었다.

'처음에는 아빠가 시켜서, 억지로 할 수 없이 우리를 찾아와 사과한 거겠지. 하지만 그녀의 이야기를 듣는 동안 그제야 비로소 제 잘못을 깨달은 거야. 그리고 그녀에게 진심으로 감동한 게야.'

냉하벽은 자랑스럽다는 듯 자신의 아내를 바라보았다. 일개 낭인의 아내로 있기에는 정말 아까운 여인이었다.

냉씨 부인은 무릎을 꿇고는 담호를 끌어안았다. 담호의 콧물과 눈물이 자신의 어깨를 지저분하게 만들었지만 그녀는 개의치 않았다.

담호는 그녀의 품이 너무나도 따듯하고 부드러워서 하마터면 저도 모르게, 엄마에게 그러했듯, 꼭 부둥켜안을 뻔했다. 문득 그는 이 아줌마가 생각보다 훨씬 좋은 사람이라는 걸 깨달았다.

"자. 이제 들어가서 자자꾸나. 내일 힘든 하루가 될 테니까."

냉씨 부인은 소년의 등을 다독이며 소곤거렸다.

"힘내렴. 네 동생과 네 아버지를 위해서라도. 그리고 네 엄마를 생각해서라도."

소년은 천천히 고개를 끄덕였다.

第四章

건영표국 사람들

사실 그가 말한 규칙이라는 건 육로삼불주(陸路三不住)를 가리키는 것이다.

　육로삼불주란 원래 육로로 표행길을 할 때에 세 군데에서는 머물지 말라, 라는 의미로 그 내용은 호지민에게 한 말과 사뭇 달랐다. 새로 연 객잔, 주인이 바뀐 객잔, 그리고 창녀가 있는 객잔에서는 자칫 생길 수 있는 불상사를 대비하여 절대 투숙하지 않는다는 게 육로삼불주의 참뜻이었다.

1. 골칫덩어리

"헤헤, 이제 다 나았습니다요."

강씨 노인은 삐쩍 마른 팔을 들어 보이며 웃었다. 매부리코의 중년인은 아무래도 미심쩍다는 듯이 강씨 노인의 창백한 안색을 바라보며 말했다.

"제대로 노을 저을 수 있나?"

"물론입니다요."

강씨 노인은 가슴을 치며 말했다.

"알았네. 무사히, 그리고 안전하게 건네준다면 내 약조했던 금액의 두 배를 주겠네."

"아이쿠, 감사합니다."

연신 허리를 숙이며 절을 하는 강씨 노인을 뒤로하고, 매부리코의 중년인은 수하들을 둘러보았다.

한 눈에도 표행길의 표사들이라고 보이는 이십여 명의 건장한 무인이 '건영표국(建榮鏢局)'이라는 깃발을 든 채 시립해 있었다. 그들 사이에는 수레 반 대 분량의 짐이 놓여 있었다. 아마도 이번 표행길의 표물인 듯싶었다.

"다들 이야기 들었지? 반 시진 내로 출발할 테니까 그때까지 모든 준비를 완료하도록."

매부리코의 중년인, 그러니까 건영표국의 대표두(大鏢頭)인 낭아도객(狼牙刀客) 가득도(可得道)의 말에 표사들은 일제히 힘찬 함성으로 대답했다.

"합오(合吾)!"

그들의 쩌렁쩌렁한 목소리에 나루 주변을 오가는 행인들이 걸음을 멈추고 그 광경을 지켜보았다.

일반적으로 표국의 세력이 클수록, 표행길에 대한 자신감이 충만할수록 표사들의 목소리가 커지고 깃발이 화려한 법이었다.

건영표국은 비록 강호십대표국까지는 아니더라도 산동 일대에서는 알아주는 명성을 지닌 표국이었다. 그만큼 표사들의 얼굴에는 자신감이 넘쳐흘렀으며, 오랜 표행길에도 불구하고 그들의 옷매무새는 깔끔하기 그지없었다.

표사들이 마저 준비를 하는 동안 가득도는 나루 한쪽으로 걸어가더니, 그곳에서 뒷짐을 진 채 구절하의 거친 파랑(波浪)을 지켜보고 있는 삼십대 초반 즈음의 한 사내에게 말을 건넸다.

"오늘 오후면 구절하를 건너 구룡포에 당도할 것입니다."

명성 자자한 건영포국에서도 다섯 손가락 안에 드는 지위의 가득도는 자신보다 열 살 정도 아래인 사내에게 최대한 공손하게 말했다.

"예정보다 조금 늦어졌습니다. 죄송합니다."

허리에 검 한 자루를 아무렇게나 차고 있는 사내가 고개를 끄덕이며 말했다.

"상관없소. 어차피 닷새 정도는 여유가 있으니."

"감사합니다. 하지만 앞으로의 일정을 빡빡하게 조이겠습니다. 적어도 신용 하나만큼은 무림 최고의 건영표국이니까, 약조한 기일 내에 반드시 북해빙궁(北海氷宮)에 도착할 겁니다."

가득도의 말에 사내는 미미한 미소를 보이며 다시 고개를 끄덕였다.

"알겠소. 귀하의 노고에 감사하오."

"그럼 저는 준비가 끝났나 돌아보겠습니다."

가득도는 손을 모은 다음 발길을 돌렸다. 그의 이마에는 식은땀 한 방울이 맺혀져 있었다.

'저 젊은 나이에 벌써 이렇게 사람을 압박하고 옭아매는

무형의 기도(氣道)를 지녔다니… 역시 왜 사람들이 절정검 조혼을 두려워하는지 알겠다.'

크기도 작지도 않은 체구에 평범해 보이는 외모의 사내. 허리에 찬 검 한 자루만이 그가 무인임을 알려주는 유일한 단서.

어디에서나 흔히 만날 수 있는, 그 평범한 사내가 바로 지난 십여 년 동안 산동성 일대에서 위명을 드높이고 있는 절정검 조혼이었다.

"사형(師兄)!"

해맑은 눈동자와 맑은 목소리의 소년, 아니, 소년의 차림을 한 소녀가 조혼을 향해 달려오며 소리쳤다. 조혼은 저도 모르게 얼굴을 찌푸렸다.

그의 무심도(無心道)를 깰 수 있는 유일한 상대.

"오늘 강을 건널 수 있어요? 이제 출발할 수 있는 건가요?"

소녀는 꽤 열심히 달려왔는지 거친 숨을 몰아쉬며 그렇게 물었다. 조혼은 여전히 눈살을 찌푸린 채 말했다.

"숨 돌리고 물어봐라. 그러다가 숨넘어가겠다."

열일곱 살이라면 구르는 낙엽을 봐도 웃음을 터뜨리는 나이인 게다. 남장 차림의 소녀는 조혼의 말에 까르르 웃음을 터뜨렸다.

"사형도 농담을 다하네요. 이렇게 팔팔한데 숨넘어가기는요?"

조흔은 내심 길게 한숨을 쉬었다.

'정말 골칫덩어리라니까.'

골칫덩어리.

천하의 절정검 조흔을 곤혹스럽게 만드는 유일한 사람. 천궁주의 아홉 번째 제자이자 그의 유일한 딸.

그런 그녀가 이번 표행길에 따라나서겠다고 끝까지 우겨서 결국 승낙을 받은 건 조흔의 입장에서 보자면 재앙과 같은 일이었다.

*　　　*　　　*

"어쩌겠나?"

천궁주는 한숨을 쉬며 말했다.

건장한 체구의 근육질 몸매.

올해로 예순 여덟의 나이, 하지만 백발과 이마의 굵은 주름만 아니면 아직도 오십대로 보일 만한 외모.

지난 이십여 년간 산동성 일대의 패자로 군림하고 있는 열혈태세(熱血太歲)가 지금 어쩔 수 없다는 듯이 고개를 흔들며 입을 열었다.

"쉰이 넘어서 얻은 녀석이야. 그 녀석 낳다가 제 에미가 죽었지. 그래서 금지옥엽 키웠더니 그만 천방지축이 되고 말았네."

'다 궁주께서 자초하신 일입니다.'

천궁팔부(天宮八府)의 여덟 부주(府主) 중의 한 명이자, 천궁팔부의 진정한 주인인 천궁주(天宮主)의 아홉 제자 중 한 명인 조흔은 속으로 그렇게 중얼거렸다.

무조건 오냐오냐 하지 않고 엄하게 키웠다면, 잘못을 저지를 때마다 따끔하게 혼냈다면 지금의 이 상황은 일어나지 않았을 것이다.

세상에, 제 아비의 혼약 예물을 신부 측에게 보내는 표행에 따라나서겠다니. 그것도 새엄마가 될 상대를 만나보기 위해서라니. 도대체 이런 막되어먹은 경우가 어디 있다는 말인가.

"미안하네."

천궁주는 자신의 여덟 번째 제자에게 사과하고 있었다.

"결국 그 녀석의 고집을 꺾을 수가 없었네. 그러니 자네가 고생 좀 해주게. 내 딸이 안전하게 돌아올 수 있도록 곁에서 지켜주면 고맙겠네."

사실 이번 일은 최대한 은밀하게 진행되어야 했다. 천궁팔부의 천궁주와 북해빙궁의 공주가 부부가 된다는 사실을 알게 되면, 가뜩이나 천궁팔부와 북해빙궁의 세력 팽창을 못마땅하게 여기는 자들이 가만히 보고만 있을 리가 없었다.

그렇기 때문에 공식적으로 두 문파가 한 가족이 되기 전까지는 이번 혼사 건이 밖으로 새어 나가서는 안 되는 것이다. 또 그런 까닭에 따로 사절단을 파견하지 않고 저 건영표국에 은밀히 표물을 맡긴 것이다.

그런 의미에서라도 사실 조흔이 저 표행길을 따라나서면 안 되는 일이었다. 조흔이 천궁팔부의 팔부 중 천룡부(天龍府)의 부주라는 사실을 모르는 자가 없었으므로. 조흔이 나선다면 애써 건영표국에 표행을 부탁한 이유가 사라지게 되는 것이었다.

하지만 그렇다고 해서 천궁주의 부탁을 거절하거나 그를 설득할 수도 없는 일이었다. 조흔은 속으로 한숨을 내쉬면서도 겉으로는 덤덤하게 말했다.

"알겠습니다, 궁주."

　*　　　*　　　*

그렇게 해서 조흔은 천하의 골칫덩어리를 따라 천궁팔부를 나서게 되었고, 보름 후에는 이곳 구진포에서 그 천하의 골칫덩어리와 함께 이야기를 나누고 있었다.

"그런데 듣자 하니 내 새엄마가 될 사람, 나보다 두 살이나 어리다면서요?"

호지민(胡智敏)은 커다란 눈동자 가득 호기심 담긴 빛을 반짝이며 물었다. 조흔은 대답하지 않았다. 호지민이 다시 물었다.

"예예라고 했던가… 꽤 예쁘다면서요? 나보다 더 예뻐요?"

"본 적이 없어서 모른다."

"사람들 이야기를 들어보면 머리도 좋고 무공 실력도 뛰어나다던데, 나보다 더 머리가 좋고 무공 실력도 뛰어날까요?"

"역시 직접 보지 않아서 뭐라고 말하기가 그렇군."

"그래요. 그 사람을 정확하게 알기 위해서는 역시 직접 만나봐야겠죠?"

호지민의 말에 조흔은 꿀 먹은 벙어리가 되었다. 호지민은 발끝으로 강가의 돌멩이를 걷어차면서 심드렁하게 중얼거렸다.

"만약 나보다 낫다면 인정하겠어요. 하지만 나보다 모든 면에서 뒤떨어진다면… 그런 계집애를 내 새엄마로 인정할 수가 없어요."

'그러니까 결국……..'

조흔은 그제야 비로소 왜 그녀가 이 표행길에 동참했는지 정확한 이유를 알 것 같았다.

'하기야 새엄마 될 사람이 자기보다 어리다는 건 꽤 충격적인 일이겠지.'

아니, 그녀는 지금 생각보다 훨씬 냉정하고 이지적으로 현 상황에 대처하고 있는 것이다. 북해빙궁의 공주가 제 새엄마가 된다는 사실을 무작정 반대하는 게 아니었다.

그녀 또한 이 혼인이 정략적인 혼인임을 잘 알고 있었다. 그렇기 때문에 최대한 양보해서, 그녀보다 나은 사람이라면 비록 나이가 어리다 하더라도 새엄마로 모실 각오를 한 것이다.

그때 멀리서 가득도가 소리쳤다.

"출발합니다!"

2. 위무표(威武鏢)

구진포를 떠난 지 불과 반 시진도 안 되어 건영표국 사람들을 태운 배는 구룡포에 당도할 수가 있었다.

"이 뱃길을 건너려고 무려 나흘을 기다려야 했다니."

호지민은 혀를 차며 폴짝폴짝 뛰면서 조흔을 따라붙었다. 조흔이 혀를 차며 말했다.

"행동거지도 너무 가볍다. 경박하다는 것과 쾌활하다는 건 분명 차이가 있다."

"또 그러신다."

호지민은 혀를 내밀고는 저만치 달려갔다. 조흔이 혀를 찰 때, 가득도가 다가와 웃으며 말했다.

"저 나이 또래가 다 그렇습니다. 제 여식도 얼마나 천방지축인지 모릅니다."

물론 가득도는 그녀가 천궁팔부의 소공주임을 전혀 모르고 있었다. 단지 조흔에게 사형이라고 부르는 걸로 보아 천궁주가 늦게 거둔 제자 정도로만 인식할 따름이었다.

"주위의 상황은?"

살갑게 말을 건네는 가득도와는 달리 조흔은 딱딱하고 사무적인 어조로 물었다. 가득도의 입가에서 미소가 사라졌다. 그 역시 사무적으로 대답했다.

"별 이상은 없습니다. 그리 걱정하지 않으셔도 될 겁니다. 아무리 유주에 낭인들이 많다고 하지만 감히 건영표국의 표물을 털려고 할 정도로 간담이 배 밖으로 나온 자들은 없으니까요."

가득도의 자신 충만한 말에 화답이라도 하듯이 그들의 뒤쪽에서 표물을 운송하는 이들의 고함 소리가 쩌렁쩌렁하게 울렸다.

"합오!"

수십 명의 표사와 수레를 끄는 쟁자수들이 표기를 들고 대로를 따라 걸으며 연신 '합오!'라고 크게 소리치는 모습이 위풍당당했다.

원래 합오란 '모두가 한 집안 사람'이라는 뜻이었다. '세상사람 모두가 한 집안 사람이니 서로 다투거나 싸우거나 남의 물건을 탐하지 말자'라는 식의, 그러니까 표국 입장에서는 좋고 좋은 게 좋은 것 아니냐는 표현인 셈이었다.

세월이 흐르면서 이러한 의미가 변질되고 확장되어 명령에 따른 대답, 표행길의 구호, 우리가 길을 가니 다들 비켜라고 하는 자신감 등등 여러 가지 의미로 사용되었다.

이렇게 위풍당당하게 표행길을 나서는 걸 두고 위무표(威武鏢)라고 해서 표국의 성세가 클수록 더 화려하고 거창하게 행진한다. 징을 치기도 하고 표국의 이름과 합오를 번갈아 외치기도 하면서 자신들의 위세를 여지없이 드러낸다.

가득도는 뒤에서 들려오는 힘찬 함성을 들으며 허리의 칼을 슬쩍 매만졌다.

'이 낭아도(狼牙刀)가 있는 이상 그깟 낭인들이나 산적들은 허수아비나 다름없을 것이다.'

그는 자신만만한 얼굴로 주변을 둘러보았다.

낭인들의 땅, 유주.

'어서 모습을 드러내라, 애송이들.'

건영표국의 위무표를 피하여 길 안쪽으로 걷는 행인들을 둘러보는 가득도의 눈가에 살기까지 어렸다. 누구든 걸리기만 해봐라! 하는 당당함과 자신감이 넘쳐흘렀다.

* * *

구룡포를 벗어난 이후해도 표행길은 계속해서 이어졌다. 유주의 그것들치고는 바람은 시원했고 공기는 부드러웠다. 생각보다 훨씬 느긋하고 여유 넘치는 여정이었다.

이렇게 아무 일 없이 북해까지 가겠다, 라는 생각이 사람들의 뇌리에 떠올랐다. 호지민도 콧노래를 불렀고 조흔도 느긋하게 걸음을 옮겼다.

하지만 언제나 사람들의 생각과 다른 일들이 벌어지게 마련이었다. 멀리 구릉이 낙타의 등처럼 볼록 솟은 구릉이 희미하게 보이는 오후 무렵, 가득도가 기다리고 있던 자들이 모습을 드러냈다.

수십 필의 말이 맹렬하게 달려오는 말발굽 소리와 함께 거친 황사가 등 뒤에서 불어 닥쳤다.

표국 사람들은 눈살을 찌푸리며 한쪽으로 비켜났다. 말들은 쏜살같이 그들을 지나쳐 갔다. 하지만 그것도 잠시 이내 말을 모는 자들은 고삐를 잡아당기며 말을 멈추더니 곧바로 방향을 돌려 표국 사람들과 마주 섰다.

한눈에 봐도 흉악한 자들이라는 걸 알 수 있는 외모와 병장기를 지닌 이십여 명의 낭인. 그들은 말에서 내리지 않은 채 곧바로 칼과 도끼, 쇠낫 등을 꺼내 들고 위협하듯 붕붕 휘둘렀다.

가득도가 앞으로 나섰다.

평소 이렇게 표행길에서 산적이나 도적을 만났을 때에는 최대한 공손한 어조로 상대의 협조와 양해를 구하고 거마비(車馬費) 조로 얼마간의 돈을 내는 게 관례였다.

하지만 가득도는 그럴 생각이 없었다. 애당초 조흔 앞에서 건영표국의 위엄을 과시할 작정이었던 만큼 그는 거친 눈빛으로 말 위의 낭인들을 훑어보며 입을 열었다.

"우리는 산동 건영표국의 사람들이오. 별다른 용무가 없으면 길을 비켜줬으면 하오."

낭인들이 서로 돌아보며 낄낄 웃었다. 그중 대장인 듯한, 한쪽 눈을 안대로 가린 중년인이 칼을 들어 가득도를 가리키며 말했다.

"가진 거 모두 내려놓고 도망쳐라. 그러면 목숨만은 살려주지."

가득도는 애꾸눈을 바라보다가 문득 그가 타고 있는 말에게로 시선을 옮겼다. 그리고는 한 차례 크게 고개를 끄덕이며 입을 열었다.

"좋은 말이군."

"호오, 머리는 둔한 것이 말은 볼 줄 아는구나."

가득도가 팔짱을 끼며 말했다.

"좋아. 말들을 두고 도망쳐라. 그럼 목숨만은 살려주지."

일순 애꾸눈의 얼굴이 살짝 달아올랐다. 방금 전 자신이 했던 말을 몇 마디 단어만 바꿔서 그대로 돌려주고 있는 것이다.

"죽고 싶어 환장했나 보구나."

애꾸눈이 으르렁거렸다.

"네놈도 귀가 있다면 독안룡(獨眼龍)이라는 별호는 들어봤겠지? 그리고 유주사풍단(幽州死風團)이라는 명칭도 알 테고?"

가득도의 안색이 슬쩍 변했다. 확실히 들어본 적이 있는 이름들이었다.

이번 표행길을 떠나기 전 그는 유주에서 특별히 주의해야 할 몇몇 낭인에 대해서 이야기를 들었다. 그중 하나가 바로 유주사풍단이었고 그 낭인조직을 이끄는 독안룡이었다.

하지만 가득도는 다시 냉랭한 표정으로 독안룡을 쏘아보며 말했다.

"마지막으로 충고하지. 말들을 놔두고 도망쳐라. 목숨만은 살려줄 테니."

일순 독안룡의 얼굴이 일그러졌다. 그는 어이가 없다는 투로 가득도를 노려보았다.

일촉즉발의 긴장감이 황무지 한가운데를 관통하고 있는 관도 위로 스며들었다. 그리고 갑작스럽게, 아무런 예고 없이 싸움이 시작되었다.

독안룡이 가득도를 향해 말을 달리더니 이내 칼을 들어 그의 머리를 내려친 것이다. 동시에 이십여 명의 유주사풍단원이 함성을 내지르며 덤벼들었다.

느닷없는 기습이었지만 건영표국의 표사들은 가득도의 자신감이 말해주듯 확실히 훈련이 잘 되어 있었다. 가득도는 물론 세 명의 표두가 앞을 가로막으며 나섰고 표사들은 절반으로 나뉘어 한 무리는 수레와 쟁자수, 그리고 조흔과 호지민을 보호하는 한편 다른 한 무리는 유주사풍단과 싸우기 시작했다.

이내 병장기 부딪치는 소리와 말울음 소리가 좁은 관도를 가득 메웠다. 비명과 고함이 어지럽게 난무하는 가운데 피가 튀고 살점이 떨어져 나갔다.

처음으로 생사를 걸고 싸우는 광경을 지켜보게 된 호지민은 주먹을 꽉 쥔 채 전장을 지켜보다가 불쑥 앞으로 달려가려고 했다. 표사 한 명이 두 명의 낭인의 협공에 휘말려 위험한 지경에 처한 걸 본 까닭이었다.

"가만있거라."

하지만 그녀는 앞으로 달려가 그를 구하지 못했다. 나직한 목소리와 함께 그의 옷자락을 잡아채는 손이 있었기 때문이었다. 조흔이었다.

그 바람에 협공 당한 표사는 결국 비명을 내지르며 쓰러졌다. 죽거나 혹은 큰 중상을 입은 게 분명했다. 그 광경을 목도한 호지민은 불만 가득한 눈빛으로 그를 돌아보며 쏘아붙였다.

"구해야 한다구요!"

"아니, 우리가 나설 자리가 아니다."

조흔은 고개를 저으며 침착하게 말했다. 호지민은 이유를 알 수 없다는 얼굴로 물었다.

"왜요?"

"간단한 이유다. 어디까지나 우리는 손님이니까. 적들과 싸우는 건 저들의 몫이니까."

"그런 어처구니없는 이유가 어디 있어요? 내가, 아니, 사형이 나서면 이런 싸움 금세 끝나잖아요? 표사들이 저렇게 다치거나 죽지도 않을 테구요."

"그러니까 그게 저들의 임무이자 우리가 저들을 고용한 이유이기도 하지. 게다가……."

조흔은 말꼬리를 흐렸다. 그리고는 선두에 서서 맹렬하게 독안룡과 싸우는 가득도를 바라보며 잠시 생각하다가 재차 입을 열었다.

"지금 우리가 나선다면 저들의 자긍심과 명예에 먹칠을 하게 되는 게다. 어디 그뿐이냐? 건영표국의 힘만으로 도적을 물리치지 못해서 우리들의 도움을 받았다고 세상에 알려질 테고, 그리되면 건영표국의 위신이 땅에 떨어지는 건 물론이요 자칫 더 이상 표물을 운반할 수 없는 불상사까지 일어날 수 있다."

호지민은 반론을 펼치려다가 할 말이 없음을 깨닫고는 한숨을 내쉬며 입을 닫았다.

조흔은 다독이듯 다시 말했다.

"게다가 지금 상황은 크게 걱정하지 않아도 될 것이다. 실전 경험이 부족하고 이렇게 피가 난무하는 싸움은 처음 보는 것이라 당황해서 제대로 전황을 살피지 못했겠지만 다시 한번 침착하게 주변을 둘러보거라."

그의 말에 호지민은 길게 호흡을 가다듬으며 주위를 둘러보았다. 그러자 조금 전까지는 보지 못했던, 그러니까 승부의 흐름이나 형세 판국 같은 것들이 눈에 들어오기 시작했다.

조흔의 말이 맞았다. 난전이 계속 이어지는 가운데 승부의 추는 차츰 건영표국 쪽으로 기울고 있었다.

확실히 건영표국의 표사들은 강하고 영리했다. 낭인들이 말을 이용하여 치고 빠지기를 반복하자 표사들은 모두 격렬하게 칼과 창을 휘두르며 낭인들의 말을 공격했다. 그들의 공격에 다리가 부러지거나 엉덩이에 칼을 맞은 말들이 비명을 지르면서 쓰러졌고, 낭인들은 어쩔 수 없이 말에서 뛰어내려 와야만 했다.

표사들은 곧바로 진(陣)을 펼쳐 낭인들과 싸우기 시작했다. 들고 남이 빠르고 간결하나 힘이 실려 있는 공격이 연속적으로 이어지자 이번에는 낭인들이 당황하고 말았다.

낭인들은 벼락처럼 소리치며 마구 칼을 휘둘렀다. 하지만 표사들은 침착하게 그들의 무기를 받아냈고 틈을 노려 공격을 퍼부었다. 시간이 흐르면서 낭인들은 주춤주춤 물러서기 시작했다.

동시에 포두들이 소리쳤다.

"쇄호파풍(殺虎破風)!"

전력을 다해 적을 죽이라는 명령이었다. 그 지시가 떨어지자마자 수레와 조흔 등을 보호하고 있던 표사들까지 무기를 들고 앞으로 뛰어나갔다. 그들이 합류하자 낭인들의 패색은 금세 짙어졌다.

결국 의기소침한 채로 몇 합 부딪치던 낭인들은 하나둘씩 눈치를 보다가 줄행랑을 쳤다. 그게 시작이었다. 이내 유주사 풍단은 죽거나 다친 동료들을 내팽개친 채 모두 꽁지가 빠져라 도망쳤다.

"감히 건영표국을 우습게 여긴 벌이다!"

가득도는 제 어깨에 흐르는 핏물을 아랑곳하지 않은 채 껄껄 웃으며, 도주하는 낭인들의 등에 대고 크게 소리쳤다. 표사들도 환호성을 질렀다.

이윽고 싸움이 모두 끝난 후 표두 한 명이 그에게 다가와 보고했다.

"죽은 자는 하나, 중상을 입은 자는 셋입니다."

표두는 낮은 목소리로 죽은 자와 중상을 입어 움직일 수 없는 자들의 이름을 말했다. 가득도의 얼굴이 굳어지는 가운데 표두는 곧이어 낭인들의 피해에 대해서도 보고했다.

"알겠다."

가득도는 고개를 끄덕였다. 그리고는 곧 표사들을 둘러보며 외쳤다.

"용감히 싸우던 한류이 죽었다! 한치의 물러섬도 없이 치열하게 칼을 휘두르던 소자두와 백영강, 초윤서가 크게 다쳤다!"

일순 표사들의 얼굴이 어두워졌다. 승리의 기쁨에 젖어 있던 분위기는 이내 푹 가라앉았다. 가득도가 그들을 둘러보며 다시 소리쳤다.

"그러나 적은 다섯이 죽고 일곱이 크게 다쳤다. 게다가 열두 필의 건강한 말까지 남기고 도주했으니 이번 싸움은 우리 건영표국의 압승이다!"

표사들은 주먹을 불끈 쥐며, 혹은 무기를 힘차게 휘두르며 악을 쓰듯 대답했다.

"합오!"

"합오!"

호지민은 그 광경을 보다가 저도 모르게 고개를 끄덕이며 말했다.

"그렇네요. 확실히 우리가 끼어들지 않은 게 잘한 행동이었어요."

"그렇지."

조흔은 멀리 희미하게 보이는 구릉을 주시하며 혼잣말처럼 중얼거렸다.

"적어도 우리의 표물이 위험해지기 전까지는… 절대 끼어들면 안 되는 것이지."

3. 술과 고기

낭인들이 도망치면서 남겨두고 간 말들 덕분에 호지민과 조흔 일행은 한결 편한 여행이 되고 있었다. 그들은 느긋하게 말을 탄 채 관도를 따라 앞으로 나아갔다.

햇살이 어느새 붉어지기 시작할 무렵 그들은 끝없이 펼쳐진 황무지에 마치 여인의 유방처럼 볼록하니 솟은 구릉을 볼 수 있었다.

"저 구릉 정상 못 미쳐 사당이 하나 있습니다. 유주를 가로지르는 여행객들이 하루 쉬어가는 곳이랍니다. 오늘 밤은 게서 하루 묵을 요량입니다."

완만한 경사에, 꽤 오래전부터 많은 사람들이 이용한 듯 산길은 평평하게 닦여 있었다. 그 산길을 따라 말을 몰며 가득도가 설명했다.

일행은 어느덧 사당 앞에 이르렀다. 가득도가 손을 들었다. 그것을 신호로 일행은 모두 걸음을 멈추더니 갑자기 크게 소리쳤다.

"건영합오!"

행여 있을지 모르는 사당 안의 사람들을 향해 건영표국의 표행길이라는 것을 알리는 소리였다.

사당 안쪽에서 인기척이 들려왔다. 표국 사람들의 안색이 살짝 굳어졌다. 가득도의 한쪽 손이 낭아도의 손잡이에 닿았다. 하지만 문 밖으로 고개를 내민 자는 이제 일고여덟 살 정도 되어 보이는 꼬마 사내아이였다.

소년은 밖의 표국 사람들을 보더니 눈이 휘둥그레졌다. 그리고는 재빨리 고개를 안으로 넣으며 소리쳤다.

"엄마, 아빠! 사람들이 엄청나게 몰려왔어요!"

잠시 후, 한 눈에 보더라도 장돌뱅이로 보이는 사내와 여인이 옷가지를 여미며 밖으로 걸어 나왔다. 일순 가득도의 눈살이 찌푸려졌다.

'아들도 있는데 대체 안에서 무슨 짓을 한 거야?'

이십대 중반으로 보이는 여인은 가득도 일행을 보고는 곱살스럽게 웃으며 말했다.

"어머, 표국 나리들이시네요. 이곳 유주에서는 쉽게 만날 수 없는 분들이네."

사내는 까치집 머리를 긁적이며 헤헤 웃었다.

"뭐, 우리 집도 아니니 다들 들어오셔도 됩니다."

"그럼 실례하겠소."

가득도는 표두들에게 눈짓을 준 다음 성큼성큼 안으로 들어섰다. 사당 안으로 들어선 가득도의 시야에 맨 처음 들어온 것은 방금 전까지 누워서 뒹굴었던 흔적이 남아 있는 볏짚자리였다. 그리고 그 옆에 놓여 있는 광주리와 짐 몇 가지.

일순 가득도의 눈빛이 찰랑거렸다. 광주리 안에 한두 살가량의 아이가 잠들어 있었던 것이다.

"주변에는 아무것도 없습……."

"쉿."

가득도의 눈짓 지시를 받은 표두가 사당으로 들어서며 보고하려 할 때 가득도는 고개를 저으며 목소리를 낮췄다. 표두의 눈가에 의아한 기색이 스며들 즈음, 광주리 안의 아이가 낮은 목소리로 칭얼거리며 몸을 뒤척거렸다.

"아기가 선잠에서 깨면 그것처럼 난감하고 곤혹스러운 일이 또 없거든."

가득도는 중얼거리며 밖으로 나왔다. 그리고 조혼에게 다가가 말을 건넸다.

"장돌뱅이 부부밖에 없습니다."

"확실하오?"

가득도는 웃으며 대답했다.

"일고여덟 살 꼬마와 갓난아기를 데리고 다니는 낭인이란, 들어본 적이 없습니다."

"갓난아기도 있어요?"

호지민이 끼어들자 조혼이 눈치를 주었다. 그러거나 말거나 호지민은 눈을 반짝이며 물었다.

"한번 보러 가도 되죠?"

그녀는 대답도 듣지 않고 말에서 훌쩍 뛰어내렸다. 그리고는 서둘러 사당 안으로 뛰어갔다. 조혼은 고개를 설레설레 흔들었다. 가득도는 주위를 둘러보며 수하들에게 지시를 내렸다.

"오늘은 이곳에서 묵을 것이다. 사람을 나눠서 물과 땔감,

식사 준비를 하도록. 아, 말과 표차(鏢車)도 단단히 관리하고."

표사들이 사방으로 움직이자 가득도는 조은을 돌아보았다.

"들어가시죠."

조혼은 고개를 끄덕이며 말에서 내린 다음 가득도를 따라 사당 안으로 들어섰다.

"정말 잘 자네."

혼자 사당 안으로 뛰어 들어간 호지민은 광주리 옆에 찰싹 달라붙어서 잠든 아이 구경에 여념이 없었다. 마치 그 나이 또래의 아기를 처음 보는 양 그녀는 마냥 신기한 눈빛으로 바라보고 있었다.

또 그런 호지민을 일고여덟 살 정도 먹은 소년이 광주리 곁에 앉은 채 물끄러미 지켜보고 있었다.

조혼과 가득도는 사당 한쪽 구석 자리를 잡고 앉았다. 맞은편에는 사내와 여인이 앉아서 뭔가 소곤거리며 대화를 나누고 있었다. 가득도는 잠시 그 두 사람을 바라보다가 묵묵히 눈을 감았다.

"저… 이건 유명촌으로 팔려고 가져가던 건데… 한번 드셔 보시겠습니까?"

사내는 짐을 풀며 말했다. 천을 풀어 헤치자 십여 개의 밀봉한 술단지가 모습을 드러냈다.

사내는 가득도가 대답하기도 전에 그중 하나의 술단지를 다리 사이에 끼고 밀봉을 뜯었다. 채 밀봉을 다 뜯기도 전에 향긋한 술 향기가 순식간에 사당 안을 가득 메웠다.

그 냄새는 이내 사당 밖까지 흘러 나갔다. 마침 노루 한 마리를 잡아다가 사당 밖에 모여서 굽고 있던 표사들이 코를 벌름거리며 주위를 둘러보았다. 심지어 가득도마저도 침을 꿀꺽 삼킬 정도로 향긋한 술 향기였다.

"여아홍(女兒紅)이구려."

가득도의 말에 사내는 감탄하듯 고개를 끄덕였다.

"향기만으로 이름을 맞추시다니, 대단합니다."

"허허, 여아홍이야 술 좀 마시는 사람이라면 누구나 알 것이오."

여아홍은 찹쌀로 빚은 술로, 딸이 태어나면 그 해 빚어서 땅에 묻은 다음 딸이 혼인할 때 꺼내 마시는 붉은 주액이 아름다운 술이었다.

가득도는 밀봉 뜯긴 술단지를 힐끗 바라보며 말했다.

"색깔을 보아하니 최소한 이십 년은 묵은 것 같구려."

"삼십 년 되었습니다. 그러니까 우리 마누라가 태어났을 때 묻은 술입죠."

사내는 어느새 잔을 꺼내서 여아홍을 가득 따라놓은 후였다.

"자, 드십시오."

"아니, 미안하지만 술은 안 되오."

가득도는 손을 저으며 딱 부러지게 말했다.

사내는 몇 번 더 권유했지만 가득도는 한사코 거절했다. 술 냄새를 맡고 사당 밖에서 고개를 들이밀고 지켜보던 표사들이 아쉽다는 듯이 입맛을 쩝쩝 다시고는 다시 제자리로 돌아갔다.

그때 노루 고기가 다 구워졌는지 표사 한 명이 넓적다리 하나를 들고 안으로 들어섰다.

"드시죠, 맛있게 구워졌습니다."

넓적다리를 받아 든 가득도는 솜씨 좋게 살점을 발라냈다. 노릇노릇하게 구워진 고기냄새가 사람들의 입맛을 돋웠다.

가득도는 조혼과 호지민에게 고기를 건넨 다음 잠시 생각하다가 자신의 몫을 남기고는 나머지 고기들을 사내에게 주며 말했다.

"같이 드십시다."

"괜찮습니다. 우리도 조금 전에 밥을 먹었습니다."

사내는 손을 저으며 사양했다. 하지만 그건 거짓말이었다. 눈빛을 빛내며 그 고기를 바라보던 소년의 배에서 꼬르륵거리는 소리가 들려왔던 것이다. 그 소리를 들은 사내는 난감한 얼굴이 되었다. 가득도는 쓴웃음을 흘리며 말했다.

"저 꼬마는 아직 배가 덜 찬 모양이오."

"이것 참… 죄송합니다."

사내는 망설이다가 머리를 조아리며 고기를 받았다. 그리고는 통째로 소년에게 건네 주었다. 고기를 받은 소년은 가득도를 향해 공손하게 인사했다.

"잘 먹겠습니다."

"모자라면 또 말하거라. 밖에 얼마든지 있으니까."

가득도는 소년이 장돌뱅이의 자식답지 않게 예의가 바르다는 생각을 하면서 그렇게 이야기했다. 그때 사내가 문득 좋은 생각이 났다는 듯 활짝 웃으며 말했다.

"그럼 저 고기와 이 술과 물물교환을 하는 건 어떻습니까? 그럼 소인도 한결 마음이 편할 것 같습니다만."

'흠, 이렇게까지 말하는데 재차 거절하면 그것도 도리가 아닐 터.'

가득도가 그런 생각을 하면서 잠시 망설이던 참이었다.

"야, 고기 정말 맛있게 구워졌네. 여기에다가 술 한 잔 걸치면 딱인데."

사당 밖에서 누군가가 가득도 들으라는 듯이 큰 소리로 말했다. 가득도는 쓴웃음을 흘렸다. 하기야 모닥불 위에서 제대로 구운 노루 구이에 술 한 잔이라면 천당이 따로 없을 것이다.

사실 그런 호사는 역시 표행을 마치고 난 후에 누려야 하는 것이다. 표행 중에는 그 어떤 일이 벌어질지 모르니까. 표물을 노리는 자들이 어떤 기상천외한 수법을 사용할지 모르니까.

그때였다. 사내는 이내 술잔을 들고 벌컥벌컥 들이켰다. 목젖이 꿈틀거리며 움직였고 입가로 붉은 주액이 핏물처럼 흘러내렸다.

"카아!"

단숨에 한 잔의 술을 비운 사내는 소매로 입을 훔쳤다. 마치 술에 독이나 미혼약(迷魂藥)을 타지 않았음을 보여주려는 행동 같았다.

사내는 다시 술단지에서 술을 따랐다.

"고기가 정말 맛있습니다. 한 잔 드시죠."

사내가 거듭 권했다.

가득도는 조흔을 힐끗 쳐다보았다. 조흔은 사당 벽에 기댄 채 눈을 감고 있었다.

'좋아! 만에 하나 무슨 일이 일어난다 하더라도 우리에게는 절정검 조흔이 있지 않더냐?'

가득도는 큰 용단을 내리고는 고개를 끄덕였다.

"그렇게까지 말씀하시니 어쩔 도리가 없구려. 좋소, 한잔하리다."

가득도는 사내에게 술잔을 건네 받은 후, 천천히 술을 비웠다. 향긋한 향기와 더불어 달콤하면서도 부드러운 주액이 그의 복구멍을 타고 몸속 깊은 곳까지 파고들었다.

'좋은 술이다.'

약을 탄 느낌도, 뭔가 부조화스러운 느낌도 없었다. 한 사발의 술을 다 들이키자 시원하면서 깔끔한 뒷맛만이 남았다.

가득도는 수염을 훔치며 고개를 끄덕였다.

"확실히 맛있구려."

"이 맛난 고기만큼이나 좋은 술이 아니겠습니까?"

사내가 헤헤 웃었다. 가득도는 사당 입구 쪽으로 눈을 돌렸다. 눈만 살짝 내밀고 안의 광경을 지켜보던 표사들이 자라처럼 고개를 움츠렸다.

'어쩔 수 없는 녀석들이다.'

가득도가 피식 웃으며 말했다.

"술단지 몇 개만 파시오. 값은 후하게 쳐 주겠소. 나 혼자 마시다가는 저 녀석들의 원망 어린 시선 때문에 제 명에 죽지 못할 것 같으니까."

가득도는 품으로 손을 넣었다. 사내가 깜짝 놀라며 손사래를 쳤다.

"아이쿠, 이렇게 되면 꼭 쇤네가 술을 팔기 위해서 억지로 권해 드린 것처럼 되는데요."

"어차피 팔려고 한 술이 아니오? 너무 겸양하지 말고 받으시오."

그러면서 가득도는 은자를 꺼내 사내에게 건넸다. 열 냥은 족히 되어 보이는 은자 덩어리를 본 사내의 눈이 휘둥그레졌다. 아무리 좋은 여아홍이라고 해봤자 유명촌에 가져다가 팔면 이 은자 덩어리의 반의반도 받지 못할 터, 그야말로 뜻하지 않은 횡재였다.

사내는 연신 엎드려 절을 하고는 곧바로 아내를 향해 소리쳤다.

"뭐해? 밖의 나리들께 얼른 술들 따라 드리지 않고서!"

여인도 은자 덩어리에 놀란 듯 입을 벌리고 앉아 있다가 화들짝 정신을 차리고는 벌떡 일어났다. 그리고 황급히 또 다른 짐을 풀어 국자와 사발 몇 개를 꺼낸 다음 머리에 이고 밖으로 나갔다. 기다렸다는 듯이 사당 밖에서 표사들의 환호성이 들려왔다.

第五章
그 아이부터 죽여주지

"붉은 매화와 백삼이라⋯⋯."

담우천의 인상이 살짝 찌푸려졌다. 그 정도 정보로는 어느 조직
인지 알 수 없었던 까닭이다.

강호에서 매화를 문양으로 삼는 문회방파는 오직 한 곳, 화산파
(華山派)뿐이었다. 하지만 그들의 매화는 붉지도 않았으며 소매
에 수놓아지지도 않았다.

혁자룡은 숨을 헐떡거리다가 갑자기 엄청난 힘으로 담우천의
팔을 잡으며 소리 높여 외쳤다.

"분명 약속했네! 조혼을 죽여주겠다고 말이야!"

1. 어차피 마시지 않을 술

밖에서 와자지껄 떠들며 웃는 소리가 들려오는 가운데 장돌뱅이 여인은 사랑을 들락날락하며 술단지를 내가고 있었다. 꽤 무거운 단지를 옮기고 있었지만 그녀의 발걸음은 나는 듯 가벼웠다.

'생각하지도 않은 횡재를 했으니 당연하겠지.'

가득도는 고개를 끄덕이며 고개를 돌렸다.

어느새 십여 개의 술단지를 모두 밖으로 나른 여인이 이마의 땀을 닦으며 들어왔다. 꽤나 힘든 기색이 역력했지만 그녀는 활짝 웃으며 사내에게 말했다.

"다들 맛있게 드시고 있어요."

"당연하지. 우리 술이야 맛좋기로 소문났으니까. 다들 만족할 거야. 응?"

사내는 웃다가 뒤늦게 깨달았다는 듯이 안색을 굳혔다. 그러고 보니 아직 술을 권하지 않은 사람이 있었던 것이다. 사내는 재빨리 술을 따라 여인에게 건네며 말했다.

"저 어르신에게도 한 잔 드려야지."

사내의 말에 여인은 따른 술을 가지고 조흔에게 가져갔다. 조흔은 여전히 눈을 감은 채 가부좌를 틀고 있었다. 여인은 망설이다가 그 앞에 술잔을 내려놓았다.

가득도도 미처 생각하지 못했다는 듯이 미안한 표정을 지으며 말했다.

"죄송합니다. 제일 먼저 드렸어야 하는 건데."

"상관없소."

조흔은 무뚝뚝하게 말했다.

"어차피 마시지 않을 술이니."

"아니, 그렇게까지 말씀하지 않으셔도… 이 술, 제법 괜찮습니다. 한번 드셔보시죠."

"됐소."

딱 부러지는 거절에 가득도는 더 이상 말을 붙이지 못했다. 그 서슬 퍼런 말투에 놀랐는지 여인이 주춤주춤 뒤로 물러났다. 그때, 잠들어 있던 아이와 계속 놀고 있던 호지민이 술잔을 향해 손을 뻗으며 물었다.

"그럼 내가 마셔도 되죠?"

호지민의 손이 술잔을 잡으려 할 때였다. 일순 조흔이 술잔을 걸어챘다. 술이 사방으로 튀었다. 호지민의 눈이 휘둥그레졌다. 그녀는 입술을 삐죽이며 말했다.

"사형이 안 마시면 안 마시는 거지, 왜 나도 못 마시게 하는 거죠?"

조흔은 어디까지나 무뚝뚝하고 냉정하게 대답했다.

"그야 마실 만한 술이 아니니까."

"너, 너무하십니다!"

사내가 부들부들 떨며 소리쳤다.

"아무리 볼품없는 쇤네의 술이라고 하더라도 그 말씀은 너무하십니다! 물론 한 근의 술에 은자 백 냥이 넘는 고급술은 아니지만 그래도 쇤네가 정성을 다해서……."

"정성을 다해서?"

조흔의 말에 사내가 문득 입을 다물었다. 조흔은 사내의 얼굴을 뚫어지게 바라보며 말했다.

"아내가 태어났을 때 담았던 술이라고 했지 않았던가? 그런데 이번에는 자네가 정성을 다해서, 라고 말을 하는군. 그래, 정성을 다해서 만들었다는 겐가? 아니면 정성을 다해서 운반했다는 겐가?"

그의 질문에 사내는 대답하지 못했다. 가득도의 표정이 천천히 변하고 있었다. 조흔의 말이 계속 이어졌다.

"마실 만한 술이 아니라는 건, 사실 틀린 말일 수도 있네. 술 자체는 확실히 나쁘지 않으니까."

"그런데 왜, 왜 마실 만한 술이 아니라는 겁니까?"

사내의 항변에 조흔은 당연하다는 듯이 반문했다.

"자네도 알고 있잖은가? 미혼약을 탄 술이 어떻게 마실 만한 술이 될 수 있겠는가?"

"미혼약?"

일순 가득도가 깜짝 놀라 제 술잔을 내려다보았다. 벌써 대여섯 잔을 마셨지만 술에 미혼약을 탄 느낌은 전혀 없었던 것이다.

물론 미혼약은 산공독(散功毒), 미약(媚藥)처럼 아무리 독에 정통한 자라 하더라도 쉽게 알아차리기 힘든 특성을 지녔다.

병 중에서도 사람들이 자주 걸리는 고뿔(감기)이 가장 고치기 어려운 병인 것처럼, 미혼약과 산공독, 미약 역시 너무 흔하고 그 종류가 많은 까닭에 아주 이름나거나 특출하게 독성이 강한 게 아니고서는 그 하독(下毒) 여부를 눈치채기 어렵기 때문이었다. 그래서 독공의 고수들은 그 세 가지 독을 가리켜 삼대불치독(三大不治毒)이라고 농 삼아 말하고는 했다.

하지만 이렇게 가득도처럼 대여섯 잔의 술을 마셨음에도 불구하고 전혀 눈치채지 못하는 경우도 거의 없었다. 무엇보다 미혼약은 말 그대로 정신을 잃게 하는 최면제와 같은 성분이 있었으니, 지금쯤이라면 가득도는 최소한 머리가 아프거나 졸리거나 혹은 정신이 가물가물해져야 했기 때문이었다.

'하지만 전혀 그런 기분이 아니지 않은가?'

가득도가 이해할 수 없다는 표정을 짓자 조흔이 이번에도 당연하다는 것처럼 말했다.

"그쪽 술에는 미혼약을 타지 않았소. 아니, 애당초 술에는 미혼약이 없었소. 미혼약이라는 게 별 특징이 없다 하더라도 술에 타놓고 오랫동안 놔두면 아무래도 변질되는 건 당연하오. 그렇게 되면 술맛이 변할 테고 당연히 마시는 사람들이 금세 알아차릴 수 있소."

거의 모든 독이 그러했다. 사람에게 먹이기 직전에 하독하는 것이 가장 좋은 방법이었다. 그들이 먹거나 마시는 것에 독이 들어 있는지 쉽게 알아차릴 수도 없거니와 독성이 빠르게 몸으로 퍼지게 할 수 있었으니까.

"그, 그렇다면 도대체 언제, 어떻게 미혼약을 하독했다는 겁니까?"

가득도는 여전히 이해가 되지 않는다는 얼굴이었다. 조흔은 여인이 들고 있는 국자를 가리키며 말했다.

"저 국자, 그리고 사발에 미혼약이 발라져 있었을 것이오. 아무리 주의가 깊은 자라 하더라도 술을 의심하면 했지 국자나 사발에는 신경 쓰지 않을 테니까."

"이런……."

가득도의 얼굴이 일그러졌다.

"아마도 지금쯤이면 밖의 표사들 모두 정신을 잃고 쓰러져 있거나 땅바닥에 누워 뒹굴고 있을 것이오."

조흔의 이어지는 말에 가득도는 깜짝 놀라며 자리에서 벌떡 일어났다. 그러고 보니 사당 밖에서 들려오던 와자지껄한 소리들이 어느 순간부터 들리지 않았다.

가득도는 밖으로 뛰어나가려다가 문득 생각을 바꿔 낭아도를 빼 들었다. 그리고는 사내의 목을 겨누며 소리쳤다.

"어서 해약을 내놔라!"

2. 그 아이부터 죽여주지

사내는 달라져 있었다.

조금 전까지만 하더라도 벌벌 떨며 제 억울함을 표출하던 사내는 그 자리에 없었다. 대신 별빛처럼 빛나는 눈동자로 조흔을 바라보는, 가득도의 칼날이 금방이라도 제 목을 그을 듯 번뜩거리고 있음에도 불구하고 표정의 변화 없이 침착한 얼굴을 하고 있는 자가 그 자리에 앉아 있었다.

"고약하군."

사내는 문득 쓴웃음을 지으며 입을 열었다.

"다른 표사들이 정신을 잃고 쓰러져 가는 걸 뻔히 알면서도 침묵하더니, 저 남장한 계집이 술을 마시려니까 발끈해서 모든 걸 이야기해?"

가득도의 얼굴이 굳어졌다. 사내의 말을 듣고 보니 조흔의 처사가 마땅치 않았던 것이다. 그는 칼로 사내의 목을 겨눈 채 조흔을 돌아보며 물었다.

"이자의 말대로 우리 표사들이 죽거나 다치는 건 상관없었습니까?"

조흔은 차분한 어조로 말했다.

"물론 그렇소. 내가 왜 그대들의 안위까지 걱정해야 한단 말이오?"

가득도의 얼굴이 붉게 달아올랐다. 조흔의 별호가 절정 검(切情劒)임을 새삼스레 떠올랐다. 그때 조흔이 한마디 덧붙였다.

"나라면 저자의 말에 현혹되어 시선을 떼지 않았을 것이오."

가득도가 깜짝 놀라며 고개를 돌렸다. 하지만 이미 때는 늦었다. 사내가 어느새 손을 뻗어 가득도의 손목을 제압하고 점혈을 한 것이다. 땡강! 소리와 함께 가득도의 애병인 낭아도가 힘없이 바닥에 떨어졌다.

"이 개자식이!"

가득도는 왼손을 들어 사내의 얼굴을 후려치려 했다. 그러나 사내의 움직임이 더욱 빨랐다. 그는 점혈한 손을 반대로 꺾는 동시에 몸을 움직여 가득도의 등 뒤로 돌아섰다. 그리고 발끝으로 가득도의 허벅지 뒤쪽 혈도를 제압하였다.

"으윽!"

가득도는 전기가 흐르는 듯한 통증과 함께 그대로 무릎을 꿇어야만 했다. 사내는 천천히 허리를 굽혀 낭아도를 쥐고는 가득도의 목에 가져갔다. 가득도는 꼼짝하지 못한 채 입술을 깨물었다.

치욕도 이런 치욕이 없었다. 놀랍게도, 건영표국의 대표두인 가득도가 단 이 초도 견디지 못하고 저 장돌뱅이 사내에게 완벽하게 제압당한 것이다.

사내는 싱글거리며 말했다.

"정 따위는 개에게나 주라는 절정검이니만큼 이자나 바깥 표사들의 목숨으로 위협해도 전혀 상관하지 않겠지?"

사내는 반말을 사용하고 있었다. 하지만 조흔은 여전히 무심한 표정이었다.

"물론이지. 그들은 어디까지나 나와 천궁팔부의 고용인에 불과하니까."

가득도의 얼굴이 시커멓게 변했다. 사내는 그럴 줄 알았다는 듯이 고개를 끄덕였다.

"역시 절정검 조흔이야. 바로 코앞에서 처자식을 죽여도 눈 하나 끔뻑하지 않을 거라는 소문이 틀리지 않았어. 하지만 말이지."

사내는 힐끗 호지민을 바라보았다. 호지민은 화들짝 놀라며 조흔의 곁으로 다가가 숨었다. 사내가 다시 입을 열었다.

"의외로 저 아이를 끔찍하게 생각하는 것 같은데."

조혼은 고개를 끄덕였다.

"만약 이 아이의 손끝 하나 건드렸다가는 그대들 모두 제 명에 죽지 못할 것이야."

"대단하군. 설마 저 아이가 천궁주의 딸이라도 된다는 것인가?"

사내의 말에 조혼은 대답하지 않았다. 일순 사내의 눈이 휘둥그레졌다.

"어라, 정말이야? 저 녀석이 천궁팔부의 장중보옥, 호지민이라는 말인가?"

"그래요!"

호지민이 큰소리로 쏘아붙였다.

"지금이라도 늦지 않았어요! 해독약을 내놓고 물러간다면 더 이상 죄를 묻지 않겠어요."

뜻하지 않은 사실에 놀란 듯 서 있던 사내가 피식 웃었다. 그리고는 제 아내, 어느 틈에 광주리 안의 아이와 소년을 껴안고 한쪽 구석에 서 있는 여인을 돌아보며 말했다.

"어떻게 할까? 천궁팔부의 공주님께서 우리더러 물러나라고 하시는데."

여인은 방긋 웃으며 말했다.

"그럴 필요 어디 있나요? 차라리 공주님을 인질로 삼는 건 어때요? 공주님의 몸값이라면 앞으로 평생 동안 술을 팔지 않아도 될 것 같은데."

"흠, 그게 더 좋은 생각인 것 같은데. 이대로 도망치고서 행여 천궁팔부의 복수가 있을지도 모른다는 불안감을 평생 안고 살 바에는 차라리 크게 한 방 터뜨리고 불안에 떠는 게 나을 테니까."

"그거 옳은 소리요."

문밖에서 낯선 사내의 목소리가 들려왔다. 동시에 세 명의 사내가 우르르 사당 안으로 들어섰다. 가득도가 놀라 소리쳤다.

"우리 아이들은? 설마 다 죽인 건 아니겠지?"

선두에 선 자, 얼굴 한쪽에 흉측한 검상이 새겨진 중년인이 비릿하게 웃으며 말했다.

"표물을 도난당하고 표행에 실패한 표사들, 살려두는 게 더 치욕적이지 않겠소?"

가득도의 눈이 튀어나올 것만 같았다. 그의 얼굴에 지렁이처럼 굵은 힘줄이 새겨졌다.

반면 조흔은 여전히 무심한 얼굴이었다. 마치 자신과 호지민만 건드리지 않는다면 주변 상황이 어떻게 돌아가든 전혀 상관이 없다는 태도였다. 아니, 한 가지 더 있기는 했다. 지금 그를 이 자리에서 일어나게 만들 만한 것이.

"표물은?"

조흔의 질문에 혁자룡은 다시 웃으며 말했다.

"물론 챙겼지. 이번 일, 우리가 왜 저질렀다고 생각하나? 목표로 삼은 건 당연히 챙겨야지."

조흔이 천천히 자리에서 일어났다. 그의 뒤에 숨다시피 앉아 있던 호지민도 따라 일어섰다. 조흔은 혁자룡에게 조용히 말했다.

"표물만 돌려준다면 모두 죽이지는 않겠다."

"허어, 그럼 표물을 돌려줘도 누군가는 죽는다는 말이네."

"물론 그대는 죽어야 할 것이야. 감히 천궁팔부의 물건에 손을 댄 죄. 그 책임을 물어야 마땅하지."

혁자룡은 어이가 없다는 듯 피식 웃더니 더 이상 조흔을 상대하지 않았다. 그는 장돌뱅이 부부로 변장한 냉씨 부부를 돌아보며 말했다.

"수고하셨네."

냉하벽이 손을 저었다.

"수고는 무슨. 검 한 번 휘두르지 않았는데."

냉씨 부인이 말했다.

"그럼 얼른 끝내세요. 저는 아이들과 함께 밖에서 기다릴 테니까."

혁자룡이 고개를 끄덕였다.

"안 그래도 밖에서 담형이 기다리고 있을 것이오."

그리고는 소년, 담호를 향해 말을 이었다.

"생각보다 훨씬 잘했다, 아호. 이번 일에는 네 공이 크다."

담호는 그의 칭찬에 머쓱한 표정을 지었다. 그런 담호를 데리고 냉씨 부인이 사당 밖을 향해 막 한 걸음 옮길 때였다.

"한 걸음 더 움직인다면,"

조흔의 냉정하고 무심한 목소리가 그녀의 발길을 붙들었다.

"그 아이부터 죽여주지."

3. 덤벼, 애송이

술과 미혼약을 이용하여 표물을 빼앗겠다는 건 혁자룡이 애당초부터 세워둔 계획이었다.

하지만 담우천의 두 아이를 본 순간 더 기막힌 계획이 떠올랐다. 한적한 사당에서 만난 술장수를 의심하는 사람은 많아도 갓 돌이 지난 아이와 여덟 살 소년과 함께 돌아다니는 장돌뱅이 부부를 의심하는 사람은 없을 거라는 생각을 한 것이다.

계획대로 냉씨 부부는 장돌뱅이 역할을 맡게 되었고 담호와 담창은 그들의 자식이 되었다. 냉씨 부인에게 미안한 감정이 남아 있던 담호는 그걸 만회하기 위해서 진심으로 그녀를 제 엄마처럼 대했고, 그 까닭에 강호 경험 많고 노련한 가득도조차 그들의 사이를 의심하지 못했다.

계획은 혁자룡의 생각대로 흘러갔다. 냉씨 부인은 국자와 사발에 담긴 미혼약을 술단지들 속에 풀어놓았고 그걸 모르고 마신 표사들은 다들 정신을 잃고 쓰러졌다.

　그들을 해치울 사람은 정해져 있었다. 항거할 힘이 없다고 해서 자비를 베풀 황야삼랑이 아니었으니까. 백랑과 흑랑이 표사들을 해치우는 동안 담우천과 연리수는 표물을 운반하여 안전한 곳으로 숨겼다.

　행여 눈치챌까 봐 조흔과 가득도에게는 미혼약을 탄 술을 건네지 않은 것도 혁자룡의 계획 속에 들어가 있었다. 또한 설령 조흔이 알아차렸다 하더라도 절정검이라는 별명답게 함부로 끼어들지 않을 거라는 것도 혁자룡의 예상 범위에 속해 있었다.

　지금까지는 확실히 그의 계획과 예상대로 일이 진행되고 있었다.

*　　　*　　　*

　"그 아이부터 죽여주마."

　조흔의 으름장에 냉씨 부인은 멈칫했다. 가만히 앉아 있을 때는 몰랐으나 이렇게 조흔이 일어나 자신을 쏘아보자 냉씨 부인은 감당할 수 없는 압박감을 느껴야만 했다. 하지만 그녀는 곧 배시시 웃으며 입을 열었다.

　"대명 자자하신 절정검께서 이런 꼬마 아이를 죽이겠다고 하다니, 세상 사람들이 들으면 비웃겠습니다."

조흔은 딱딱하게 대꾸했다.

"상관없다."

냉씨 부인이 애원하듯 말했다.

"싸우는 건 남정네들끼리 하세요. 우리 같은 힘없는 여인네나 아이들은 뒤로 빠져도 되지 않나요?"

"웃기지 마라."

조흔이 입을 열었다.

"그쪽 세계에서 꽤 이름 높은 취검비도의 비도가 힘없는 여인네라니, 지나가는 개가 웃을 노릇이다."

일순 조흔의 뒤에 서서 그들의 대화를 듣고 있던 호지민의 얼굴이 딱딱하게 굳어졌다. 취검비도라면 그녀도 들은 적이 있었던 것이다.

술 취한 검, 날아가는 칼의 합격술로 유명한 낭인 부부. 그게 취검비도였다. 특히 남편 되는 자, 취검의 검은 낭인의 수준을 벗어나 일류무사 이상의 실력을 지녔다고 알려져 있었다.

"그렇다면 당신이 취검?"

호지민은 장돌뱅이 사내를 돌아보며 물었다. 사내는 킥킥 웃더니 문득 정중한 자세를 취하며 말했다.

"정식으로 인사드리오, 공주. 이 장돌뱅이는 취검 냉하벽이라 하오."

일순 호지민의 안색이 창백해졌다. 그녀는 홱 냉씨 부인을 돌아보며 물었다.

"그럼 그 아이들은… 설마 납치한 건가요?"

취검비도의 독랄하고 무시무시한 일화에 대해서는 몇 번 들은 바가 있었지만 그들에게 아이들이 있다는 소리는 들어본 적이 없었다. 그러니 누군가의 아이들을 납치하여 데리고 있을 가능성이 매우 높았다. 적어도 낭인들이란, 목적을 위해서라면 못하는 일이 없으니까.

냉씨 부인은 여전히 미소 머금은 얼굴로 말했다.

"이 아이들이 누구의 자식인가 하는 게 뭐 그리 중요하지? 어차피 댁들도 살려줄 생각은 하고 있지 않잖아?"

"무슨 소리에요? 우리는 당신들처럼 악랄하지 않아요! 아이들 목숨까지 함부로 빼앗을 정도로 잔악하지 않다구요!"

호지민이 주먹을 꽉 쥔 채 소리쳤다. 냉씨 부인은 '됐다' 하듯 미소를 머금었다. 조흔의 눈가에 낭패의 빛이 스치고 지나갔다.

"좋아, 공주님 말을 믿지."

냉씨 부인은 품에 안고 있던 담창을 담호에게 건넸다. 담호는 끄응, 하듯 입술을 악물며 동생을 받았다.

"동생을 밖으로 데려가렴."

냉씨 부인이 무릎을 꿇고 담호와 시선을 마주한 채 다정스레 말했다. 담호는 머뭇거리다가 낮게 소곤거렸다.

"조심하세요."

담호는 담창을 안은 채 밖으로 도망쳤다. 조흔의 손이 움찔거렸다. 비도의 행동과 태도를 보건대 저 꼬마 녀석들은 제법 좋은 인질이 될 수 있었다. 그런데 호지민이 단언하듯 말하는 바람에 더 이상 그 꼬마들을 건드릴 수가 없게 된 것이다.

꼬마 둘이 밖으로 사라지는 건 순식간의 일이었다. 그때까지 묵묵히 지켜보고 있던 혁자룡이 갑자기 손뼉을 치며 분위기를 환기시켰다.

"그럼 이제 우리도 본론으로 들어가야지."

사람들의 시선에 자신에게로 쏠릴 때 혁자룡은 칼을 빼 들며 조흔을 가리켰다.

"자, 덤비라구. 애송이."

4. 분명 약속했네

"아빠!"

밖으로 나온 담호는 막 사당을 향해 걸어오던 담우천을 향해 달려갔다. 담우천은 연리수와 함께 표물들을 약속된 장소에 숨기고 돌아오던 참이었다. 그는 활짝 웃으며 달려오는 아들을 껴안았다.

"잘했나 보구나."

담호는 상기된 얼굴로 고개를 끄덕이며 말했다.

"잘한 것 같아요. 아줌마도, 아저씨도 칭찬해 주셨어요."

"다행이다."

담우천은 아들의 등을 다독이며 말했다. 담호는 기쁜 듯 빠르게 입을 놀렸다.

"아창도 깼는데 울지 않았아요. 자기도 지금 상황이 무척 중요하다는 걸 알았나 봐요."

"그랬구나."

담우천은 미소를 머금으며 담창의 말을 들었다. 곁에 서 있던 연리수가 사당 쪽을 힐끗 바라보며 끼어들었다.

"싸움이 시작된 것 같은데."

그의 말이 기폭제가 되었을까. 병장기 부딪치는 매서운 소리가 사당 밖으로 튀어나왔다.

"알겠소."

담우천이 고개를 끄덕이고는 담창에게 말했다.

"아창과 함께 그곳에 가 있거라. 이곳 일이 끝나자마자 달려갈 테니까."

"알겠어요. 조심하세요."

담창은 힘차게 고개를 끄덕였다. 그리고는 조심스럽게 담호를 안은 채 수풀 속으로 사라졌다.

담우천은 그 뒷모습을 잠깐 지켜보다가 자리에서 일어났다. 연리수와 그는 사당 안으로 걸어 들어갔다.

사당에서는 한바탕 싸움이 벌어지고 있었다. 놀랍게도 혁

자룡은 이미 바닥에 쓰러진 상태였고 백랑과 흑랑, 취검비도
가 조흔을 향해 동시에 공격을 퍼붓고 있었다. 비록 사 대 일
의 협공을 펼치고 있었지만 그들의 얼굴에서는 한 점의 여유
도 찾아볼 수가 없었다.

"뭐야? 방금 시작한 것 같은데."

연리수는 놀란 얼굴로 중얼거렸다.

첫 병장기 부딪치는 소리가 들리고 나서 연리수와 담우천
이 사당 안으로 들어설 때까지 불과 열을 헤아릴 정도의 시간
이 흘렀을 뿐이었다. 그런데 조흔과 오십 초를 겨루겠다고 호
언장담했던 혁자룡은 이미 큰 부상을 입고 나가떨어졌으며
다른 동료들 또한 백여 합 이상을 겨룬 것 같은 얼굴들이었
다.

'그렇게나 강한 걸까, 저 절정검 조흔이라는 자가?'

연리수는 저도 모르게 조흔을 바라보았다.

조흔은 왼손으로 뒷짐을 쥐고 비스듬히 선 채 검을 쥔 오른
손만을 놀려 네 명의 낭인과 싸우고 있었다. 검을 찔러가는
그의 움직임은 간결했고 단순했다. 하지만 그가 한 번 검을
찌를 때마다 낭인들은 헛바람을 들이키며 황급히 몸을 피하
고 있었다.

직접 두 눈으로 보고 있음에도 불구하고 연리수는 그 광경
이 도저히 이해가 가지 않았다.

찌르고 회수하고 방향을 바꿔 검날을 회전하며 다시 찔러

가는 조혼의 검술은 너무나도 평범하여 검술이니 검법이니 하고 부르기조차 민망할 지경이었다.

그런데도 백전노장의 백랑과 흑랑은 물론, 검에 관한 한 유주 땅 낭인 중 으뜸이라고 알려진 취검 냉하벽조차 쩔쩔매며 곤혹스러워하고 있는 것이다.

"이미 초식을 벗어난 경지에 올랐군."

놀라고 당황하여 눈을 동그랗게 뜨고 있던 연리수의 귓전으로 묵직한 음성이 들려왔다. 담우천의 목소리였다. 연리수는 그를 돌아보았다. 담우천은 여전히 표정의 변화가 없는 얼굴로 조혼을 지켜보며 중얼거렸다.

"혁형은 전혀 몰랐던 게야. 혁형이 일 척(尺) 성장할 때 저자의 실력은 무려 일 장(丈)이나 상승했다는 것을."

고수일수록 성장의 폭이 좁고 더디게 될 수밖에 없다. 삼류에서 이류로, 일류로 성장하는 데 오 년이 걸린다면 일류에서 그 위 단계인 당경(堂境)까지 십 년이 넘게 소요되는 게 일반적인 일이었다.

그런데 저 조혼은 달랐다. 혁자룡이 이류에서 일류로 성장하는 동안 조혼의 실력은 두 단계 가까이 향상되었다. 그렇기 때문에 혁자룡이 단 일 초도 버티지 못한 채 쓰러진 것이다. 또한 유주 낭인들의 우상 중 한 명인 취검조차 제대로 그의 검을 받지 못하고 피하기에 급급해하고 있는 까닭이었다.

담우천이 그런 생각을 하고 있는 동안 흑랑이 가슴에 중상을 입고 뒤로 물러났다. 그나마 백랑이 황급히 도와주지 않았더라면 조흔의 검이 흑랑의 가슴을 관통했을 뻔했다.

"젠장!"

흑랑은 시체처럼 안색이 변한 채 욕설을 퍼부었다.

"저 개새끼를 죽여 버려! 죽이라구!"

하지만 다음 순간, 흑랑을 구하러 뛰어 들어갔던 백랑마저 조흔의 일검에 다리를 찔렸다. 백랑은 이를 악물며 칼을 휘둘렀다. 조흔은 가볍게 검을 휘둘러 그의 칼을 비껴 막는 동시에 곧바로 칼을 쥔 손목을 향해 찔러갔다. 그 일련의 과정은 물 흐르듯이 부드럽게 이어져서 마치 두 개의 서로 다른 동작이 동시에 펼쳐진 것만 같았다.

"윽!"

과묵하기만 하던 백랑의 입에서 신음을 삼키는 소리가 들렸다. 동시에 챙강! 하면서 그의 칼이 바닥에 떨어졌다. 조흔의 검이 백랑의 손목 힘줄을 끊어버린 것이다.

힘줄이 끊어졌다는 건 대라신선이라도 만나지 않는 한 더 이상 칼을 쥘 수 없다는 의미였다. 그것은 칼로 먹고 살아가는 낭인, 아니, 무인에게 있어서 사형 선고와도 다를 바가 없었다.

백랑의 얼굴이 추하게 일그러졌다. 그는 알 수 없는 고함을 내지르며 조흔을 향해 덮쳐갔다.

"안 돼!"

흑랑이 절규했다.

하지만 이미 늦었다. 이성을 잃고 덤벼드는 백랑의 전신은 허점투성이였으며 냉정한 조흔의 검은 그 허점을 놓치지 않았다.

조흔은 무심한 눈빛으로 백랑을 쳐다보면서 검을 찔렀고, 그 검은 정확하게 백랑의 목젖을 꿰뚫었다. 가래침 끓는 소리가 백랑의 목젖 사이를 비집고 흘러나왔다. 동시에 그의 눈에서 생기가 사라졌다.

"이 개새끼!"

흑랑이 소리치며 벌떡 일어나 조흔을 향해 몸을 날렸다. 조흔은 그 자리에서 반 걸음 옆으로 움직이며 검을 겨눴다. 흑랑은 저도 모르게 움찔하며 동작을 멈췄다. 백랑이 천천히 바닥에 쓰러지는 광경이 시야 한쪽으로 흘러들어왔다.

하지만 그 광경을 보면서도 흑랑은 움직이지 않았다. 아니, 움직이지 못했다. 조흔의 검에서 보이지 않는 투명한 실이 뿜어져 나와서 흑랑의 전신을 포박한 것만 같았다.

그때였다.

한쪽 구석에서 틈을 노리던 취검 냉하벽이 벼락처럼 움직이며 검을 휘둘렀다.

취한 듯 비틀거리며 상대가 종잡을 수 없는 움직임으로 빠르게 다가서는 보법은 취몽보(醉夢步), 어디서 찔러올지 도저히 감을 잡을 수 없는 변화무쌍한 검초는 취몽영(醉夢影), 그리고 뱀처럼 꿈틀거리는 왼손으로 조흔의 팔을 잡아 꺾는 금나술(擒拿術)은 취몽접(醉夢蝶).

조흔이 백랑을 격퇴하고 흑랑에게로 시선을 돌리는 순간, 냉하벽은 그 세 가지 절초를 동시에 펼치며 그의 빈틈을 노리고 파고들었다. 취검 냉하벽을 유주 낭인들의 우상으로 만들었던 그 절기들!

"기다렸다."

조흔이 처음으로 입가에 미소를 띠었다. 더불어 그는 눈에 보이지 않을 정도로 빠르게 몸을 회전하여 냉하벽의 공격권에서 벗어나는 동시, 외려 그의 등 뒤의 허점을 노리고 검을 뻗었다.

자신의 회심에 찬 일격이 일순간에 파훼되자 냉하벽의 얼굴이 흉측하게 일그러졌다. 하지만 일류 고수답게 그는 곧 냉정을 되찾고는 곧바로 몸을 돌리며 조흔의 검을 막았다. 두 자루의 검이 허공에서 부딪치는 순간, 챙! 하는 맑은 소리가 튀어나왔다.

일순 냉하벽은 하마터면 검을 떨어뜨릴 뻔했다. 손이 쩌르르 울렸다. 조흔의 검에 실린 내력을 감당하기가 벅찼던 까닭이었다.

조흔의 검은 멈추지 않았다. 냉하벽의 검을 타고 미끄러지듯이 기어오르며 그대로 그의 손목을 찔러갔다. 조금 전 백랑의 손목 힘줄을 잘라냈던 바로 그 수법이었다.

놀란 냉하벽은 황급히 몸을 뒤로 날렸다. 하지만 그것만으로는 조흔을 따돌릴 수가 없었다.

조흔은 한 걸음 앞으로 내딛는 것으로 냉하벽과의 거리를 다시 좁혔다. 그의 검은 여전히 냉하벽의 손목을 집요하게 노리고 있었다. 냉하벽의 안색이 창백해지는 순간이었다.

스팟! 날카로운 휘파람 소리가 이는가 싶더니 허공을 가르는 두 줄기 빛이 조흔의 두 눈을 향해 폭사되었다. 바로 냉씨 부인의 성명절기(盛名絶技)인 탈명비도(奪命飛刀)가 펼쳐진 것이다. 취검비도라는 명성에 걸맞게 그 두 자루의 비도는 섬전과 같이 빠르며 날카롭게 날아갔다.

하지만 조흔은 여전히 무심한 표정으로 가볍게 왼손을 휘둘렀다. 세찬 기세로 날아들던 두 자루의 비도가 그 손짓 한 번에 곧바로 방향을 바꾸더니 냉하벽을 향해 튕겨 나가듯 쏘아졌다.

"안 돼!"

깜짝 놀란 냉씨 부인이 비명을 질렀다. 더불어 냉하벽도 입술을 질끈 깨물었다. 조흔의 검을 막는 것만으로도 벅찬 상황에서 두 자루의 비도가 날아든 것이다. 도저히 피할 방도가 생각나지 않았다.

'젠장, 이 자식이 이리도 강했던가?'

냉하벽은 내심 툴툴거렸다.

조흔에 대해서 몰라도 너무나 몰랐던 것이다. 지피지기(知

彼知己)면 백전백승이라고 했던가. 하지만 내 실력을 과대평가하고 적의 수준을 과소평가하면 백전백패가 되는 게 당연했다.

'죽을 때는 죽더라도 팔 하나 정도는 잘라내야 체면이 설 텐데.'

냉하벽은 그렇게 생각하며 앞으로 튀어 나갔다. 두 자루의 비도가 그의 눈을 노리고 파고들었고, 조흔의 검이 그의 손목 힘줄을 잘랐다.

그 아슬아슬한 순간 냉하벽이 비틀거린다 싶더니 이내 그의 신형이 조흔의 시야에서 사라졌다. 일순 조흔의 눈썹이 꿈틀거렸다. 처음으로 냉하벽의 움직임을 놓친 것이다.

그는 빠르게 검을 회수하며 자세를 낮췄다. 그리고 냉하벽의 기습을 대비하며 주위를 빠르게 훑는 순간, 오른쪽으로 향하는 조흔의 시선과 정반대 방향인 왼쪽에서 검이 신기루처럼 뻗어 나왔다.

놀랍게도 한 자루가 아닌 열두 개의 검날이 동시에 조흔의 전신을 찔러왔다. 이른바 취몽십이절(醉夢十二絶)이라 불리는 취검의 마지막 절초! 그 현란하면서도 변화무쌍한 일격 앞에서는 천하의 조흔이라 하더라도 결코 무사하지 못할 것 같다.

하지만 더더욱 놀라운 일이 다음 순간 벌어졌다. 뒤늦게 왼쪽으로 방향을 틀며 뻗은 조흔의 검이 갑자기 새하얀 빛을 뿜어내면서 무려 두 자가량 길게 늘어난 것이다.

"검기(劍氣)!"

지켜보던 연리수가 믿어지지 않는다는 듯이 소리쳤다. 동시에 낮은 신음 한 마디가 열두 개의 검날 속에서 핏물처럼 흘러내렸다.

"으음."

"여보!"

냉씨 부인이 절규했다.

검날들이 거짓말처럼 사라졌다. 냉하벽이 비틀거리며 모습을 드러냈다. 그의 가슴으로 한 점의 핏물이 묻어나나 싶더니 이내 붉게 번져 흐르기 시작했다.

비록 시간적으로는 늦게 출수했지만, 두 자나 늘어난 조흔의 검은 냉하벽의 취몽십이절보다 빠르고 정확하게 그의 가슴을 관통했던 것이다.

"여보!"

냉씨 부인이 소리치며 냉하벽에게 달려가 그를 부축했다. 냉하벽은 거친 숨을 몰아쉬며 띄엄띄엄 말했다.

"도망가… 내가… 당신을 얼마나… 사랑하는지… 빨리 도망…….."

냉하벽은 더 이상 말을 잇지 못하고 고개를 떨궜다. 냉씨 부인이 눈물을 흘리며 격하게 소리쳤다.

"여보!"

하지만 이미 절명한 냉하벽이 대답할 리가 없었다. 냉씨 부인은 축 늘어진 그를 몇 차례 흔들었지만 아무 소용이 없었다.

잠시 그 광경을 지켜보던 조흔이 다시 검을 들었다. 그리고 연리수와 담우천을 돌아보며 냉정하게 말했다.

"지금이라도 늦지 않았다. 표물을 가지고 오면 목숨만은 살려주마."

그와 시선이 부딪치는 순간 연리수는 저도 모르게 한 걸음 뒤로 물러났다.

담우천은 주변을 둘러보았다.

백랑이 죽고 취검이 죽었다. 희미한 숨소리가 나는 걸로 보아 혁자룡은 아직 죽지는 않았지만 곧 목숨을 잃어도 이상할 게 없을 정도의 중상을 입은 건 확실했다.

냉씨 부인은 죽은 남편을 부둥켜안고 흐느끼고 있었으며 흑랑은 이미 싸울 투지를 잃었다. 연리수 또한 마찬가지였다. 꽁지를 말아버린 개처럼 그의 어깨는 축 늘어져 있었고 허리는 구부정했다. 그러니 지금 조흔을 상대할 사람은 오직 담우천 하나였다.

하지만 담우천은 조흔을 상대하지 않았다. 그는 천천히 걸음을 옮겨 혁자룡에게 다가갔다. 그의 앞에 무릎을 꿇은 담우천은 나직한 목소리로 소곤거렸다.

"여인을 끌고 간 자들에 대해서 이야기해 주시오."

혁자룡이 힘겹게 눈을 떴다. 담우천은 무심한 어조로 말을 이었다.

"혁형이 약속은 어기지 않는다고 들었소."

"비, 빌어먹을……."

다 죽어가는 사람을 깨워놓고 묻는 게 겨우 그거냐는 투로 혁자룡이 투덜거렸다. 투덜거리는 입술 사이로 피가 섞인 거품이 흘러나왔다. 아무래도 폐나 위가 크게 손상된 모양이었다.

"죽여……."

혁자룡은 담우천의 소매를 잡으며 입을 열었다.

"야, 약속해 줘… 조흔을 죽이겠다고."

담우천은 물끄러미 혁자룡의 눈을 들여다보다가 순순히 고개를 끄덕였다. 혁자룡이 웃는 것 같았다.

"역시… 내 눈은 틀리지 않았어."

그의 목소리가 점점 더 기어 들어갔다. 담우천이 재차 물었다.

"그들에 대해서 이야기해 주시오."

"소매에 부, 붉은 매화가 수놓아진… 배, 백삼(白衫)을 입은 자들이네."

"붉은 매화와 백삼이라……."

담우천의 인상이 살짝 찌푸려졌다. 그 정도 정보로는 어느 조직인지 알 수 없었던 까닭이다.

강호에서 매화를 문양으로 삼는 문회방파는 오직 한 곳, 화산파(華山派)뿐이었다. 하지만 그들의 매화는 붉지도 않았으며 소매에 수놓아지지도 않았다.

혁자룡은 숨을 헐떡거리다가 갑자기 엄청난 힘으로 담우천의 팔을 잡으며 소리 높여 외쳤다.

"분명 약속했네! 조혼을 죽여주겠다고 말이야!"

담우천은 한숨처럼 고개를 끄덕였다. 혁자룡이 웃었다. 담우천의 팔을 잡고 있던 그의 손에서 썰물처럼 생기가 사라져 갔다. 툭, 하는 소리와 함께 혁자룡의 손이 바닥에 떨어졌다. 죽은 것이다.

담우천은 그의 눈을 감겨주고 자리에서 일어났다. 물끄러미 지켜보고 있던 조혼이 문득 피식 웃으며 입을 열었다.

"날 죽여주겠다는 약속까지 했나?"

담우천은 그를 돌아보며 차분하게 입을 열었다.

"지금이라도 늦지 않았네. 이대로 물러난다면 그대와 저 어린 꼬마의 목숨만은 살려주지."

조혼의 눈빛이 기이하게 빛났다.

第六章

갈 때까지 가보는 거다

제 자식의 목숨을 소중하게 여기지 않는 아버지가 과연 세상에 있을까. 부모의 입장에서 세상 그 무엇과도 바꿀 수가 없는 가장 귀한 존재가 자식의 생명일 것이다.

하지만 담우천은 달랐다. 그에게 있어서 자식들의 목숨은 첫 번째도 아닌, 세 번째 정도의 중요한 위치에 자리 잡고 있었다. 그러기에 두 번째나 첫 번째를 지키기 위해서는 눈물을 머금고 자식의 목숨을 버릴 수도 있었다.

'미안하구나, 아호.'

담우천의 눈빛을 읽은 것일까. 담호가 눈물을 글썽이며 갑자기 입을 열었다.

1. 환검

평범했다.

용모도, 서 있는 자세도 평범했다. 어디 하나 힘이 들어간 곳이 없이 자연스럽게 서 있었다. 만약 허리에 찬 검이 아니었다면 이들 낭인들과 아무 관련이 없는, 지나가다가 우연히 사당에 들린 나그네라고 착각할 정도였다.

그래서 외려 더 조흔의 눈빛이 빛나고 있었다.

'저건 마치 무심지도(無心之道)를 완성한 자의 모습 같지 않은가.'

무심지도는 언제고 냉정을 유지하고 이성을 잃지 않은 채 주변 사물을 객관적으로 파악할 수 있는 마음의 경지를 뜻한다. 그게 극한에 이르면 상대의 자세만 보고도 실력의 고하는 물론, 그가 익힌 무공과 그 투로를 예측할 수 있다고 했다.

조흔이 십 년 전 돌연히 강호행(江湖行)을 중단한 후 천궁 팔부에 틀어박혀서 수련했던 게 바로 그것이었다. 비록 무심지도를 완벽하게 익히지는 못했지만 그래도 조흔의 실력은 그 십 년 동안 비약적으로 상승할 수가 있었다.

혁자룡과 냉하벽이 그러한 사실을 알 리가 없었다. 그들은 단지 십 년 전의 조흔만 생각했기에, 그 십 년 동안 실력이 늘어봤자 얼마나 늘었겠는가 하며 상대를 과소평가했기에 지금처럼 일패도지를 하고 만 것이다.

그런 조흔이 바라보는 담우천은 확실히 기이한 자였다. 너무나도 평범해서 손가락 하나만으로도 충분히 쓰러뜨릴 것 같기도 했으며 또 자신과 비교해서도 전혀 뒤지지 않는 고수인 듯싶기도 했다.

그래서였다, 담우천의 도발적인 말에도 조흔이 침착하게 대꾸한 까닭은.

담우천은 차분하게 입을 열었다.

"지금이라도 늦지 않았네. 이대로 물러난다면 그대와 저 어린 꼬마의 목숨만은 살려주지."

조흔의 눈빛이 기이하게 빛났다. 그는 담우천의 시선을 마주한 채 천천히 말했다.

"그럴 만한 실력이 있을까?"

담우천이 살짝 눈살을 찌푸리며 말했다.

"아직 많이 부족하군."

조흔이 물었다.

"뭐가?"

"사람을 보는 눈이 부족하다는 것이네. 아니, 정확하게 말하자면 겨루지 않고서도 상대의 실력이 어느 정도인지 파악하는 능력이 부족하다는 것이지."

"흐음. 그럼 그대는 내 실력이 어느 정도인지 정확하게 파악할 수 있다는 건가?"

"물론이지."

"한번 듣고 싶군. 내 실력이 어느 정도인가?"

"저기 쓰러져 있는 낭인들보다는 강하고 나보다는 약한 정도."

"이것 참. 그대가 초절정의 고수라도 된다는 겐가."

조흔이 쓴웃음을 흘렸다.

"너무 광오한 건 아닌가? 아니면 그대의 능력을 너무 과대평가하고 있거나."

"그래서 자네의 사람 보는 능력이 부족하다는 것이야. 지금 자네는 내가 어느 정도 실력을 가졌는지 전혀 감을 잡지 못하고 있지 않은가?"

조흔은 입을 다물었다. 담우천의 말이 그의 가슴 한구석을 정확하게 찔러왔던 것이다. 확실히 지금 조혼은 담우천의 실력이 어느 정도인지 전혀 가늠하지 못하고 있었으니까.

"하지만……."

문득 오기가 솟은 조혼이 막 반론을 펼치려 할 때였다. 십여 개의 새하얀 빛줄기가 그의 전신을 향해 폭사해 왔다. 동시에 흑랑이 벼락처럼 칼을 휘두르며 덮쳐갔고, 뒤로 물러나 있던 연리수마저 성난 호랑이처럼 조혼을 향해 몸을 날렸다.

조혼이 한눈을 파는 틈을 노려 한꺼번에 세 방향에서, 동시 다발적으로 펼쳐진 연환공격! 그것은 아무리 조혼이라도 하더라도 쉽게 막아낼 수 없는 절묘한 합격술이었다.

"위험해요!"

호지민이 놀라 부르짖은 건 당연한 일이었다.

허공으로 도약한 연리수의 주먹은 조혼의 머리를 공격했고 흑랑의 무지막지한 일도(一刀)는 조혼의 가슴을 노렸다. 게다가 십여 개의 빛줄기, 허공을 가르는 섬전과도 같은 비도들은 조혼이 움직일 만한 방위를 향해 날아가고 있었다. 그러니 조혼은 연리수의 주먹과 흑랑의 칼을 피할 수도 막을 수도 없는 처지였던 것이다.

그것은 조혼과 담우천이 대화를 나누는 동안 냉씨 부인과 흑랑, 연리수들이 눈빛을 교환하고 서로의 의중을 파악해서 순식간에 만들어낸 놀라운 협공이었다.

하지만 그 암묵의 눈빛 속에서 펼쳐진 협공 아래에서도 조흔의 얼굴은 한 점 변화가 없었다. 그는 정면으로 덮쳐드는 흑랑의 칼을 향해 아무런 망설임 없이 한 걸음 내디뎠다. 놀랍게도, 조흔은 그 한 걸음만으로 냉씨 부인이 던진 십여 개의 비도에서 완벽하게 벗어날 수가 있었다.

'미친 자식!'

반면 흑랑은 내심 쾌재의 환호성을 터뜨렸다. 지금 조흔은 비도를 피한답시고 앞으로 움직여서 흑랑이 찔러가는 칼에 온몸을 내던지며 다가오고 있지 않은가. 그야말로 진흙탕을 피하려다가 똥물을 밟으려는 순간인 게다.

흑랑은 전력을 다해 그의 가슴을 찔러갔다. 순간, 두 마디의 서로 다른 외침이 동시에 터져 나왔다.

"안 돼요!"

"조심해!"

호지민과 담우천의 목소리였다.

흑랑의 칼이 조흔의 가슴을 찌르려는 순간, 조흔은 어깨를 비틀며 몸을 틀었다. 흑랑의 칼이 그의 가슴을 스치고 지나쳤다. 그 상태로 조흔은 한 걸음 더 앞으로 내디뎌 순식간에 흑랑의 지근거리까지 접근했다.

'헉!'

흑랑이 헛바람을 들이켜는 순간, 조흔은 그의 팔뚝 아래쪽을 잡고는 그대로 위로 밀어붙였다. 흑랑의 팔이 높이 치켜졌다. 동시에 그의 칼이 제 의도와는 전혀 상관없이 허공을 향해 휘둘려졌고, 조흔의 정수리를 노리고 도약했던 연리수가 마침 그곳을 날아가고 있었다. 흑랑의 검은 반원을 그리며 연리수의 가슴부터 배까지 일직선으로 그어버렸다.

"컥!"

연리수가 비명을 토하며 몸의 균형을 잃었다. 그는 그대로 흑랑과 조흔을 지나쳐 사당 뒷벽까지 날아가 심하게 부딪치고는 바닥으로 떨어졌다.

"큭!"

흑랑의 입에서도 단말마의 신음이 흘러나왔다. 자신의 팔을 휘둘러 연리수에게 일격을 가했던 조흔이 팔꿈치로 그의 옆구리를 찔러왔던 것이다. 흑랑이 갈비뼈가 으스러지는 고통 속에서 주춤 물러설 때, 조흔은 다시 그의 팔을 잡고 힘껏 꺾었다.

우드득!

뼈가 부러지는 소리가 났다. 하지만 팔이 부러지는 고통보다는, 부러진 손에 들려 있던 칼이 제 심장을 관통하는 고통이 더욱 클 수밖에 없었다.

흑랑의 얼굴이 처참하게 일그러지나 싶더니, 이내 고개가 힘없이 떨어졌다.

조흔은 무심한 표정을 지은 채 흑랑의 가슴을 관통한 칼을 빼내 들었다. 그리고 냉씨 부인을 바라보지도 않은 채 칼을 던졌다.

냉씨 부인이 놀라며 몸을 피하려 했지만 조혼이 던진 칼은 그녀의 비도보다 몇 배는 빨랐다. 미처 움직임 틈도 없이 칼은 정확하게 그녀의 허벅지를 관통했다.

그녀는 이를 악물며 신음을 삼켰다. 의외라는 듯 조혼의 눈빛이 가볍게 흔들렸다. 하지만 그는 곧 제 검을 빼 들며 입을 열었다.

"자비를 베풀어 고통 없이 죽여주마."

그때였다.

"안 돼요!"

날카로운 음성이, 호지민과는 또 다른, 어린아이의 째지는 듯한 소리가 사당 밖에서 안으로 쏟아졌다. 동시에 사당 밖에 숨어서 상황을 살피던 담호가 뛰어 들어왔다.

담우천의 눈썹이 꿈틀거렸다.

"나가 있으라고 했지 않느냐?"

담호는 냉씨 부인에게서 시선을 떼지 않은 채 말했다.

"아창은 안전한 곳에 놔두었어요."

"내 말은 그게 아니잖느냐?"

"하지만 걱정이 되어서……."

담호는 냉씨 부인을 바라보며 울먹이듯 말했다. 냉씨 부인이 힘겹게 웃으며 말했다.

"내 걱정을 한 거니? 착하구나. 하지만 나는 괜찮아. 그러니까 너는 동생이 있는 곳으로 가 있으렴."

"하지만……."

"말을 들어라."

담우천의 싸늘한 명령에 담호는 머뭇거렸다. 그러나 소년은 크게 결심한 듯 입술을 깨물고는 곧바로 사당을 가로질러 냉씨 부인에게로 달려갔다. 담우천이 아차, 하며 손을 내밀었지만 담호는 조혼 쪽으로 방향을 틀며 그의 손길을 피했다.

검을 휘두르면 소년에 닿을 거리였지만 그 황당할 정도의 상황에 놀랐는지, 아니면 어이가 없었던 것인지 조혼조차 검을 휘두를 생각조차 하지 못한 듯했다.

그렇게 조혼과 담우천의 사이를 지나 냉씨 부인에게 달려간 담호는 곧바로 웃옷을 벗어 상처 부위를 묶으며 말했다.

"이렇게 관통되었을 때에는 칼을 빼지 말라고 하셨어요. 자칫 너무 많은 피를 흘려서 죽을 수가 있다구요. 이렇게 묶은 다음에 곧바로 아빠를 부르라고 하셨어요."

냉씨 부인은 격렬한 고통 속에서 혼미해져 가는 정신을 애써 부여잡으며 희미하게 웃었다.

"네 아빠는 정말 많은 걸 알고 있구나."

"네. 아빠는 못하는 일이, 모르는 일이 없어요. 그리고 세상에서 제일 강해요."

어린 소년의 말에 조혼은 슬쩍 담우천을 돌아보았다. 담우천의 손은 어느새 검자루에 가 있었다. 마치 조혼이 담호나 냉씨 부인에게 검을 쓰는 걸 용납하지 않겠다는 듯이.

조흔은 살짝 어깨를 으쓱거리며 담우천에게 말했다.

"그래. 저 소년은 살려줘야겠군. 나중에 표물이 있는 곳을 가르쳐 줄 사람이 필요하니까."

하지만 곧 진지한 표정을 지으며 말을 바꿨다.

"아니, 계집만 살려두면 되겠군. 표물 위치를 알아내는 데 굳이 두 사람이나 필요하지는 않으니까."

"내 아이를 건드릴 생각은 하지 마라."

담우천이 말했다.

"손끝 하나 건드린다면 너는 물론, 네 뒤의 소녀, 네 가족들 모두 죽일 테니까."

'호오, 이것 봐라.'

조흔의 눈빛이 반짝였다.

지금까지 한 점 흐트러짐이 없던 담우천의 기도가 흔들리고 있었다. 저자의 무심지도가 깨진 것이다, 어린 꼬마의 안위 때문에.

조흔의 입가에 짓궂은 미소가 스며들었다.

"이걸 어쩌나."

조흔은 장난스럽게 검을 휘돌리며 말했다.

"협박을 받는 건 내 취향이 아니라서 말이야. 차라리 협박하는 게 내 취향에 가깝거든."

그는 냉씨 부인을 간호하는 소년의 등을 향해 검을 찔러가는 시늉을 했다. 일순 담우천이 움찔거렸다. 조흔은 그 움직임을 놓치지 않았다. 그는 저도 모르게 피식 웃고야 말았다.

'내가 잘못 본 모양이로군.'

조흔은 저 평범한 낭인의 평범한 자세만으로 무심지도 운운하며 긴장했던 건 자신의 착각이라고 생각했다.

무심지도는 익히기도 어려울 뿐더러 깨지기도 힘든 경지였다. 기껏 제 자식에게 검 한 번 들이댔다고 깨질 정도라면 그건 절대로 무심지도가 아니었다. 그저 다른 사람보다 조금 더 무심할 뿐인 게였다.

그렇게 생각을 하고 보니 담우천의 자세는 엉성하기 그지없었다. 오른발을 어깨 폭 넓이로 내딛고 몸을 비스듬히 놀린 채 약간 웅크린 모습, 그것은 누가 보아도 이제 막 검도에 입문한 초보자의 자세였다. 그걸 두고 기를 느낄 수 없다면서 스스로 긴장하다니.

'이거야말로 토끼를 덮치려던 호랑이가 제 그림자에 놀라는 꼴이 아닌가?'

조흔은 한숨을 내쉬었다.

'그동안 수련만 했더니 실전 경험이 많이 떨어졌네. 이번 일이 끝나면 다시 강호에 나가봐야겠군.'

그런 생각을 하면서 조흔은 앞으로 걸어 나갔다. 그가 가까이 다가서자 담우천도 드디어 움직이기 시작했다. 조흔은 그의 어깨를 훑어보았다.

상대의 손을 보고 움직이는 건 하류의 수법이었다. 상대가 쾌검을 사용한다면 손을 보고 대응하다가는 늦을 수가 있었다. 손을 사용하기 위해서는 먼저 어깨에 변화가 있게 마련, 제대로 된 고수는 그 어깨의 움직임과 근육의 변화를 보고서 반응하게 마련이었다.

담우천의 오른쪽 어깨가 살짝 흔들리는 것 같았다.

'뻔해.'

조흔은 비웃으며 손을 뻗었다. 그의 손은 빨랐으며, 그의 검은 더욱 빨랐다. 그가 손을 뻗는 순간 검은 이미 담우천의 오른쪽 어깨를 찌르고 있었다.

조금 전 냉씨 부인에게 일격을 가했던 일검보다 훨씬 빠르고 강한 쾌검!

다음 순간 조흔은 비틀거렸다. 막 담우천의 어깨를 찔러가던 그의 검이 순간적으로 멈췄다. 그의 오른손이 부르르 떨렸다. 뜨끔한 통증이 가슴에서 시작되어 천천히 흘러내렸다.

조흔은 의아한 눈빛으로 가슴을 내려다보았다. 통증이 시작된 그곳에 검이 박혀 있었고, 그곳에서 피가 흐르고 있었다. 조흔은 검날을 따라 천천히 시선을 옮겼다. 검의 끝에는 담우천의 오른손이 있었다.

무슨 일이 벌어진 걸까.

언제 그가 검을 뽑아서 자신의 가슴을 찌른 것일까. 조흔은 담우천의 움직임을 전혀 보지도 느끼지도 못했던 것이다.

"이게 뭐야?"

조흔은 이해할 수가 없었다.

만약 이게 쾌검이라면, 세상에 이토록 빠른 쾌검은 생전 처음이었다. 쾌검으로 유명한 그 어떤 검객도 이보다 빠를 수는 없었다. 그러니 이건 쾌검이 아니었다.

그는 고개를 들어 담우천을 바라보며 물었다.

"환검(幻劍)인가?"

담우천은 대답하지 않았다. 대답 대신 검을 쥔 손에 힘을 가했다. 조흔의 목숨을 빼앗으려는 것이다.

"멈춰!"

일순 날카로운 외침이 담우천의 손길을 잡아끌었다. 담우천은 시선을 돌렸다. 그곳에는 호지민이 검을 빼 든 채 담호와 냉씨 부인의 목을 겨누고 있었다. 담우천의 눈꼬리가 매섭게 휘어졌다.

"죽고 싶나?"

담우천의 살기 뚝뚝 떨어지는 눈빛에 호지민은 저도 모르게 온몸을 부르르 떨었다. 등줄기로는 소름이 파고들었고 가슴으로는 식은땀이 흘러내렸다. 하지만 그녀는 목소리를 짜내듯 소리쳤다.

"사형이 죽으면 이 모자(母子)도 죽을 줄 알아!"

모자?

'저 계집, 뭔가 착각하고 있군그래.'

담우천은 냉랭한 눈길로 호지민을 쏘아보았다. 호지민은

벌벌 떨면서도 지지 않고 그 눈빛을 마주 보았다. 담우천은 문득 고개를 끄덕이며 입을 열었다.

"나 역시 사람 보는 눈이 없었군그래. 남장 취미를 가진 꼬마 계집이 알고 보니 절정검 조흔에 비견되는 고수일 줄이야."

놀라운 발언이었다. 지금껏 존재감도 거의 없던 호지민이 알고 보니 조흔과 비슷한 실력을 지닌 여고수라는 것이다.

담우천이 물었다.

"너는 누구지?"

호지민은 망설이다가 대답했다.

"호지민. 천궁팔부의 호지민이다."

일순 냉씨 부인이 놀라 소리쳤다.

"천궁보화(天宮寶華) 호지민!"

담우천의 눈빛이 살짝 흔들리는 순간이었다.

2. 시간이 없단 말이다

무슨 일이 벌어졌는지 호지민도 알 수가 없었다. 그녀 역시 조흔이 검을 뺀는 건 볼 수 있었지만 담우천의 검이 어떻게 조흔의 가슴을 찔렀는지는 알 수가 없었다.

그 믿을 수 없는 광경에 호지민의 눈동자는 경악으로 가득 찼다. 너무나 놀라고 당황하여 비명도 지르지 못했다. 그녀의 눈앞에서 조혼이 비틀거리고 있었다. 누구보다도 강하고 냉정한 사형 조혼이, 가슴에서 피를 흘리며 죽어가고 있었다.

호지민은 당장 담우천에게 덤비려 했다. 하지만 다음 순간, 그녀의 시야에 담호와 냉씨 아줌마의 뒷모습이 잡혔다. 생각 하나가 그녀의 뇌리에 빠르게 떠올랐다.

'사형이 당할 정도라면 나도 상대가 되지 않을 거야. 그보다 저들을 인질로 삼는다면……'

생각보다 행동이 빨랐다. 그녀는 곧바로 몸을 날려 냉씨 아줌마의 등 뒤로 다가섰다.

마침 냉씨 아줌마와 담호는 눈앞에 벌어진 광경에 정신이 팔려 있어서 호지민이 다가와 자신들의 혈도를 제압한 것은 물론, 검으로 목을 긋는 시늉을 할 때까지 전혀 눈치를 채지 못했다.

그렇게 생각보다 간단하게 두 사람을 제압한 호지민은 곧바로 멈추라고 소리쳤다. 다급한 상황, 게다가 상대는 사형을 죽이려 하는 자, 저절로 반말이 튀어 나왔다.

담우천이 동작을 멈추고 그녀를 노려보았다. 냉정한 눈빛 속에 담겨 있는 살기와 증오가 너무나도 강렬해서 호지민은 하마터면 검을 떨어뜨릴 뻔했다. 그녀는 억지로 손에 힘을 준 다음 소리쳤다.

"사형이 죽으면 이 모자도 죽을 줄 알아!"

그것은 그녀가 태어나서 처음 해보는 협박이었다.

담우천의 표정은 여전히 무심했다.

"천궁팔부의 여식이라. 그렇군, 이 표물행에 왜 절정검 조
흔이 따라나섰나 했더니 바로 네 보호자 역할이 임무였던 게
구나."

담우천은 차분하게 말하더니 이내 조흔의 가슴에 박혀 있
던 검을 뺐다. 호지민이 비명을 내질렀다. 조흔의 가슴에서
피가 분수처럼 흘러나왔던 것이다.

"소란 피울 것 없다."

담우천이 말했다.

"스스로 지혈할 정도의 기력은 있을 것이니."

마치 그 말을 증명이라도 하듯 조흔이 제 혈도를 짚어 지혈
했다. 핏기가 사라진 안색은 유령처럼 창백했지만, 다행이 죽
을 정도의 상처는 아닌 모양이었다.

"이자를 돌려주마. 그러니 인질을 풀어다오."

담우천이 말했다. 호지민이 망설였다. 저 말을 믿어야 할
지 모르겠다는 얼굴이었다.

"안 돼."

조흔이 힘겹게 입을 열었다.

"인질을 풀어주면 절대 안 된다. 표물을 반드시 북해빙궁

으로⋯⋯."

거기까지 말한 조혼이 갑자기 무릎을 꿇더니 그대로 꼬꾸라졌다. 호지민이 깜짝 놀라며 사형을 불렀다. 담우천은 한숨을 쉬며 말했다.

"갑자기 많은 피를 흘려서 기절한 것이다. 좋은 약과 솜씨 좋은 의생, 그리고 충분한 휴식이라면 한 달 이내에 완쾌될 것이야."

"거짓말!"

호치민은 이성을 잃고 소리쳤다.

"죽인 거지? 네가 죽인 거지?"

"아냐! 우리 아빠는 거짓말하지 않아!"

그녀의 인질이 되어 있던 담호가 돌아보며 소리쳤다. 호치민은 입을 다물고 소년을 바라보았다. 담호는 지금 자신의 처지가 분하고 억울한 듯 눈물 담긴 눈동자로 그녀를 쏘아보며 외쳤다.

"절대로 우리 아빠는 거짓말을 하지 않아! 누나가 나빠! 무인이라면 인질 따위 버리고 정정⋯⋯."

정정당당하게라는 단어가 생각나지 않자 담호는 살짝 얼굴을 붉히며 말을 바꿨다.

"정면으로 싸워야지, 그게 진짜 무인이잖아! 누나는 비겁하다구!"

호지민은 마른침을 삼켰다. 어린아이의 호통이 무서웠던

건 아니었다. 단지 평소 그녀가 생각했던 무인에 대한 인상을 이 어린 꼬마의 입에서 듣게 되는 바람에 놀란 것뿐이었다.

그녀가 이성을 되찾은 듯하자 담우천이 다시 말했다.

"들어봐라. 미약하지만 숨소리가 들리지 않나?"

호지민은 그제야 정신을 집중하고 조흔의 상태를 확인했다. 사내의 말이 맞았다. 미약하지만, 낮은 호흡이 들렸다. 확실히 조흔은 아직 살아 있었다.

"그러나 최대한 빨리 부상을 치료하지 않는다면 죽을지도 모른다."

담우천이 손을 내밀며 말했다.

"한 번 더 말하지. 인질들을 돌려다오. 그러면 곧바로 이곳을 떠나마."

"안 돼요."

호지민이 고개를 저었다. 담우천의 눈썹이 꿈틀거렸다. 당장에라도 그녀를 향해 검을 날릴 듯한 얼굴이었다. 호지민이 다급하게 말을 이었다.

"사형을 치료해 주세요."

담우천의 눈이 휘둥그레졌다. 어느새 평소의 표정으로 되돌아간 호지민이 침착한 어조로 말을 계속했다.

"아쉽게도 나는 의술을 몰라요. 또 유주에 대한 정보도 빈약해서 만약 나와 사형 둘이 남는다면 어찌할 바 모르고 발만 동동 구르다가 사형을 죽게 만들 거예요. 그러니까 당신이 사형을 살려내세요."

"허어."

"만약 사형을 살려낸다면 그때 인질을 풀어드릴게요."

"싫다."

담우천은 딱 부러지게 말했다. 호지민의 표정이 딱딱하게 굳어졌다. 담우천이 다시 말했다.

"우선 나는 혁형에게 저자를 죽이겠다고 약속했으니까. 물론 죽은 자와의 약속이니만큼 지키지 않아도 상관없겠지. 또 그러려고도 했다. 분명 살려줄 생각이 없지 않았으니까."

호지민은 그가 조흔에게 '지금이라도 물러난다면 목숨만은 살려주겠다'고 한 말을 떠올렸다.

당시에는 일개 낭인의 허장성세(虛張聲勢) 정도로 생각했는데 알고 보니 그게 진심이었다는 게다. 천하의 절정검 조흔에 대한 생살여탈권을 자신이 쥐고 있었다는 것이다.

"하지만 아들 녀석에게 아빠는 거짓말을 하지 않는다는 말을 들었으니 더 이상 거짓말을 할 수가 없게 되었다. 약속을 지키지 않는 것도 거짓말을 하는 셈이 되니까 말이야. 게다가 무엇보다……."

담우천은 잠깐 생각하다가 말을 이었다.

"지금 내게는 시간이 많지 않거든. 네 사형을 치료한 다음, 좋은 의생에게 데리고 가서 맡기는 일은 제법 시일이 걸리는 일이니까. 아쉽지만 내게는 그럴 만한 시간이 없다."

"상관없어요."

호지민은 똑 부러지게 말했다.

"사형을 살리지 않겠다면 이 아이와 여인을 죽일 테니까요."

"그럼 너도 죽는다."

"상관없어요."

"너와 관련된, 천궁팔부의 모든 이도 죽을 것이다."

사내의 말에 호지민은 잠시 그를 쳐다보았다. 엄포용인가, 아니면 진짜 그럴 수 있다고 스스로 생각하고 있는 것일까.

아무래도 좋았다. 지금 중요한 것은 저 평범해 보이지만 그 능력의 끝을 알 수 없는 사내에게 지지 않아야 한다는 것이다.

"상관없어요."

호지민은 침착하게 말했다.

"모두 저승에서 다시 만나면 되니까요. 최소한 나 혼자 저승에 있는 것보다는 덜 외롭겠죠."

그녀는 담호와 냉씨 부인의 목을 겨눈 검에 힘을 가했다. 냉씨 부인의 새하얀 살결에 빨간 선이 그어졌다. 담호의 안색이 창백하게 변했다.

담우천은 가만히 호지민을 바라보았다.

의외로 강단이 있는 아이였다. 처음 이성을 잃었을 때와는 달리 지금 담우천에게 존대를 하고 있는 건, 지금 상황을 냉정하고 침착하게 파악하고 있다는 뜻이었다.

또한 담우천의 협박에도 굴복하지 않는 건 담우천의 엄포를 믿지 못해서가 아니라, 그만큼 조흔을 살려내고 말 것이라는 의지의 표현이었다.

담우천은 한숨을 내쉬며 말했다.

"좋아, 내가 졌다. 저자를 치료해 주고 유명촌의 의생에게로 데려가 주지."

"아니, 부족해요."

호지민은 도리질을 했다. 담우천의 눈빛이 딱딱하게 굳었다. 호지민은 재빨리 말했다.

"유명촌의 의생이 어느 정도 실력을 지니고 있는지는 모르겠지만 지금 사형의 상황을 보면 진짜 좋은 의생이 필요해요."

"그러니까 내가⋯⋯."

"게다가 우리에게는 표물도 있어요. 그 표물을 안전하게, 확실하게 북해빙궁까지 운반해야 하거든요."

담우천이 어이가 없다는 표정을 지었다.

"설마 지금 내게 표물과 저자를 북해빙궁까지 데려달라고 하는 것이냐?"

"맞아요. 당신의 아들 생명을 담보로 한다면 충분히 그 정도는 요구할 수 있을 것 같은데요."

담우천은 당장에라도 검을 빼 들고 싶은 심정을 억지로 가라앉혔다. 일격에 호지민의 목을 꿰뚫는 건 그리 어려운 일이 아니었다. 하지만 그 와중에 담호가 다치거나 죽을 수가 있었다.

담우천은 입술을 깨물었다.

'최대한 빨리 매화 문양의 소매가 있는 백의인들을 찾아야 한다. 이런 데서 머뭇거리고 있을 시간이 없단 말이다!'

그는 냉정한 눈빛으로 담호를 바라보았다.

제 자식의 목숨을 소중하게 여기지 않는 아버지가 과연 세상에 있을까. 부모의 입장에서 세상 그 무엇과도 바꿀 수가 없는 가장 귀한 존재가 자식의 생명일 것이다.

하지만 담우천은 달랐다. 그에게 있어서 자식들의 목숨은 첫 번째도 아닌, 세 번째 정도의 중요한 위치에 자리 잡고 있었다. 그러기에 두 번째나 첫 번째를 지키기 위해서는 눈물을 머금고 자식의 목숨을 버릴 수도 있었다.

'미안하구나, 아호.'

담우천의 눈빛을 읽은 것일까. 담호가 눈물을 글썽이며 갑자기 입을 열었다.

"미안해요, 아빠. 아빠 말을 들었어야 하는 건데."

방금 전의 결심으로 인해 단단하게 굳어진 담우천의 눈빛이 문득 흔들렸다. 담호는 애써 눈물을 삼키며 말을 이었다.

"이 사람들 때문에 혁 아저씨와 냉 아저씨가 죽었어요. 난 괜찮으니까 얼른 이 못된 누나를 해치워서 복수를 해주세요."

호지민의 안색이 급변했다. 이 조그만 녀석이 지금 무슨 말을 하는 걸까.

하지만 담우천은 망설이고 있었다. 조금 전까지만 하더라도 담호의 목숨을 버릴 각오를 하고 호지민을 죽이려 했던 그였는데, 무슨 이유에서인지 외려 지금은 움직일 수가 없었다.

'북해빙궁까지 왕복하려면 아무리 빨리 움직인다고 하더라도 한 달 이상 걸린다. 그렇게 되면 혁형이 준 정보도 거의 쓸모가 없게 되는 거다. 그러니 안타깝더라도, 미안하더라도 결국 아호의 말대로 하는 게 옳은 일이다.'

그렇게 생각한 담우천은 결국 한숨을 길게 내쉬며 고개를 끄덕일 수밖에 없었다.

"어쩔 수 없지."

그는 호지민을 바라보며 말했다.

"반드시 약속을 지켜라. 북해빙궁까지만이다."

순간 담우천은 스스로 한 말에 대해 깜짝 놀라고 말았다. 이성적이고 논리적으로 생각한 후 내린 결론과는 정반대의 대답이 자신의 입에서 흘러나왔기 때문이다.

언제 자신이 이토록 나약했던 적이 있던가. 이토록 감상적이었던 때가 있던가.

담우천의 얼굴이 딱딱하게 굳어질 때였다. 호지민이 내심 안도의 한숨을 길게 내쉬면서도 여전히 침착한 표정을 지은 채 말했다.

"좋아요. 나도 약속을 지키죠. 천궁팔부 사람들도 거짓말
은 하지 않으니까요."

3. 유명촌까지 가보는 거다

시간이 없었지만 그렇다고 무작정 길을 떠날 수는 없었다.
담우천은 우선 조흔의 상세를 확인하고 치료를 하기 시작했
다.

호지민은 검을 들어 냉씨 부인과 담호의 목을 겨눈 채로 주
의 깊게 그의 움직임을 지켜보았다. 의외로 담우천의 솜씨는
노련하고 능숙했다.

담우천은 빠르게 조흔의 상처 부위를 지혈하고 약을 발랐
다. 그건 호지민이 상비하고 있던 금창약(金瘡藥)이었는데 매
우 효능이 좋은 모양이었다. 조흔의 상처 부위가 금세 가라앉
기 시작했다.

"오룡보명산(烏龍補命散)인가, 진품이군. 이 정도 약이 있
다면 굳이 의생을 찾지 않아도 되겠어."

담우천의 중얼거림에 호지민은 깜짝 놀랐다. 냄새와 색깔,
그리고 약효만으로 정확하게 금창약의 종류를 알아맞힌 것이
다.

'대체 이자의 정체가 뭐지? 일개 낭인이라고 하기에는 너

무 강하고 또 별걸 다 알고 있어.'

호지민은 날카로운 눈빛으로 담우천을 주시했다.

그러는 동안 담우천은 조흔의 상처 부위를 꿰맨 후, 죽은 자들이 입은 옷들 중에서 깨끗한 부분만을 찢어내 동여맸다. 노력하고 익숙한 솜씨였다. 비록 의생은 아니더라도, 그동안 많은 부상자를 치료한 자의 움직임이었다.

마혈을 집혀 움직일 수는 없었지만 입은 놀릴 수 있는 냉씨 부인은, 원독에 가득 찬 눈빛으로 그 모습을 노려보며 중얼거렸다.

"살려내려면 얼마든지 살려내라. 반드시 내가 도로 죽여줄 테니까."

곁에 있던 담호의 몸이 부르르 떨릴 정도로, 그녀의 목소리는 증오에 가득 차 있었다.

조흔을 치료한 후 담우천은 사당 뒤 공터에 커다란 구덩이를 파서 죽은 자들을 함께 묻었다. 제 남편이 표사들과 함께 묻히는 광경을 보면서 냉씨 부인은 하염없이 눈물을 흘렸다.

그렇게 표사들과 낭인들을 묻은 담우천은 다시 표물을 숨긴 곳으로 가서 담창과 표물, 수레, 그리고 두 필의 말과 함께 돌아왔다. 꽤 오랫동안 광주리 안에 묶여 있던 담창은 울다가 지쳐서 잠이 든 듯, 눈가가 시커멓게 얼룩져 있었다.

담우천은 광주리를 옆에 내려두고 나뭇가지와 천을 이용하여 뭔가를 만들기 시작했다. 호지민이 기웃거리며 물었다.

"뭐하고 있어요?"

담우천은 뒤돌아보지 않고 대꾸했다.

"끌채와 멍에를 만들려는 거다."

끌채는 말과 마차를 연결하는 부위, 멍에는 말의 목에 얹는 구부러진 막대를 의미했다. 즉, 지금 담우천은 끌고 온 말을 이용하여 수레를 끌게 만들려는 것이었다.

"흠."

호지민은 그의 곁에서 잠시 지켜보았다. 담우천의 손놀림은 매우 빠르고 정교했다. 이렇게 보고 있자니 이번에는 수십 년 동안 끌채와 멍에만을 만들어온 장인 같기도 했다.

호지민은 고개를 갸웃거렸다. 갈수록 이자의 정체가 궁금해지는 건 어쩔 수가 없었다.

이윽고 끌채와 멍에를 다 만든 담우천은 자리에서 일어나 말과 수레를 연결했다. 그러고 나서 담우천은 익숙한 솜씨로 광주리를 등에 맨 후 수레에 표물과 조흔을 실었다. 호지민이 양팔로 냉씨 부인과 담호를 껴안은 채 수레에 올라탔다.

담우천이 한숨을 쉬었다.

"나 혼자 모든 걸 다 하라는 말이냐?"

"설마 내가 도와주기를 바라나요?"

"아니, 그녀를 풀어줘."

담우천은 냉씨 부인을 가리키며 말했다.

"인질은 내 아들로 족하다. 나 혼자 아이를 보고 수레를 끌고 말을 챙기고 사방을 경계하는 건 아무래도 벅차거든."

"하지만 혈도를 풀어주면 도망을……."

"웃기지 마!"

냉씨 부인은 표독하게 소리쳤다.

"네년과 저 개자식을 죽일 때까지 결코 도망가지 않을 것이야."

"그렇군요."

호지민은 고개를 끄덕였다. 그리고는 가볍게 손을 놀려 냉씨 부인의 점혈을 풀어주었다. 점혈이 풀리자마자 냉씨 부인은 대뜸 그녀를 향해 주먹을 날렸다.

하지만 그럴 줄 알았다는 듯이 호지민은 가볍게 손을 뻗어 그녀의 팔목을 잡고 뒤로 꺾었다. 냉씨 부인은 신음을 참으며 왼손을 들었다. 그러나 그녀는 더 이상 움직이지 못했다. 어느새 빼 든 호지민의 검이 정확하게 그녀의 목젖을 노리고 있었던 것이다.

호지민은 낮은 목소리로 말했다.

"비도술은 뛰어날지 몰라도 권각술은 별로 강하지 않군요."

냉씨 부인은 이를 갈았다.

물론 호지민의 말이 맞기도 했지만 무엇보다 갓 혈도에서 풀린 상태에서 다짜고짜 공격을 하는 바람에 생각보다 훨씬 그녀의 몸이 굼뜨게 움직였던 것이다.

그때 담우천이 말했다.

"북해빙궁에 당도할 때까지는 경거망동하지 마시오."

냉씨 부인은 고개를 휙 돌려 그를 노려보았다. 담우천은 여전히 무심한 눈빛으로 그녀를 바라보며 말했다.

"거기까지의 안전을 약속했으니까. 그녀를 더 핍박한다면 나 역시 가만있을 수 없소."

"하지만 혁 오라버니께도 약속하지 않으셨던가요? 반드시 조혼을 죽여주겠다고!"

담우천은 고개를 끄덕였다.

"북해빙궁에 당도하여 그들에게 저자와 표물을 인계할 때까지만 기다리시오. 그 후에……."

담우천은 말꼬리를 흐렸다. 하지만 냉씨 부인은 그가 무슨 말을 하고자 했는지 잘 알 것 같았다.

그들의 대화를 지켜보던 호지민의 가슴이 서늘해졌다. 담우천의 표정과 목소리로 보아 그의 말은 거짓이 아니었다. 조혼을 죽이겠다는 건 물론, 그녀와 천궁팔부의 모든 식솔들까지도.

'아냐, 세상 어디에도 그만한 실력을 지닌 자는 없어.'

당금천하를 지배하고 있는 저 태극천맹(太極天盟)의 고수들이나 구파일방이나 신주오대세가의 고수들이라 하더라도 마찬가지였다. 혼자의 힘만으로 천궁팔부를 상대할 수 있는 자는 없었다.

그러나 달리 생각해 보면 절정점 조혼을 단 일 초 만에 쓰러뜨릴 수 있는 고수 또한 그녀가 아는 한도 내에서는 찾을 수가 없었다. 어쩌면 저자, 생각보다 더 가공할 능력을 가지고 있을지도 모른다.

갑자기 정체 모를 한기가 그녀의 전신에 스며들었다. 또 다시 이 평범하게 생긴 사내의 정체가 궁금해졌다.

그녀는 담우천에게 물었다.

"당신은 누구죠?"

말의 고삐를 쥐던 담우천은 귀찮다는 듯이 대꾸했다.

"담우천."

담우천……

호지민은 그 이름을 되뇌고는 담담한 어조로 말했다.

"나도 약속은 지켜요. 북해빙궁에 당도하는 대로 이 아이를 풀어드리죠. 물론 그때 당신들이 나와 사형을 해치려 든다면 결코 좌시하지 않을 거예요."

냉씨 부인은 코웃음을 쳤고 담우천은 아무 대응을 하지 않았다.

담우천은 다시 고삐를 잡고 걷기 시작했다. 냉씨 부인은 다른 한 필의 말에 올라탔다. 적과 인질과 부상자가 함께 동행하는, 기묘한 조합의 행렬이 시작되었다.

언덕배기를 내려올 즈음 냉씨 부인이 투덜거렸다.

"이 속도라면 북해빙궁까지 반년은 걸릴 거야."

호지민이 말을 받았다.

"유명촌인가 하는 곳에 도착하면 마차를 구해요. 돈은 충분하니까."

"흥, 돈 많아서 좋겠네."

"없는 것보다는 낫지 않겠어요? 돈이 필요해서 표행을 털고 표사들을 죽이지 않아도 되니까요."

냉씨 부인이 고개를 돌려 호지민을 노려보았다. 하지만 여전히 호지민은 담담한 표정이었다.

담우천은 그녀들의 대화를 귓전으로 흘려들으며 묵묵히 수레를 끌었다. 하지만 그의 속내는 매우 심란했다.

뜻하지 않는 일이 계속 벌어지면서 그의 앞길을, 계획을 방해하고 있는 것이다. 게다가 앞으로 어떻게 해야 하는지, 한 걸음을 옮길 때마다 매번 생각이 바뀌고 있었다.

'어쨌든……'

담우천은 고개를 흔들어 상념을 떨쳐 냈다.

갈 때까지 가보는 거다.

4. 도깨비나 유령이라도 되는 걸까

문이 열렸다.

뚱보 주인장은 그 단추 구멍만 한 두 눈을 크게 뜬 채, 막 문을 열고 들어서는 사람을 바라보았다. 광주리를 짊어진 담우천이었다. 그가 계산대까지 다가오는 모습을 지켜보던 뚱보 주인장은 곧 이 바닥에서 오래 굴러먹은 자답게 이내 상황 파악을 한 듯 길게 한숨을 쉬며 입을 열었다.

"혁형은 죽었나?"

담우천은 어깨에 쌓인 먼지를 털어내며 대답했다.

"아쉽게도."

"이런… 다른 자들 모두?"

"냉씨 부인만 살았소."

"믿을 수 없군. 그들이라면 충분히 절정검 조흔을 상대할 줄……."

뚱보 주인장, 저귀는 입을 다물고 문가로 시선을 돌렸다. 다시 문이 열리고 또 다른 이들이 들어왔다. 안색이 창백한 사내와, 어린 소년을 안고 사내를 부축한 채 들어서는 남장 소녀. 그 뒤로 냉씨 부인이 따라 들어왔다.

냉씨 부인이야 뚱보 주인장과도 안면이 있었다. 유주에서 취검비도를 모르는 사람은 없었다.

하지만 안색이 창백한 사내와 남장소녀는 나름대로 이 바닥에서 잔뼈가 굵은 저귀조차 처음 보는 얼굴이었다. 그래서 입을 다문 것이다. 외지인이 온 이상, 저귀는 이곳 유랑객잔 의 뚱보 주인장일 따름이었다.

담우천이 등에 맨 광주리를 내려놓으며 말을 건넸다.

"마차가 필요하오."

"마차?"

저귀가 되물을 때, 남장소녀가 부축한 사내를 자리에 앉히며 소리치듯 말했다.

"이왕이면 팔두마차(八頭馬車)가 좋겠어요."

저귀는 담우천의 어깨 너머로 그녀를 힐끗 보며 누구냐는 표정을 지었다. 담우천은 한숨처럼 말했다.

"호지민이라고 하오."

"호지민, 호지민… 음? 설마 그 호지민?"

"아마 그럴 것이오."

"아니, 어떻게 그녀가 여기에… 아니, 그것도 그거지만 왜 그녀가 자네와 함께 있는 거야? 가만. 그렇다면 저 부상당한 친구가 설마?"

"설마가 맞을 것이오."

"으음."

저귀는 저도 모르게 신음을 흘렸다. 도대체 무슨 영문인지 모르겠다는 표정이었다.

천궁팔부의 호지민은 차치하고서라도, 절정검 조흔이라면 이번 표물 건에서 가장 강력한 적이 아니었던가. 따로 듣지 않아도 혁자룡이나 냉하벽 등은 분명 그에게 죽음을 당했을 게 분명했다. 그런데 왜 냉씨 부인과 담우천은 그와 함께 다니는 걸까.

"마차를 구할 수 있소?"

저귀의 상념은 담우천의 질문에 의해 깨졌다. 그동안 냉씨 부인은 조혼의 맞은편 자리에 가서 앉은 채 그를 죽일 듯이 노려보고 있었다. 저귀는 그런 모습을 힐끗 보면서 대답했다.

"그렇게 큰 마차는 없을 거야. 사두마차라면 한 대 구할 수 있을지 모르지만."

담우천이 고개를 돌렸다. 남장소녀가 고개를 끄덕였다.

"괜찮다는군."

저귀는 그런 두 사람을 주의 깊게 지켜보았다.

'뭔가 속사정이 있는 걸까. 아니면 이 녀석이 혁형을 배신한 걸까.'

알 수 없었다. 저귀는 잠시 머뭇거리다가 입을 열었다.

"선불이야. 말까지 은자 이백사십 냥."

"밖에 우리가 타고 온 말이 두 필 있소."

"마차를 끄는 말과 사람이 타고 다니는 말은 다르다구. 승마용 말을 마차에 묶어두면 난리를 칠걸."

"그렇다면 우리가 타고 온 말 두 필을 사시오."

"흠, 봐봐야 하겠지만 마흔 냥에 사지. 이백 냥, 그 이하로는 구하기 힘들어."

담우천이 다시 고개를 돌렸다. 남장소녀가 자리에서 일어나 계산대 앞으로 걸어왔다. 여전히 그녀는 담우천의 큰 아들을 안고 있었다.

"이걸로 되나요?"

남장소녀, 호지민은 품에서 전표(錢票) 뭉치를 꺼냈다. 대륙전장(大陸錢莊)의 직인이 찍힌 백 냥짜리 전표였다. 그녀는 그 중 두 장을 저귀에게 건넸다. 저귀는 전표를 소중하게 품에 넣으며 호지민을 향해 물었다.

"다른 건 필요한 게 없소?"

"요기할 만한 게 있나요?"

"물론이오."

"그럼 인원수대로 맞춰주세요. 아, 그리고 혹시 이곳에 실력 좋은 의생이 있어요?"

"비록 조그만 마을이지만 없는 건 없다니까."

"그럼 이곳으로 좀 데리고 와주세요. 붕대와 약이 필요해요."

"알겠소. 가서 기다리시오."

호지민이 다시 자리로 돌아가는 동안 저귀가 담우천에게 소곤거렸다.

"아들이 인질인가?"

담우천은 한숨을 내쉬며 고개를 끄덕였다.

"그것참……."

저귀는 어깨를 으쓱거리고는 주방으로 들어갔다. 담우천은 탁자로 걸어가 냉씨 부인의 옆자리에 앉았다.

그 맞은편에 앉아서 담우천을 바라보는 조흔의 얼굴은 핏기 한 점 없이 새하얗다. 눈 밑이 푹 꺼진 것이 금방이라도 죽을 사람처럼 보였다. 하지만 그의 눈빛은 묘하게 빛나고 있었다.

기묘한 광경이었다. 냉씨 부인은 조흔을 노려보았고 조흔은 담우천을 주시했다. 담우천은 수혈(睡穴)이 집힌 채 잠들어 있는 담호를 바라보고 있는 가운데 누구 하나 입을 여는 자가 없었다.

주방으로 들어갔던 저귀가 국수와 만두 등 몇 가지 음식을 가지고 돌아왔다. 그러고 나서 사람들이 식사를 하는 동안 저귀는 밖으로 나갔다가 늙고 볼품없는 의생을 데리고 왔다.

의생은 자다가 끌려 나온 듯 하품을 계속하면서 조흔에게 다가와 상세를 확인했다. 조흔은 늙은 의생이 붕대를 풀고 상처를 들여다보는데도 여전히 담우천만을 노려보고 있었다.

호지민이 걱정스럽다는 듯이, 혹은 불안하다는 듯이 늙은 의생을 바라보며 물었다.

"괜찮겠어요?"

"이 돼지 귀신 때문에 일찍 깨기는 했지만 나야 늘 건강하지. 걱정해 줘서 고마우이."

"아니, 그 사람 말이에요."

"아, 이 친구? 흠, 하마터면 죽을 뻔했네. 그대로 심장을 관통할 수 있었는데 멈춘 것 같군. 놀라운 솜씨야. 이 정도 날카로운 검상은 오랜만이거든. 흐음, 이건 누가 치료한 거지? 응급치료치고는 제법 깔끔하게 처리했군그래. 게다가 약도 좋은 걸 사용했군그래."

담우천을 노려보는 조혼의 눈빛이 다시 한 번 반짝였다. 물론 담우천은 그를 신경 쓰지 않았다.

"게다가 회복력도 뛰어나. 다친 지 이삼 일 정도 지난 것 같은데 벌써 혼자 걸어 다닌다면서? 정말 초인적인 정신력과 육체를 가졌군. 평범한 무인 같으면 죽느냐 사느냐 하는 생사의 갈림길에서 정신없이 끙끙 앓고 있을 텐데 말이지."

확실히 절정검 조혼은 평범한 무인이 아니었다. 그리고 고수일수록 초인적인 정신력과 강인한 육체를 겸비하는 법이었다.

"뭐, 이런 정도면 내가 조제해 주는 약을 먹으면서 보름 정도 푹 쉬면 다 나을 게야. 언제 다쳤느냐는 듯이 펄펄 날게 될 것이지."

늙은 의생은 조혼의 상처 부위를 살피며 쉬지 않고 입을 놀렸다. 호지민은 담우천을 흘낏 쳐다보고는 다시 말했다.

"하지만 그렇게 푹 쉴 시간이 없어요. 보름치 약이나 지어 주세요."

"뭐가 그리 급한데?"

"한시라도 빨리 북해빙궁으로 가봐야……."

"바보!"

담우천이 소리쳤다. 호지민은 그의 외침에 놀라 입을 다물었지만 왜 자신이 바보 소리를 들어야 하는지 모르겠다는 얼굴이었다.

"잘하는 짓이다."

냉씨 부인이 이죽거렸다.

"표사 한 명 없는 상태로 은자 만 냥어치의 표물이 북해빙궁을 향해 가고 있다고 아예 방(訪)을 붙이지 그래? 게다가 절정검 조흔마저 중상을 입었다는 사실을 알면 유주의 낭인들이 서로 이 표물을 차지하려고 난리를 치겠지."

맞는 말이다. 저귀는 유명촌의 정보통이었고 노의생 또한 유주의 낭인들을 치료하면서 먹고 살아가는 자였다. 그들에게 있어서 '표사 없는 표물의 행방'이라는 건 상대하는 낭인들에게 은자 몇 백 냥, 혹은 몇 천 냥으로도 충분히 팔아넘길 수 있는 정보였다.

'정말 바보구나. 늑대들의 소굴이라 할 수 있는 유주에서 함부로 입을 놀려 스스로 늑대들의 먹이가 될 처지에 놓이다니.'

호지민의 얼굴이 딱딱하게 굳어졌다.

'내 실수를 만회하려면, 그리고 우리가 북해빙궁으로 향한다는 소문이 퍼지지 않게 하기 위해서는……'

저귀와 노의생을 바라보는 그녀의 시선에 갈등의 빛이 스며들었다. 냉씨 부인이 피식 웃으며 말했다.

"아서."

호지민이 그녀를 돌아보았다. 냉씨 부인은 광주리 안의 담창에게 국수 국물을 떠먹여 주며 말했다.

"괜한 생각하지 마. 저들을 죽이려다가 외려 네가 당할 테니까."

호지민은 믿을 수 없다는 얼굴로 뚱보 주인과 늙은 의생을 바라보았다. 아무리 주의 깊게 살펴보아도 역시 어디에서고 흔히 볼 수 있는 객잔 주인이었고 또 의생이었다. 그런 저들에게 외려 그녀가 당할 거라니.

그렇다고 농담이나 거짓말로 치부하기에는 냉씨 부인의 표정이 너무나도 진지하게 느껴졌다.

'도대체 이해할 수가 없어. 이곳 유주의 사람들은 도깨비나 유령이라도 되는 걸까?'

호지민은 왠지 가슴이 답답해지는 기분을 느꼈다.

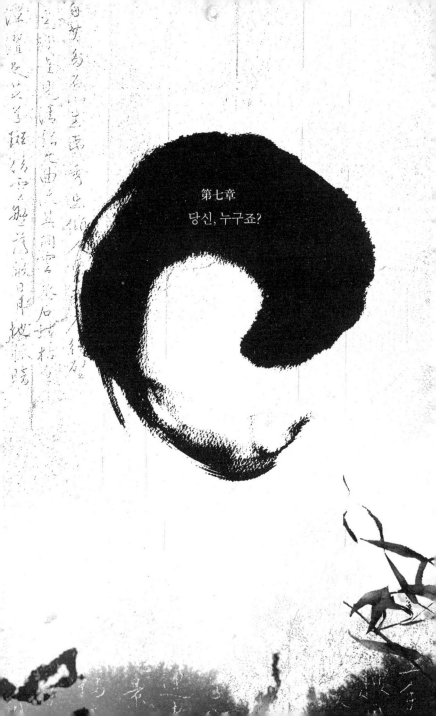

第七章

당신, 누구죠?

"저 뚱보 주인장의 증조인가 고조할아버지가 엄청난 고수였다네. 둔저(鈍猪)라는 별호를 가진 살수(殺手)였다던가? 웃기는 말이지. 다름 아닌 살수의 별명이 둔한 멧돼지라니, 그렇게 어울리지 않는 별호가 또 어디 있겠나? 게서 나는 저 친구의 말이 거짓이라고 생각했네."

　술에 취한 혁자룡이 그렇게 말했을 때, 담우천은 어쩌면 그게 거짓말이 아닐지도 모른다는 생각을 했다. 세상 사람들의 기억에서는 이미 잊힌 지 오래인 별호였지만 담우천은 확실히 기억하고 있었다, 둔저라는 천하제일살수에 대해서.

1. 둔저의 후예

 "저 뚱보 주인장의 증조인가 고조할아버지가 엄청난 고수였다네. 둔저(鈍猪)라는 별호를 가진 살수(殺手)였다던가? 웃기는 말이지. 다름 아닌 살수의 별명이 둔한 멧돼지라니, 그렇게 어울리지 않는 별호가 또 어디 있겠나? 게서 나는 저 친구의 말이 거짓이라고 생각했네."

 술에 취한 혁자룡이 그렇게 말했을 때, 담우천은 어쩌면 그게 거짓말이 아닐지도 모른다는 생각을 했다. 세상 사람들의 기억에서는 이미 잊힌 지 오래인 별호였지만 담우천은 확실히 기억하고 있었다, 둔저라는 천하제일 살수에 대해서.

 "태원이던가 대동이던가 저 산서 땅에서 대대로 술장사를 했다지 아마. 그곳을 떠나 유주로 온 이유야 뻔하겠지. 나도 묻지 않았고 저 친구도 말하지 않았지만… 유주에 정착해서 살아가는 사람들이야 다들 비슷비슷한 이유를 가지고 있으니까."

담우천의 기억에 따르자면 둔저는 강호에서 은퇴한 이후 태원에서 북쪽으로 약 천 리 정도 떨어진, 그리고 대동에서 가까운 운강촌이라는 마을에 정착했다. 그곳에서 술집을 낸 후 친한 동료들 두어 명과 함께 평생을 살았다고 했다.

"뭐 그러거나 말거나. 어쨌든 다들 저 친구는 건드리지 않아. 물론 그가 둔저라는 살수의 후예라는 것 때문은 아니네. 우선 저 친구의 정보가 상당히 쓸 만하기 때문이지. 그에게 밉보이면 고급 정보를 얻을 수 없으니까. 이번 건만 해도 그래. 다른 낭인들 다 제쳐 두고 내게만 살짝 귀엣말을 했거든. 다 친하게 지내둔 덕분이지."

혁자룡의 혀는 오래전에 꼬부라져 있었다. 그는 빈 술잔을 들어 그 꼬부라진 혀 위에 대고 흔들었다. 한두 방울의 술이 떨어졌다. 혁자룡은 마치 한 바가지의 술을 들이켠 것처럼 크으 소리를 내며 말을 이었다.

"사람들이 결코 그를 건드리지 않는 두 번째 이유라면, 확실히 그가 강하기 때문이지. 둔저의 후예라는 게 사실인지 아닌지 모르겠지만… 아, 또 둔저라는 살수가 얼마나 강했는지도 모르겠지만… 뭐, 사실 따지고 보면 암습이나 하는 살수

따위가 강해봤자 얼마나 강하겠나? 어쨌든, 크윽! 취하는군, 이거. 어쨌든 그는 강해. 그가 휘두르는 한 주먹에 나가떨어진 자들이 얼마나 많은 줄 아나? 아마 최소한 이 객잔에 있는 술잔 개수만큼은 될 걸세."

일순 담우천의 표정이 미묘하게 변했다.

하지만 그걸 알아차리기에는 이미 혁자룡은 너무 많은 술을 마신 상태였다.

그는 허공에 대고 아무렇게나 주먹을 휘두르는 시늉을 해 보였다. '이렇게, 이렇게 휘둘러서 쓰러뜨리는 거야. 대단하지?' 하면서 그는 껄껄 웃었다.

담우천이 물었다.

"혁형도?"

혁자룡은 움찔거리다가 피식 웃으며 고개를 끄덕였다.

"술김에 한번 덤벼본 적이 있네. 저 뚱보가 주먹질이라면 누구에게도 지지 않는다고 자꾸만 우겨서 말이지. 한 대씩 주고받기로 했는데, 먼저 때리라고 했네. 빌어먹을. 난 때리지도 못하고 기절했지."

혁자룡은 어깨를 으쓱거리며 말을 이었다.

"뭐, 무기를 들면 상황이 달라지겠지만 어쨌든 주먹 하나만큼은 이곳 유주에서 가장 센 주먹이라고 인정할 수 있네. 이런 외진 곳에서 객잔 주인으로 썩기에는 정말 아까운 주먹이야."

2. 별 볼일 없는 나무꾼이자 사냥꾼

"괜한 생각하지 마. 저들을 죽이려다가 외려 네가 당할 테니까."

냉씨 부인의 말에 담우천은 저도 모르게 며칠 전의 기억을 떠올렸다. 그때 술에 취한 혁자룡은 저귀에 대해 설명을 끝내며 이렇게 덧붙여 말했다.

"유주에서는 말이네, 칼 들고 거들먹거리며 돌아다니는 낭인들보다 이름없이 있는 듯 없는 듯 숨어 지내는 자들이 더 무섭고 두려운 존재들이지. 저 저귀처럼 말이야."

담우천이 그런 생각을 하고 있을 때 호지민은 뚱보 주인장과 늙은 의생을 바라보고는 믿을 수 없다는 표정을 지으며 냉씨 부인에게 말했다.

"저들이 그렇게 강한가요?"

"이 빌어먹을 유주 땅에서 수십 년 동안 아무 탈 없이 살아가는 자들이야. 당연히 강하지."

"하지만… 저들에게 덤벼들었다가 내가 당한다면 외려 당신에게는 그게 더 좋은 일 아닌가요?"

"역시 바보구나, 너는."

냉씨 부인은 담창이 흘린 국물을 소매로 닦아내며 말을 이었다.

"물론 네가 죽기를 바라지. 하지만 다른 사람에 의해 죽는 건 원치 않아. 너와 저 개자식의 목숨을 반드시 내가 끊어줄 거니까."

호지민은 입을 다물었다.

그때 저귀가 다가와 담우천에게 말을 건넸다.

"은자 열일곱 냥이라는군. 보름치 약과 치료비."

그는 머쓱한 표정으로 재빨리 말을 이었다.

"좀 비싸지? 하지만 최고로 좋은 약재를 써서 제조할 거라는군. 실력 하나는 믿어도 좋네."

담우천은 호지민을 바라보았고 호지민은 품에서 스무 냥짜리 은원보(銀元寶) 하나를 꺼내 저귀에게 건넸다. 저귀는 살짝 웃는 듯 이를 드러내며 말했다.

"나머지는 식사비와 내 수고료로 받겠소."

"좋을 대로 하세요. 아, 그리고 보름치 식량과 물도 준비해주세요."

호지민은 살짝 경계하는 눈빛으로 저귀를 보며 말했다. 냉씨 부인의 말을 들은 까닭에 저귀의 두툼한 살집이 예사롭지 않게 보였다.

"북쪽으로 가려면 이것저것 준비할 게 많지."

저귀가 무뚝뚝한 어조로 말했다.

"두툼한 털옷과 이불은 물론, 개인 화로와 숯 같은 것도 필요할 거야. 아무래도 아이들이 있으니까. 그 모든 걸 다해서 은자 일곱 냥. 술은 공짜로 주지."

그의 흥정에 담우천이 끼어들었다.

"양젖이 있으면 넉넉하게 준비해 주시오."

"그렇게 하지."

흥정은 끝났다. 늙은 의생은 돌아갔고 저귀도 필요한 물품을 준비하기 위해 주방으로 향했다. 이제 객잔 안에는 담우천 일행만이 남아 있을 뿐이었다.

그때였다. 지금껏 한마디 입을 열지 않았던 조흔이 처음으로 말을 꺼냈다. 힘없이 갈라져 나오는 목소리였지만 그래도 여전히 절정검 조흔만이 지닌 무게가 실려 있는 음성이었다.

"당신, 누구지?"

담우천을 보며 묻는 질문이었다. 담우천은 살짝 어깨를 으쓱거리며 대답했다.

"담우천이라고 하지 않았던가?"

"이름 말고."

"별 볼일 없는 나무꾼이자 사냥꾼."

"거짓말."

담우천은 가볍게 한숨을 내쉬었다. 조흔은 며칠 전의 혁자룡과 똑같은 질문, 그리고 반응을 보이고 있었다. 그는 더 이상 조흔과 이야기를 나눌 생각이 없다는 듯 고개를 돌려 호지민에게 말했다.

"이제 그 아이를 돌려줘."

호지민은 담창을 꼭 껴안으며 말했다.

"싫어요."

"오랫동안 수혈을 제압당하면 몸에 해로워. 자칫 병신이나 바보가 될 수도 있거든."

"그래서 중간 중간 혈도를 풀어주잖아요."

"그것으로 부족해."

담우천은 침착하게 말했다.

"다시 한 번 말하지만 약속은 반드시 지켜. 아이를 풀어준다고 해서 돌변하거나 하지는 않는다구."

"그걸 어떻게 믿죠?"

"지금껏 그래왔으니까. 한 번 한 약속은 목숨을 걸고 지켜왔으니까."

그렇게 말하는 담우천의 얼굴에 문득 미미한 그림자가 스치고 지나갔다. 경험이 부족한 호지민이야 눈치채지 못할 정도로 짧은 순간이었지만, 담우천의 얼굴에서 시선을 떼지 않고 있던 조흔은 그 미미한 변화를 놓치지 않고 지켜보았다.

담우천이 그렇게까지 말하자 마음이 약해진 호지민은 난감한 표정으로 조흔을 돌아보았다. 조흔은 고개를 끄덕이며 냉랭한 목소리로 말했다.

"그렇게 해줘라. 약속을 헌신짝처럼 버릴 자는 아닌 듯하니까."

"사형께서 그리 말씀하신다면야……."

호지민은 담호의 수혈을 풀어준 후 담우천에게 건넸다. 담우천이 받으려는 순간, 조흔이 먼저 손을 내밀어 담호를 가로챘다.

"귀여운 아이로군."

조흔은 담호의 머리를 쓰다듬으며 말했다.

"아무리 용맹하고 무서운 무인이라 하더라도 결국 자식 앞에서는 다 똑같은 아버지가 되는 법이지."

담우천은 물끄러미 조흔을 지켜보았다. 조흔은 손가락 하나를 세워 담호의 정수리를 살짝 눌렀다. 이른 바 천령개(天靈蓋)라고 불리는 급소 중의 급소.

조흔은 담우천을 바라보았다. 담우천의 표정에 변화가 없자 그는 가볍게 눈살을 찌푸리고는 곧 담호를 건넸다.

담우천이 받아 들자 잠에서 깨어난 담호가 그의 목에 매달리며 흐느껴 울었다. 담우천은 한숨을 내쉬며 조그만 목소리로 속삭였다.

"울지 말자. 사내는 우는 게 아니다."

담호는 입술을 깨물며 애써 울음을 참았다. 담우천은 망설이다가 소년의 어깨를 다독이며 말했다.

"네 잘못은 없다. 모두 내 탓이니까. 그러니 울지 말고 이 아빠를 탓하렴."

"아니에요. 아빠 말 안 듣고 사당으로 간 내가 나빴어요. 죄송해요. 괜히 나 때문에……."

담우천은 아무 말 없이 소년의 등을 쓰다듬었다. 하지만 여전히 그의 무심하게 가라앉은 눈빛은 조흔과 호지민을 직시하고 있었다.

3. 새로운 약속

저귀가 구해온 마차의 내부는 꽤 넓었다. 노의생의 약과 저귀가 준비한 식량을 짐칸에 실은 담우천은 담호를 한쪽 구석진 곳으로 데리고 가서 단단히 주의를 주었다.

"절대 함부로 행동해서는 안 된다. 무슨 일을 하든 간에 철저한 준비와 냉철한 계획 없이 움직이면 외려 네가 당하게 되는 게다. 그게 강호고 무림이며 또한 세상이란다. 알겠느냐?"

담호는 고개를 끄덕였다. 이번 일로 꽤 많은 걸 깨닫고 배웠는지, 그의 얼굴은 여덟 살 어린 소년치고는 상당히 노련해 보였다.

"또 남들이 뭐라고 해도 결코 네 속내를 내보여서는 안 된다. 사람들이 너에 대해 모르면 모를수록 네가 유리해지니까 말이다. 언제고 그로 인해 네 목숨을 구하거나 주변 사람들의 생명을 구할 수도 있을 것이야."

"알겠어요, 아빠."

"그럼 됐다. 가서 마차를 타거라. 아빠는 마차를 몰아야 하니까 냉씨 아줌마 곁에 꼭 붙어 앉아 있거라."

담호는 아빠 곁에 있고 싶다고 떼를 썼지만 담우천은 차분하게 설득했다.

"안에 가만히 앉아 있으라는 게 아니다. 저들의 행동과 말, 습관 등을 주도면밀하게 관찰하고 주의 깊게 살펴보라는 게다. 내가 그곳에 있다면 저들은 결코 빈틈을 내보이지 않을 것이야. 하지만 너라면 달라질 게다. 그 빈틈을 기억했다가 내게 알려주는 게 바로 네가 할 일이란다."

담호의 얼굴이 활짝 피었다. 소년은 가슴을 내밀며 똑 부러지게 말했다.

"알겠어요. 두 눈 똑바로 뜨고 저들을 지켜보겠어요."

"좋아."

담우천은 망설이다가 담호의 머리를 쓰다듬었다. 담호는 곧장 마차 안으로 뛰어갔다. 담우천은 습관처럼 되어버린 한숨을 내쉬다가 문득 뒤를 돌아보았다. 언제부터인지 그곳에는 냉씨 부인이 서서 그를 지켜보고 있었다. 눈이 마주치자 냉씨 부인이 희미하게 웃으며 말했다.

"아이를 잘 설득하네요."

담우천은 머리를 긁적였다.

"하기야 마부석에서 마주치는 유주의 칼날 같은 바람은 아무래도 어린아이에게 썩 좋지 못하겠죠. 그래서 굳이 마차 안에 들어가 있으라는 걸 테구요."

담우천은 그녀를 지나쳐서 말과 마차를 살폈다. 냉씨 부인은 그의 곁으로 다가와 계속해서 말을 건넸다.

"하지만 나는 어린아이도 아니니까, 마부석에 같이 앉아도 상관없겠죠. 내 남편과 동료들을 죽인 저자와 마주 보고 앉아 있느니, 차라리 유주의 거친 바람을 맞는 게 더 나을 테니까요."

그제야 담우천은 허리를 펴고 그녀를 돌아보았다. 그는 진심으로 궁금하다는 듯이 물었다.

"어찌할 작정이시오?"

"어찌하긴요."

냉씨 부인은 당연하다는 듯이 말했다.

"복수를 해야죠."

"하지만 그러기에는 조혼이 너무 강하오."

"지금이라면 내 힘만으로도 충분히 죽일 수 있어요."

"그의 곁에는 어린 여고수가 있소."

"그녀는 당신이 맡아주면 돼요."

냉씨 부인의 말에 담우천은 딱딱한 표정을 지으며 말했다.

"나는 그들의 안전을 약속했소."

"약속은 깨라고 있는 법이에요."

"내게는 그렇지 않소."

"왜죠?"

냉씨 부인이 한 걸음 다가왔다. 그녀는 복수를 위해서라면 무슨 일이든 할 수 있다는 듯이, 자신의 풍만한 젖가슴이 담우천의 가슴에 닿을 정도까지 다가와 고개를 쳐들었다. 그녀의 가슴골이 한 눈에 들어왔다.

"왜 약속을 지키려고 하는데요?"

담우천은 그녀의 은근한 수작에도 불구하고 여전히 담담한 목소리로 말했다.

"그게 내 신조이자 지금껏 내가 살아온 모든 것이니까."

"말도 안 돼요. 요즘 세상에 약속이라는 것에 모든 걸 거는 사람이 어디 있어요?"

"사람마다 다르니까."

"그, 그렇다면 혁 오라버니와의 약속도 반드시 지킬 건가요? 조흔을 죽이겠다고 했던 그 약속 말이에요."

"물론이오."

냉씨 부인의 질문에 담우천은 망설임없이 고개를 끄덕이며 대답했다.

"내게 있어서 약속의 무게란 어느 한쪽에 치우치지 않고 모두 똑같으니까."

냉씨 부인은 잠시 담우천을 쳐다보다가 불쑥 말했다.

"그럼 나와도 약속해 줘요."

담우천이 의아한 표정을 짓자 그녀는 혀로 입술을 살짝 핥으며 말했다.

"적어도 조흔이 죽을 때까지 당신의 아들들을 책임지고 돌보겠어요. 그러니 조흔의 심장은 내가 찌르게 해주세요."

그녀는 이미 결심하고 있었다는 듯이 덧붙여 말했다.

"혹시 제 몸을 원하신다면 그것도 포함해서……."

담우천의 이맛살이 모아지는 걸 본 그녀는 황급히 말꼬리를 흐렸다.

아무래도 이 사내는 일반 낭인들과 전혀 다른 모양이었다. 여자의 육체라면 환장하고 돈에 목숨을 거는 그런 낭인이 아닌 것이다.

문득 그가 조혼을 상대할 때의 모습이 떠올랐다. 그때 냉씨부인은 남편의 시신을 부여잡고 오열하고 있었던 까닭에 무슨 일이 벌어졌는지 정확하게는 알 수 없었지만, 어쨌든 이 평범하게 생긴 사내가 천하의 조혼을 상대로 단 일검에 중상을 입힐 정도의 실력을 지녔다는 게 도저히 믿어지지가 않았다.

'정말 궁금하네. 과연 뭐하던 사람이었는지 말이야.'

냉씨 부인이 그런 생각을 하고 있을 때 담우천이 갑자기 질문을 던졌다.

"내가 왜 혁형의 부탁을 들어주었는지 아시오?"

냉씨 부인은 고개를 저었다. 담우천이 말했다.

"그 또한 약속을 지킬 줄 아는 사람이기 때문이오. 적어도 돈에 관한 한 그는 철저하게 약속을 지키는 자였으니까. 하지만 당신과는 약속을 할 이유가 전혀 없소."

"아니, 있어요."

냉씨 부인이 말했다.

"나는 당신의 둘째 아들에게 젖을 먹인 적이 있어요. 기억하죠, 어제 일이니까."

"물론이오."

"그 은혜를 잊지 않는다면 당신은 내 부탁을 들어줘야 해요."

담우천이 말이 없자 그녀는 초조한 듯 다시 말했다.

"아니, 은혜라고 하지 않겠어요. 당신의 둘째 아들에게 젖을 먹인 적이 있는 여인으로써 부탁하겠어요. 그러니 제발 나와 약속해 줘요."

"좋소."

담우천은 잠시 생각하다가 고개를 끄덕였다.

"그렇게 합시다."

냉씨 부인은 조금 전 담호가 그러했듯 활짝 웃었다. 그녀는 나긋나긋한 손길로 담우천의 소매를 잡으며 말했다.

"그리고 마부석 옆자리는 내 것이에요."

담우천은 또 한 번 한숨을 내쉬었다.

4. 당신, 누구죠?

마차는 유명촌을 떠나 곧장 북진하기 시작했다. 유주의 북쪽은 대륙의 땅인 동시에 또한 대륙의 지배가 미치지 않는,

이민족의 땅이기도 했다. 요서와 요동, 길림과 흑룡강 등으로 대표되는 그 지역은 말을 잘 타고 활을 잘 쏘는 족속들이 지배하고 있었다. 여진족과 조선족들이 바로 그들이었다.

하지만 그 틈바구니 사이에서도 무림의 문파는 존재하고 있었다. 바로 저 신주오대세가(神州五大世家) 중 하나인 모용세가나 북해의 지배자 북해빙궁이 이민족들이 횡행하는 그곳에 뿌리내린 무림의 문파들이었다. 그리고 담우천이 모는 마차는 그 북해빙궁을 향해 쉬지 않고 달려갔다.

담호는 담창과 놀아주는 한편 조혼과 호지민의 행동을 끊임없이 관찰했다. 호지민이 피식 웃으며 말했다.

"뭘 보는데?"

담호는 얼굴이 새빨개진 채 황급히 시선을 돌렸다.

"보기는 누가 본다고 그래?"

"응, 반말하는구나."

"그야 넌 내 적이니까."

담호는 그녀를 노려보며 말했다.

"넌 나를 죽이려고 했어. 날 죽이려고 한 사람에게 말을 높일 정도로 내가 좋은 사람은 아냐."

"이걸 어쩌나?"

호지민은 문득 짓궂은 표정을 지으며 말했다.

"그거 알아? 네 아빠도 너를 죽이려고 했다는 걸."

일순 담호의 눈빛이 파르르 떨렸다. 소년은 저도 모르게 주먹을 불끈 쥐었다. 하지만 흥분도 잠시, 담호는 곧 차분한 표정을 지었다.

　'어라, 얘 봐라.'

　이렇게 순식간에 이성을 되찾는 건 어른이라 하더라도 결코 쉬운 일이 아니었다. 그런데 겨우 여덟 살 꼬마 아이가 벌써 마음을 다스리는 방법을 알고 있는 것이다.

　"나도 알아."

　담호는 호지민을 쳐다보며 말했다.

　"그건 어쩔 수 없는 상황이었어. 그리고 나도 그걸 원했구. 난 아빠가 나 때문에 무릎을 꿇고 항복하는 걸 보고 싶지 않아. 그럴 바에는 차라리 내가 죽는 게 더 나아."

　"거짓말."

　호지민은 더욱 심술궂은 얼굴로 말했다.

　"솔직히 말해. 아빠가 널 죽이려고 한다는 걸 알았을 때 서운했잖아? 놀라고 당황하지는 않았어? 무섭고 두려웠잖아."

　"아냐."

　담호는 고개를 저으며 말했다.

　"나 때문에 일이 엉망이 되었다는 게 가장 분하고 억울했어. 그리고 너 같은 계집 따위에게 사로잡힌 내가 부끄럽고 창피했고."

　일순 호지민의 눈가에 살기가 스며들었다. 확실히 계집이라는 건 어린아이에게 듣기에 정말 치욕적인 단어였다. 그러나 담호는 지지 않고 그녀를 노려보며 말했다.

"지금이라도 늦지 않았다구. 날 죽일 테면 죽여도 돼. 그러면 내 아빠가 결코 용서하지 않을 테니까. 너나 네 식구들 모두 죽을 거야."

"이게 어디서!"

"됐다. 그만해라."

묵묵히 듣고 있던 조흔이 한마디 했다.

"어린아이랑 무슨 짓이냐?"

호지민은 머쓱한 표정을 짓고 말았다. 교묘한 말로 담호의 마음을 흔들어서 담우천에 대해 알아볼까 했는데, 외려 그녀의 마음이 혼란해졌고 감정이 격해졌던 것이다.

'쳇, 어린 녀석이 영악하기는.'

호지민은 고개를 돌렸다.

*   *   *

"당신, 누구죠?"

라는 질문을 도대체 몇 번이나 받아야 할까.

담우천은 그런 생각을 하면서 냉씨 부인의 질문에 대해서 대답했다.

"담우천이오. 별 볼일 없는 사냥꾼이자 나무꾼."

"그런 시시한 대답 따위는 벌써 몇 번이나 들었어요."

"하지만 그것 말고는 나에 대해서 설명할 수 있는 게 별로 없소."

마차가 북쪽으로 달려갈수록 바람은 차가워졌고 맹렬하게 덤벼들었다. 마치 칼날을 세운 듯한 삭풍이 마부석에 앉아 있는 두 사람의 얼굴을 매섭게 때리고 있었다. 냉씨 부인은 피풍의로 얼굴을 가리며 말했다.

"왜 그것 말고 없겠어요? 단지 당신이 자신을 숨기려 하니까 말할 게 없는 거죠."

회오리바람이 흙먼지를 동반한 채 휘몰아쳐 왔다. 담우천은 눈을 가늘게 뜨며 말했다.

"나는 숨길 게 없소."

"그렇다면 왜 당신 과거에 대한 이야기를 하지 않는 거죠?"

"중요하지 않기 때문에."

담우천은 담담한 어조로 말했다.

"이미 흘러간 과거를 이야기해 봤자 무슨 소용이 있겠소? 내가 일곱 살 때 어떠했고 열두 살 때 무슨 생각을 했는지, 그리고 스무 살 때 어떤 여자를 사귀고 있었는지 하는 것들을 알아서 어디에 쓸 생각이오?"

"아니, 내가 알고 싶은 건 그런 게 아니라……."

"마찬가지요. 이미 내게서 지나가고 내가 잊어버린 것들이오. 이제는 나와 아무런 상관이 없는 것들이오. 내가 스무 살 때 사귄 여자를 기억하지 못하듯이, 또 그녀가 지금의 나와는 아무 상관이 없는 것처럼 말이오."

냉씨 부인은 저도 모르게 고개를 끄덕이고 있는 자신을 발견하고는 깜짝 놀랐다.

'이 남자, 생각보다 사람을 설득하는 데 재능이 있구나.'

그녀는 잠시 생각하다가 입을 열었다.

"그렇다면 다시 묻죠. 나는 당신이 죽어가던 혁 오라버니와 나눴던 대화를 기억하고 있어요. 백삼 소맷자락에 매화 문양을 수놓은 자들이라고 말했던가요? 그들은 누구죠?"

담우천은 살짝 망설이다가 대답했다.

"나도 모르오."

냉씨 부인은 그럴 줄 알았다는 듯이 곧바로 질문했다.

"그렇다면 왜 그들을 찾으려는 건가요?"

담우천은 입을 다물었다.

마차는 황량한 벌판 끝자락을 달리고 있었다. 저 멀리 희미하고도 거대한 그림자가 마치 신기루처럼, 혹은 음침하고 어두운 벽처럼 우뚝 서 있는 모습이 희미하게나마 담우천의 시야에 들어왔다.

이제 더 이상 이곳은 유주가 아니었다. 요서와 요동, 그리고 북해를 가로지르는 거대한 산맥, 대흥안령(大興安嶺)이 드디어 모습을 드러낸 것이다.

"내가 그들을 찾는 이유는……."

담우천은 그 대홍안령을 바라보며 천천히 입을 열었다.

"그들이 내 아내를 납치했기 때문이오."

第八章
천둥벌거숭이 새엄마

원래 무림인들은 기본적으로 육체를 단련하고 체력을 증진시키기 때문에 일반 사람들보다 추위를 타지 않는 법이다. 또 내공이 있는 고수라면 더더욱 그렇다. 내공을 일으켜 추위를 물리치고 몸을 보호할 수 있기 때문이다.

하지만 초절정의 고수가 아니라면 그 내공을 일으켜 몸을 따뜻하게 데우는 것도 한계가 있다. 내공이라는 게 샘솟듯 끊이지 않고 솟아나오는 게 아니기 때문이다.

1. 사간포

끝이 보이지 않는 황야와 대평원 산과 골짜기, 거친 물결이 굽이치며 흐르는 강들이 얽히고설킨 거대한 땅. 그곳이 요서와 요동, 그리고 북해였다.

대체적으로 북해는 대흥안령산맥 북쪽 지역을 의미했고 요동은 대흥안령의 남쪽, 흑룡강이 시작되는 곳에서 장백산까지의 넓은 땅을 가리켰다. 그리고 유주의 동쪽 요동의 서쪽에 자리 잡은 지역을 요서라 칭했다.

담우천의 마차가 통요(通遼)를 지나고 장령(長嶺)을 넘어 사간포(盍干泡)의 넓은 전경 앞에 이른 것은 유주를 떠난 지 꼭 열흘이 되던 날의 일이었다.

시월 말이었지만 이곳은 이미 겨울이 시작되었는지 곳곳에 눈이 내린 흔적이 남아 있었다. 끝이 보이지 않을 정도로 넓은 호수인 사간포의 주변에도 새하얀 눈이 덮여 있었다.

담우천은 말들의 휴식을 위해, 그리고 마실 물을 구하기 위해 사간포에서 잠시 쉬어가기로 하고 마차를 멈췄다. 마차가 서자 기다렸다는 듯이 문이 열리며 호지민이 뛰어 내려왔다.

"대단하네!"

그녀의 입김이 새하얗게 묻어 나왔다. 이곳 길림의 서북쪽 지역은 이미 한겨울 날씨였다.

"태호(太湖)만큼 거대하면서도 그보다 훨씬 아름다운 호수네요."

그녀는 눈앞에 펼쳐진 광대한 호수를 보며 감탄했다.

태호는 산동성에 있는 호수였다. 동정호와 더불어 대륙의 양대호수라고까지 불릴 정도로 유명하고, 그만큼 크고 넓으며 또 아름답기까지 한 호수였다.

호지민은 산동성의 패자로 군림하고 있는 천궁팔부의 소공주이니만큼 태호에 대한 자부심이 상당히 컸다. 그런 그녀가 보기에도 사간포라는 호수는 확실히 아름다운 절경을 지니고 있었다.

겨울 햇살이 수면에 부딪치며 새하얗게 빛나고 있었다. 호숫가에는 어느새 얼음이 얼어서 유리처럼 투명하게 반짝였다. 그리고 며칠 전에 내린 눈이 호수 주변 곳곳을 하얀색으로 물들였다.

"이 호수를 몽고 사람들은 사간포라고 부르지. 흰색의 성결한 호수라는 뜻이야."

뒤따라 내린 조흔이 호지민의 곁에 서며 말했다. 호지민은 은백색으로 빛나는 호수에서 눈을 떼지 못한 채 바라보다가 문득 몸을 부르르 떨며 중얼거렸다.

"그나저나 정말 춥네요, 여기는. 이제 북해인가요?"

사간포의 겨울은 시월 말부터 삼월 초까지 무려 오 개월 동안이나 지속되었다. 그 시기에는 한밤중에 밖에서 오줌을 누면 오줌발이 그대로 고드름이 될 정도로 매서운 추위가 이어진다고 했다.

조흔은 고개를 돌렸다. 호수 가까이 다가가 얼음을 깨고서 물을 뜨는 담우천이 보였다. 그는 담우천을 응시하며 말했다.

"북해와 요동, 요서는 정확한 경계로 구획되지 않아. 아무래도 조정의 권력이 예까지 미치지는 않으니까. 그러니 이곳을 북해라 불러도, 아니면 저기 희미하게 보이는 대흥안력 이북을 북해라 칭해도 상관없지. 어쨌든, 이곳은 몽고와 여진의 땅이라고 할 수 있으니까."

다행인지 모르겠지만 이곳까지 오는 동안 그들은 단 한 번도 이민족의 무리와 마주치지 않았다. 그게 아쉬웠을까, 호지민이 씩씩하게 말했다.

"한 번쯤 여진족들과 만났으면 했는데. 역사책에 나오는 것처럼 정말 그렇게 잔인무도하고 포악한 족속인지 확인하고 싶거든요."

누군가 피식 웃음을 흘렸다. 호지민이 노려보았다. 냉씨 부인이었다. 그녀는 양털로 만든 외투로 든든하게 몸을 감싼 채 비아냥거리듯 말했다.

"그들을 만나지 못한 걸 행운으로 여기라구. 만약 그들을 만났다면 차라리 내 손에 죽는 게 행복하다고 생각했을 테니까."

뭔가 쏘아붙이고 싶었지만 그보다 호기심이 앞섰다. 호지민은 솟구치는 화를 억누르며 물었다.

"그렇게 잔인하나요?"

"글쎄. 질문의 의미를 잘 모르겠는데."

냉씨 부인은 조흔의 곁으로 살금살금 다가서며 말했다.

"하지만 포로로 잡힌 자가 계집이라면 말이지, 먼저 수백 명의 사내가 돌아가면서 몸을 유린할 거야. 잔인한 건가, 그건?"

추위 때문일까. 호지민의 안색이 창백해졌다.

"그 다음에 팔다리를 잘라서 구워먹지. 제대로 치료하면 그 상태로도 계집은 살아 있으니까. 그렇게 먹고 난 다음에 다시 윤간하고… 그게 질리게 되면 머리를 잘라 창끝에 매달고 남은 몸뚱이는 구워 먹거나 삶아 먹어. 어때, 잔인한 거야?"

호지민의 안색이 파랗게 질릴 때였다.

"거짓말이니까 믿지 마라."

조흔이 담담하게 말했다.

"이민족이라고 해서 우리와 다를 거라고 단정하지 말아라. 어차피 사람이고, 또 사람인 이상 다 똑같은 법이다. 우리 중에서도 잔인한 사람이 있고 그들 중에서도 선한 사람이 있으니까."

호지민은 조흔의 말에 내심 안도의 한숨을 내쉬었다. 그리고는 곧바로 냉씨 부인을 쏘아보며 말했다.

"날 놀리는 게 재밌어요?"

조흔의 뒤쪽으로 다가선 냉씨 부인은 미소를 머금은 채 말했다.

"재미있지. 재미없으면 괜히 입 아프게 그런 농담을 할리가 없겠지."

"흥!"

호지민이 코웃음을 치며 고개를 돌리는 순간, 냉씨 부인의 눈빛이 예리하게 빛났다. 양털 외투에 감춰져 있던 두 손이 빠르게 움직였다. 그녀의 두 손에는 어느새 날카로운 비수가 들려 있었고, 그 비수들은 정확하게 조흔의 목덜미를 찔러갔다.

그때였다.

"큰 놈이 잡혔네!"

담우천의 소리와 함께 커다란 무언가가 그녀를 향해 날아들었다. 그것을 피하느라 조흔이 살짝 몸을 비틀었다. 그 바람에 냉씨 부인의 비수는 애꿎은 허공을 그었다. 그녀는 당황해하며 얼른 비수를 땅에 버리고는 그 커다란 무언가를 받았다.

커다란 물고기였다. 놀랍게도 머리가 몸통 전체의 삼분지 이 이상이나 되는, 그래서 머리와 꼬리밖에 없는 것처럼 희한하게 생긴 놈이었다. 무게는 대략 팔십 근이 넘는 듯, 그 물고기를 받아 든 냉씨 부인은 무게를 감당하지 못하고 휘청거리며 몇 걸음 물러나야만 했다.

호지민이 그 물고기의 기묘한 형상을 보고는 놀라 눈이 휘둥그레졌다.

"이렇게 머리가 큰 생선이 있어요?"

"대두어(大頭漁)로군."

조흔이 뒤를 돌아보며 말했다.

"원래 이름은 반두어(胖頭漁)야. 하지만 머리가 몸통보다 커서 대두어라고 더 많이 불리지."

"와, 정말 머리가 커요. 먹을 만할까 모르겠어요."

"의외로 맛있다."

담우천이 물통을 들고 그들에게 다가오며 말했다.

"안 그래도 말린 육포에 질리던 참이었는데 잘됐군. 이거 한 마리면 다들 배불리 먹을 수 있을 테니까."

사람들을 향해 걸어오던 그는 발이 미끄러졌는지 비틀거리다가 그만 물통을 엎었다. 물통이 바닥에 나동그라지면서 기껏 호수에서 떠온 물이 사방으로 튀었다. 호지민이 깜짝 놀라 뒤로 몸을 피했다.

담우천은 '쳇, 물을 다시 길어와야겠는걸' 하고 중얼거리면서 물통을 집어 들었다. 그 와중에 담우천이 바닥에 떨어져 있던 비수 두 자루를 주운 걸 알아차린 사람은 냉씨 부인뿐이었다.

"칠칠맞게시리."

호지민은 제 옷에 묻은 물을 털어내며 투덜거렸다. 이미 담우천은 다시 물을 길러 호숫가로 걸어가고 있었다. 조흔은 그 담우천의 뒷모습을 물끄러미 바라보면서 혼잣말처럼 중얼거렸다.

"저 친구 때문에 목숨을 구한 줄 알라."

"뭐라고 하셨어요?"

호지민이 듣지 못했다는 듯이 물었다. 하지만 조흔은 어느새 몸을 돌려 마차로 돌아가고 있었다.

"춥다, 들어가자."

호지민은 뭔가 이상하다는 표정을 지었지만 곧 조흔의 뒤를 따라 마차 안으로 들어갔다. 생각보다 사간포의 겨울바람이 매서웠던 까닭이었다.

그런 호지민과 조흔의 뒷모습을 노려보던 냉씨 부인은 입술을 깨물었다. 그리고는 애꿎은 돌멩이를 걷어차며 신경질을 부렸다. 담우천이 돌아와 손을 내밀었다. 두 자루의 비수가 들려 있었다.

"죽일 수 있었는데."

냉씨 부인은 비수를 건네 받으며 당신 때문이라는 표정을 지었다. 담우천의 표정은 냉랭했다.

담우천은 그녀에게서 대두어를 돌려받은 후 곧바로 손질하기 시작했다. 냉씨 부인은 그의 곁을 맴돌다가 불쑥 입을 열었다.

"내가 당했을 거라고 생각해요?"

담우천은 아무런 말을 하지 않았다.

"조흔, 그 작자가 그러더군요. 당신 때문에 내가 살았다구요."

담우천은 모닥불을 피우고 잘 손질된 대두어를 굽기 시작했다. 소금으로만 양념된 대두어가 향긋한 냄새를 피우며 노릇노릇하게 구워졌다.

냉씨 부인의 눈꼬리가 살짝 올라갔다.

"왜 아무 말도 하지 않아요? 화낼 사람은 난데 왜 당신이 화를 내고 있죠?"

담우천은 허리를 펴며 길게 한숨을 쉬었다. 그리고 천천히 그녀를 돌아보았다. 냉씨 부인은 저도 모르게 찔끔하며 고개를 숙였다. 담우천의 눈빛은 이 사간포를 휩쓰는 겨울바람보다도 더 차가웠다.

"그자의 말이 맞소."

고개 숙인 냉씨 부인의 머리 위로 딱딱하게 굳은 담우천의 목소리가 떨어져 내렸다.

"만약 내가 끼어들지 않았다면 당신은 그의 검에 목숨을 잃었을 것이오."

냉씨 부인은 입술을 깨물었다. 그녀는 분하다는 표정을 지으며 고개를 쳐들고 담우천을 노려보았다.

"그래서, 내 목숨을 구해줘서 고맙다는 말을 하지 않아서, 그래서 화가 난 거예요?"

"아니오. 나는 화가 나지 않았소."

담우천은 남 대하듯 매정한 목소리로 말했다.

"나는 약속을 지키지 않는 자를 경멸하오. 단지 그것뿐이오."

그 말을 끝으로 담우천은 더 이상 그녀와 대화를 나누지 않았다. 몇 차례 냉씨 부인이 말을 붙였지만 담우천은 대두어를 굽는 데 몰두했다. 결국 냉씨 부인은 흥! 하며 마차에 올랐다.

대두어가 다 구워졌으니 먹으러 나오라는 담우천의 말에 조흔과 호지민은 물론 담호도 마차에서 내렸다. 그러나 냉씨 부인은 마차 안에 가만히 앉은 채 담창에게 젖을 물렸다. 열심히 젖을 빠는 담창을 바라보는 그녀의 얼굴은 한없이 가라앉고 있었다.

2. 불청객

마차는 사간포를 지나 더욱 북쪽으로 올라갔다. 대흥안령
의 거대한 산맥이 드디어 웅장한 모습으로 그들의 앞에 다가
섰다. 바람은 더욱 세차게 불기 시작했다.

좁은 협곡과 가파른 비탈을 지날 때면 사람들은 마차에서
내려야만 했다. 앞에서 말고삐를 쥐고 천천히 인도하는 대로
사람들은 뒤에서 마차를 밀며 좁은 비탈에서 벗어나지 않도
록 조심스레 걸어갔다.

대흥안령의 산곡(山谷)을 넘을 무렵 눈이 내리기 시작했다.
시간이 흐를수록 눈발은 점점 거세졌고 바람은 채찍처럼 사
람들의 얼굴을 후려쳤다.

사흘 후, 대흥안령의 험준한 고개를 넘은 마차는 북풍한
설(北風寒雪)이 휘몰아치는 새하얀 평원을 질주하며 북으로
향했다.

담호는 마차 안에 앉아서 저귀가 마련해준 두툼한 털옷과
솜이 가득 들어간 이불을 덮고서도 벌벌 떨었다. 담창은 연신
냉씨 부인의 품으로 파고 들어갔다.

거센 삭풍이 마차의 창을 계속해서 두드리는 소리가 마치
맹수의 울부짖음처럼 느껴졌다. 다들 품에 안을 수 있는 조그
만 화로 하나씩을 가지고 있었지만 그 화로의 온기조차 느껴

지지 않을 정도로 이곳의 추위는 너무나도 심했다.

"정말 춥네요."

호지민은 몸을 부르르 떨면서 중얼거렸다.

원래 무림인들은 기본적으로 육체를 단련하고 체력을 증진시키기 때문에 일반 사람들보다 추위를 타지 않는 법이다. 또 내공이 있는 고수라면 더더욱 그렇다. 내공을 일으켜 추위를 물리치고 몸을 보호할 수 있기 때문이다.

하지만 초절정의 고수가 아니라면 그 내공을 일으켜 몸을 따뜻하게 데우는 것도 한계가 있다. 내공이라는 게 샘솟듯 끊이지 않고 솟아나오는 게 아니기 때문이다.

호지민은 어린 나이임에도 불구하고 상당한 내공을 지닌 고수였다. 천궁팔부의 궁주가 어렸을 적부터 금지옥엽 키우며 온갖 영약을 먹이고 훌륭한 내공심법(內功心法)을 가르쳤기에 가능한 일이었다.

하지만 그런 호지민 역시 초절정의 고수는 아니었다. 내공으로 벽한보체(闢寒保體)를 할 때는 상관이 없었지만 잠시 내공이 다시 쌓이기를 기다릴 동안에는 일반 사람보다 더 큰 추위를 느껴야만 했다.

그것은 삭풍이 휘몰아치는 한겨울 새벽, 따듯한 방안에 있다가 소피를 보기 위해 밖으로 나갔을 때 느끼는 기분과 비슷했다. 반면 밖에만 있던 자는 외려 내성이 생기는 법이었다.

담호와 담창이 그러했다.

그 조그만 아이들은 양털 외투와 양털 이불로 무장한 채 냉씨 부인의 품에 안겨 있었다. 그들은 서로의 체온으로 추위를 녹이며 몸을 보호했다.

호지민이 오들오들 떠는 모습을 본 냉씨 부인이 비아냥거리듯 말했다.

"그렇게 추우면 이리 오지그래. 내 품은 따뜻하니까."

"흥!"

호지민은 코웃음을 쳤다. 그녀는 냉씨 부인과 말을 섞을 가치조자 없다는 듯이 냉랭한 표정을 지은 채 고개를 돌려 창밖을 바라보았다.

창밖은 아무것도 보이지 않았다. 거센 눈보라가 휘몰아치며 연신 창을 두드리고 있었다. 우우우웅! 가슴까지 떨리게 만드는 바람 소리가 마차 전체를 뒤흔들었다.

'밖은 정말 춥겠네.'

호지민은 무심코 그런 생각을 하다가 문득 담우천을 떠올렸다. 그는 삭풍과 눈보라가 맹수의 엄니처럼 불어 닥치는 마부석에 홀로 앉아서 마차를 몰고 있었다. 그 광경을 떠올리자 호지민은 저절로 몸서리가 쳤다.

"이런."

잠을 자듯 눈을 감고 있던 조흔이 한숨처럼 중얼거리는 건 바로 그때였다. 호지민이 그를 돌아보았다. 조흔은 천천히 눈을 뜨며 입을 열었다.

"불청객들이 왔군,"

"불청객이라니요?"

호지민의 질문에 조흔이 대답했다.

"이 땅의 주인들이겠지."

이내 호지민의 눈이 휘둥그레졌다.

"이 땅의 주인들이라면 설마 여진족인가요? 그들이 왜요?"

"허락을 받지 않고 그들의 땅을 지나는 걸 가만 놔두지 않겠다는 거겠지."

"말이 씨가 되는군."

냉씨 부인이 또 다시 비아냥거렸다.

"아주 잘 됐네. 그토록 여진족을 만나고 싶어 하더니 말이야. 소원 성취해서 좋겠어."

호지민은 성난 암고양이처럼 냉씨 부인을 노려보았다. 냉씨 부인이 싱글거리며 웃자 그녀는 다시 흥, 하며 고개를 돌렸다.

사람들은 마차의 속도가 점점 늦춰지는 걸 느낄 수가 있었다. 그리고 얼마 지나지 않아 마차는 눈보라 휘몰아치는 대평원 한가운데 우뚝 멈춰 섰다.

"나가봐야 하지 않아요?"

호지민이 검을 쥐어들며 물었다. 조흔은 남의 이야기를 하듯 말했다.

"도움이 필요하다면 부르겠지."

호지민은 엉덩이를 들썩거렸다. 나가서 여진족을 구경하고 싶다는 마음, 담우천과 여진족이 싸우는 걸 보고 싶다는 호기심이 그녀를 가만 놔두지 않았다. 하지만 그렇다고 무작정 밖으로 나가기에는 확실히 체면이 서지 않았다.

'그래. 그 무뚝뚝한 사내가 도와달라고 할 때까지 기다리자.'

호지민은 그렇게 생각하며 창밖을 기웃거렸다.

이때 담우천은 마부석에 앉은 채 전방을 주시하고 있었다. 눈보라로 인해 한 치 앞도 제대로 보이지 않는 그곳에는 십여 팔의 말과 건장한 사내들이 유령처럼 버티고 서 있었다.

사슴과 다람쥐, 여우가죽 등으로 만든 옷을 입고 활과 창을 든, 강인해 보이는 전사. 그들은 조흔의 추측대로 이 황량한 땅의 주인인 여진의 무리들이었다.

'오십여 명이라. 귀찮게 되었군.'

담우천은 가늘게 눈을 떴다. 전방을 가로막은 자들은 이곳에 나타난 여진족의 일부였다. 좌우, 그리고 마차 후미에 약 사십여 명의 사내가 눈보라 속에 몸을 숨긴 채 진을 치듯 에워싸고 있었다.

폭풍우처럼 바람이 계속 휘몰아치는 가운데 기묘한 대치가 이어졌다. 담우천이 입을 열기를 기다리는 듯 침묵을 지키던 여진족들이 마침내 포기한 듯 먼저 말을 꺼냈다. 담우천이 알아들을 수 없는 기묘한 어투의 말이었다.

"무슨 말인지 하나도 모르겠다. 우리 말을 할 줄 아는 사람이 없느냐?"

담우천이 손을 내저으며 말했다. 여진의 사내들은 동료 중 한 명을 돌아보았다. 조금 뒤쪽에 서서 팔짱을 낀 채 담우천을 바라보고 있던 사내였다.

대략 이십대 초중반의 외양임에도 불구하고 얼굴 곳곳에 크고 작은 상흔이 새겨져 있는 걸로 보아 꽤 많은 전투 경험을 한 듯 보였다.

그가 입을 열었다.

"이곳은 우리 땅이다. 외인(外人)들이 함부로 드나드는 곳이 아니다."

어눌하지만 확실한 한어(漢語)였다. 담우천은 차분한 어조로 말했다.

"우리는 북해빙궁의 손님들이다."

일순 사내의 얼굴이 일그러졌다. 그는 곧바로 창을 높이 쳐들며 소리쳤다.

"워이훈 자파!"

그게 '산 채로 잡아라!' 라는 여진족의 말인지 알 리가 없는 담우천이었지만 분위기로 보아 뭔가 잘못되었다는 건 충분히 짐작할 수 있었다.

'북해빙궁과 적대적 관계에 있는 건가?'

생각할 겨를이 없었다. 사내의 지시가 떨어지자마자 사방에서 여진의 무리들이 모습을 드러냈다. 말이 앞발을 치켜들며 울부짖는 가운데 삼십여 명은 창으로 위협했고, 나머지 이십여 명은 활을 겨눴다.

"우리는 니칸[尼堪]의 족속들이라고 해서 무조건 죽이지는 않는다."

사내가 담우천을 노려보며 말했다.

"하지만 너는 북해빙궁의 친구, 그러니 우리 사할리얀 니루와는 적이다."

'역시.'

북해빙궁과 무슨 사연이 있는 게다.

담우천은 가만히 사내의 말을 들었다.

니칸은 여진족들이 한족을 지칭할 때 사용하는 단어였으며, 니루는 큰 화살이라는 뜻으로 한 집단을 의미했다. 사할리얀은 '검은'이라는 뜻으로, 결국 사할리얀 니루는 '검은부족'이라는 자신들의 집단 이름을 뜻했다.

"순순히 항복한다면 목숨은 살려주마. 하지만 저항한다면나, 니루 어전 사할리얀 무두르의 이름으로 죽음을 선물하겠다."

니루 어전은 '큰 화살의 주인', 즉 우두머리를 뜻했다. 담우천은 그 말의 정확한 뜻을 몰랐지만 말하는 내용으로 미루어 대충 의미를 짐작할 수 있었다.

'이름이 사할리얀 무두르인가 보군. 대충 보니 이 무리의

두목 같은데… 이 녀석만 제압하면 간단하게 수습이 되지 않을까.'

담우천은 그런 생각을 하면서 입을 열었다.

"당신들과 북해빙궁과 무슨 관계인지는 모르겠지만 우리는 그 일에 관여할 생각이 없다."

"하지만 손님이라고 하지 않았나?"

무두르라 자신의 이름을 밝힌 사내는 당연하다는 듯이 말했다.

"손님은 친구이고 곧 동료이다. 그런데 지금에 와서 발뺌하려 들다니, 역시 비굴한 니칸들이다."

여진의 사내들이 껄껄 웃었다. 담우천은 한숨을 내쉬며 말했다.

"한 번 더 말하지만 나는 북해빙궁과 아무런 상관이 없는 사람이다."

"핑계대지 마."

무두르는 피식 웃었다. 그리고 창으로 담우천을 겨냥하며 말했다.

"마지막으로 말하지. 항복이냐 죽음이냐, 다섯을 셀 때까지 선택하라."

말이 떨어지기 무섭게 여진족의 사내들이 합창하듯 수를 세기 시작했다. 창을 빙빙 돌리거나 화살을 활에 먹이면서 수를 세는 것이 꽤 자주 해본 솜씨였다.

"어쩔 수 없나."

담우천이 중얼거리며 허리에 손을 가져갔다. 아무래도 피를 봐야 할 것 같았다.

그때였다.

마차 후미에 서 있던 여진족 사내들 서너 명이 갑자기 낮은 신음을 흘리며 말에서 꼬꾸라졌다. 어디선가 날아온 날카로운 무언가가 그들의 목을 관통한 상태였다.

무두르가 여진의 말로 뭔가 소리쳤다. 사내들이 일제히 말을 돌려 방어의 자세를 취했다. 졸지에 수세에 몰린 여진의 사나이들, 하지만 그들의 눈빛은 여전히 흉맹하게 빛나고 있었다.

3. 기다렸네

"원군이 왔구나."

조흔의 말에 호지민은 답답하다는 듯이 발을 굴렸다.

"원군은 또 뭐예요?"

"아마도 북해빙궁 사람들 같구나."

조흔은 담담하게 말했다. 호지민의 눈이 반짝였다.

"북해빙궁? 그렇다면 이곳이 북해빙궁의 세력권 안인가요?"

"그렇다."

조흔은 고개를 끄덕였다.

"이곳은 여진의 땅이기도 하지만 그보다는 북해빙궁의 앞마당이라고 하는 게 더 맞는 말이겠지."

호지민은 더 이상 앉아 있을 수 없었다. 드디어 북해빙궁 사람들을 만날 수 있는 것이다.

그녀는 자리에서 벌떡 일어나 마차 문을 열었다. 일순, 피융! 하는 소리와 함께 화살 하나가 그녀의 콧잔등을 스치고 지나갔다.

그녀는 깜짝 놀라며 문을 닫았다. 어느새 밖은 화살이 비처럼 쏟아지고 비명과 고함 소리가 난무하는 격전지로 변해 있었다.

눈보라 속에서 여진족 사내들의 배후로 은밀하게 모습을 드러낸 백의인(白衣人)들. 비록 그들의 수는 셋에 불과했지만 표범보다 날래고 호랑이보다 맹렬하게 움직였다.

새하얀 두건까지 달려 있는 그들의 백의는 세찬 눈보라 속에서 뛰어난 보호색이 되고 있었다. 그들은 홀연히 눈보라 속으로 사라졌다가 느닷없이 뒤쪽에서 튀어나왔다.

물론 여진의 전사들 또한 빠르고 날렵했다. 그들은 쉴 새 없이 화살을 쏘고 창을 휘두르며 말을 달렸다. 근접전에서도 원거리에서도 결코 그들은 백의인들에게 뒤지지 않을 정도로 강인한 전투력을 발휘했다.

하지만 시간은 백의인들의 편이었다. 해가 지기 시작하면서 날씨는 점점 더 추워졌고 눈보라는 더욱 거세졌다. 앞이 보이지 않을 정도로 휘몰아치는 눈보라 속에서 백의인들을 찾아내는 일은 결코 쉽지 않았다.

"빌어먹을!"

사할리얀 무두르, 한어로는 흑룡(黑龍)이라는 의미의 이름을 가진 사내는 거칠게 욕설을 퍼부었다.

이 거친 대평원이 여진의 땅이라면 눈보라와 추위는 그들의 것이었다. 이렇게 눈보라가 휘몰아치는 한겨울에는 결코 그들을 당해낼 수가 없었다. 아무리 용맹하고 포기할 줄 모르는 성정의 여진 사나이들이라 하더라도 더 이상 싸움은 무리였다.

"돌아가자!"

무두르는 퇴각 명령을 내렸다. 여진 사나이들은 이를 악문 채 불똥을 튕기는 눈으로 백의인들을 노려보며 천천히 물러났다.

백의인들은 그들을 쫓지 않았다. 그저 그들 중 한 명이 무두르에게 이렇게 말했을 뿐이다.

"그래, 주인을 봤으면 개답게 꼬리를 말고 도망쳐야지."

일순 눈보라 속으로 사라져 가던 무두르가 갑자기 말을 멈춰 세웠다. 동시에 그는 활을 꺼내 들고 방금 말한 자를 향해 시위를 당겼다.

백의인이 어깨를 틀며 피하는 순간, 섬전처럼 날아든 화살이 백의인의 어깻죽지를 훑고 지나갔다. 옷이 갈라지고 살점이 찢어지며 피가 튀었다.

백의인이 상처 부위를 힐끗 살펴본 후 살기등등한 눈초리로 무두르를 노려보았을 때는 이미 늦었다. 무두르를 포함한 여진의 전사들은 눈보라 속으로 자취를 감춘 후였던 것이다.

"젠장."

백의인이 투덜거리며 상처 부위를 지혈할 때 다른 백의인이 말했다.

"놈이 바로 철궁흑룡(鐵弓黑龍)이야. 그 정도 부상이면 다행인 거지."

"호오, 저 애송이가?"

"그래. 나름대로 그들의 무리에서는 영웅으로 추앙받는 녀석이지. 뭐, 어쨌든 자네의 부상에 비해 다섯 명의 여진족 목숨이라면… 큰 손해는 아니군."

백의인은 여진족 전사들의 시체를 확인하며 말하다가 문득 생각났다는 듯이 담우천에게로 시선을 돌렸다. 그 격전이 벌어지는 동안 담우천은 마치 강 건너 불구경이라도 하는 양 가만히 앉아서 지켜보고 있었다.

백의인은 그런 담우천의 담담한 태도가 마음에 들지 않는다는 듯이 가볍게 눈살을 찌푸리고는 입을 열었다.

"듣자니 우리 빙궁의 손님이라고 하신 것 같은데."

담우천은 고개를 끄덕이며 말했다.

"그렇소."

"어느 방면의 손님이신지 말씀해 주실 수 있겠소?"

"천궁팔부의 손님들이오. 아, 선물도 가지고 왔소."

일순 백의인의 태도가 달라졌다. 그는 얼른 두 손을 모으며 가볍게 허리를 굽혔다.

"알고 보니 천궁팔부의 형제이셨구려. 인사가 늦었소이다. 나는 북해빙궁의 마운(馬雲)이라고 하오. 순찰당(巡察堂) 소속이오."

담우천은 머리를 긁적였다. 상대는 뭔가 오해를 하고 있었다. 그렇다고 이쪽 사정에 대해서 상세하게 설명하는 것도 이상했다. 그가 제 이름을 댈까 망설이고 있을 때, 마차의 문이 열리며 조흔과 호지민이 걸어 나왔다.

백의인들의 시선이 그들에게 쏠렸다. 안색이 창백한 조흔은 차분하게 그들 앞으로 다가와 걸음을 멈췄다. 그리고 무림의 법도대로 인사를 나눴다.

"반갑소. 천궁팔부의 조흔이라고 하오."

일순 마운을 비롯한 백의인들의 얼굴에는 놀란 빛이 가득했다. 이 북해 끝자락에 위치한 북해빙궁까지 조흔의 위명이 알려져 있었던 것이다.

"이 아이는 궁주의 장중보옥이오. 북해빙궁의 아름다운 경관을 직접 보고 싶다고 해서 함께 왔소."

백의인들은 또 한 번 놀라야 했다. 그들은 담우천에게 했던 것보다 훨씬 공손하고 정중하게 조흔과 호지민에게 허리를 숙였다. 호지민도 따라서 허리를 숙이며 예를 나눴다.

그때였다.

"이것 놓으라니까!"

앙칼진 목소리가 눈보라를 뚫고 들려왔다.

"자꾸만 그렇게 도망치시다가는 얼어 죽을 수도 있으십니다! 동료들이 있는 곳으로 모시겠습니다!"

누군가 크게 소리치는 소리가 이어졌다.

그들이 다투는 소리가 들려오자 백의인들의 얼굴에는 난감한, 혹은 씁쓸해 보이는 표정이 스며들었다.

"무슨 일이오?"

조흔이 묻자 백의인들은 서로의 눈치를 살피다가 결국 마운이 입을 열었다.

"우리 공주님이십니다."

"응?"

이번에는 조흔의 눈이 휘둥그레졌다.

북해빙궁의 공주라면 이번 혼약의 대상이 아니던가. 그녀가 왜 이 외진 곳에서 저런 앙칼진 목소리로 수하들과 다투고 있는 것일까.

그 의문이 떠올랐다가 사라지기도 전에, 눈보라 속에서 이남일녀(二男一女)의 모습이 조흔의 눈동자에 들어왔다.

열다섯 살 정도 되어 보이는 여자아이는 두 백의인에게 팔을 붙들린 채 마구 날뛰고 있었다. 담비 가죽으로 만든 모자에 새하얀 털가죽 옷을 두툼하게 입고 역시 털가죽 신발과 장갑으로 중무장한 소녀는 별처럼 빛나는 눈동자로 백의인들을 노려보았고 앙증맞게 생긴 입술을 벌려 마구 소리치는 중이었다.

"놓으라니까! 날 이렇게 함부로 대하는 걸 아빠가 알게 된다면 용서하지 않을 거야!"

"이미 허락받았습니다. 가출한 소공주를 찾게 되면 엉덩이를 한 대 때려달라는 엄명과 함께요."

"진짜 아빠가 그렇게 말했어?"

"언제 제가 공주께 거짓말을 한 적이 있습니까? 이번에는 궁주께서 진짜로 화를 내셨다구요. 이번이 벌써 세 번째 가출이지 않습니까? 게다가 우리 궁의 신물(神物)이라고 할 수 있는 빙백성마검(氷白聖魔劍)까지 가지고……."

거기까지 말하던 백의인이 입을 다물었다. 여자아이와 실랑이를 벌이느라 조흔과 호지민의 존재를 뒤늦게 알아차린 것이다.

조흔을 바라보는 그의 안색이 딱딱하게 굳어졌다. 공주가 가출했다는 건 낯선 외인이 들어서는 안 되는 이야기였다. 당연히 조흔을 바라보는 백의인의 눈가에 살기가 스며들었다.

그가 칼을 뽑기 전에 마운이 먼저 입을 열었다.

"이분들은 천궁팔부에서 오신 분들이네."

"하!"

백의인이 얼른 허리에서 손을 뗐다. 그리고는 공손하게 고개를 숙였다. 천궁팔부에서 오신 분들이라는 말에 여자아이도 꽤 놀란 듯, 날뛰는 걸 멈추고 조흔과 호지민을 쳐다보았다.

조흔이 그녀를 향해 허리를 숙이며 말했다.

"처음 뵙겠습니다. 천궁팔부의 조흔이라고 합니다, 소공주."

호지민의 얼굴이 묘하게 일그러졌다.

'이, 이 버르장머리 없는 꼬마가 내 새엄마라고?'

저런 천둥벌거숭이 같은 꼬마 계집이 자신의 새엄마가 될 거라는 생각을 하자, 그녀의 머리에서 뜨거운 김이 피어오르는 것만 같았다. 생각 같아서는 당장에라도 '이 혼약 무효!'라고 크게 외치고 싶었다.

하지만 조흔이 이리 정중한 자세로 인사를 하니 그녀는 참을 수밖에 없었다. 어쨌든 새엄마가 될 사람, 그녀 또한 고개를 숙이며 인사했다.

"천궁팔부의 호지민이 북해빙궁의 소공주를 뵙습니다."

그 천둥벌거숭이 어린 꼬마 계집은 조흔과 호지민의 정중한 인사를 받고는 홍! 하면서 코웃음을 쳤다. 그리고는 또박또박 정이 떨어지는 목소리로 말했다.

"뭐하러들 왔어요? 이번 혼약은 이미 없던 일로 하기로 정해졌는데. 그러니 죄송하지만 다시 돌아가세요."

그래, 듣던 중 반가운 말이다.

호지민은 고개를 쳐들며 계집을 노려보았다. 꼬마 계집은 눈을 동그랗게 떴다. 호지민이 막 입을 열려고 할 때, 조흔이 그녀의 소매를 잡아당겼다. 그리고 그녀 대신 조흔이 먼저 말을 꺼냈다.

"어쨌든 예까지 왔으니 빙룡왕(氷龍王)의 존안이나 뵙고 싶군요."

그렇게까지 말하자 꼬마 계집도 어쩔 수 없었는지 오만하게 얼굴을 돌렸다. 그러다가 문득 마부석에 앉아 있던 담우천과 시선이 마주쳤다.

마침 담우천은 흥미진진한 연극을 구경하듯 팔짱을 낀 채 그 상황을 지켜보고 있었다. 그 담담한 자세가 마음에 들지 않았을까. 꼬마 계집이 눈을 찌푸리며 투덜거리듯 말했다.

"일개 마부 따위가 아직까지 마부석에 앉아서 나를 내려다보고 있다니… 이게 산동의 패자라는 천궁팔부의 예의라는 거였어?"

틀린 말은 아니었다. 원래 마부는 마차에 타고 있는 존귀한 신분의 승객이 내리기 전에 먼저 마부석에서 뛰어내린 다음 문을 열어줘야 했다. 그러고 나서 뒤쪽으로 물러나 허리를 굽힌 채 고개를 들지 않아야 했다. 그게 일반적인 마부들의 움직임이었다.

하지만 담우천은 일반적인 마부가 아니었다. 그는 어린 계집이 하는 말을 귓전으로 흘려들으며 호지민에게 말을 건넸다.

"이제 내 약속은 지킨 것 같은데."

호지민은 깜짝 놀라며 몸을 돌렸다.

'아차, 깜빡하고 있었어!'

저 버릇없는 꼬마 계집에게 정신이 팔리느라 미처 그 생각을 하지 못했던 것이다. 담우천은 북해빙궁까지 조흔과 호지민을 안전하게 데려다준다고 약속했고, 그 약속을 지켰다. 이제 그에게 남은 건 죽은 낭인과의 약속, 즉 조흔을 죽일 차례였다.

"저자를 죽여요!"

호지민이 담우천을 가리키며 벼락처럼 소리쳤다.

일순 백의인들은 무슨 영문인지 몰라 어리둥절한 표정을 지었다.

꼬마 계집도 마찬가지였다. 그녀는 호지민의 느닷없는 추살령(追殺令)에 깜짝 놀라는 한편 호기심 담긴 눈빛으로 호지민과 담우천은 번갈아 바라보았다.

담우천이 천천히 마부석에서 일어났다. 조흔도 몸을 돌려 그와 마주 보았다. 이곳까지 오는 동안 어느 정도 몸이 회복한 듯, 그의 움직임에는 절도와 기개가 넘쳐흐르고 있었다.

담우천이 마차에서 뛰어내렸다. 두 사람이 대치하듯 서로 마주 보고 섰다.

마운을 비롯한 백의인들은 갑자기 벌어진 이 상황에 당황하여 우두커니 서 있었다. 호지민만이 입술을 깨물며 어찌할 바를 몰라 하고 있었다.

"기다렸네."

조흔이 입을 열었다.

"지난번의 패배, 곱절로 갚아주지."

第九章
북해빙궁의 사람들

"믿어도 되오."

잠자코 있던 담우천이 처음으로 입을 열었다. 일순 사람들은 잡아먹을 듯한 눈빛으로 그를 노려보았다. 그러나 담우천은 담담한 어조로 말을 이었다.

"내가 약속하겠소. 안전한 곳에 당도하면 이 꼬마 계집을 풀어 준다고."

소녀가 불쑥 말했다.

"내가 나를 어린 꼬마 계집이라고 한다고 해서 당신까지 꼬마 계집이라고 하면 안 되지. 내 이름은 예예(芮芮)야."

담우천은 저도 모르게 피식 웃고야 말았다. 그는 곧 고개를 끄덕이며 정정했다.

"그래, 안전한 곳에 당도하면 예예를 풀어주겠소. 약속하오."

1. 약속은 지키라고 있는 것이다.

"기다렸네."

조흔이 입을 열었다.

"지난번의 패배, 곱절로 갚아주지."

일순 백의인들의 눈이 화등잔만하게 커졌다.

절정검 조흔의 명성은 북해빙궁 사람들도 익히 알고 있었
다. 조흔은 검에 관한 한 누구나 인정하는 고수였다. 그런 조
흔이 패배를 당했다고, 스스로 말하고 있는 것이다. 그것도
저 평범하게 생긴 마부에게.

"도대체 어떻게 돌아가는 영문이지?"

마운이 동료를 향해 소곤거렸다.

"글쎄. 같은 동료가 아니었나?"

"그렇다면 우리도 이렇게 가만히 지켜보고 있을 수는 없잖은가? 적어도 조흔은 확실히 우리의 손님이고 게다가 호 아가씨도 우리의 도움을 요구하고 있으니까."

"하지만 속사정도 모르고 마구 뛰어들 수는 없잖은가? 자칫 조흔의 자존심을 건드릴 수도 있고."

무인에게 있어서 자존심은 생명과도 같았다. 만약 백의인들이 조흔의 요구 없이 그를 도와준다면, 비록 그로 인해 승리를 거둘 수 있다 하더라도 결국에는 조흔에게 원망을 들을 수밖에 없었다.

백의인들이 낮은 목소리로 대화를 나누는 동안 조흔은 천천히 담우천의 앞으로 나섰다. 담우천은 여전히 무심한 표정으로 그를 바라보았다.

호지민은 백의인들이 서로 수군덕거리며 이야기를 나눌 뿐 좀처럼 움직일 기미를 보이지 않자 초조해진 나머지 발을 동동 굴렀다.

물론 그녀는 조흔을 믿었다. 하지만 그 믿음보다도 담우천이 주는 공포와 두려움이 더 컸다. 그것은 담우천의 능력을 제대로 확인한 적이 없는 데서 오는, 미지에 대한 두려움과 공포였다.

'어쩌지? 내가 도와줘야 하나?'

호지민은 입술을 깨물다가 문득 생각이 나는 게 있어 고개를 돌렸다. 마차 안, 그곳에는 냉씨 부인과 담씨 아이들이 남아 있었다. 그 아이들 중 한 명을 다시 인질로 삼는다면······.

하지만 호지민은 곧바로 고개를 저었다.

'아니, 그럴 수는 없어. 나도 약속을 지킨다고 분명하게 말했잖아? 약속은 지키라고 있는 거라고 배웠다면서.'

그렇게 호기하게 선언한 지 채 보름도 지나지 않았다. 그런데 상황이 불리하다고 해서 그 약속을 어기고 다시 인질로 담우천을 협박하려는 계획이 마음에 내킬 리가 없었다.

'생각해 보면 상황이 불리한 것도 아니거든. 그때는 사형이 기습을 당했던 거고··· 실수를 두 번 다시 저지를 사형도 아니니까. 게다가 여차하면 나도 있고 저 북해빙궁 사람들도 있으니까.'

호지민은 마음을 다독여 보았지만 그녀의 마음 속 깊은 곳에 깔려 있는 공포심과 두려움은 쉽게 가시지 않았다. 평범하게 생긴 작자가 무표정한 얼굴로 담담하게 말했던 그 한마디가 마치 각인처럼 그녀의 뇌리에 새겨져 있었기 때문이었다.

"약속을 어긴다면 너는 물론 네 가족과 친지, 그리고 너를 아는 모든 사람들을 죽여주마."

그 말을 떠올리는 순간 호지민은 저도 모르게 몸을 부르르 떨고 말았다. 하지만 그녀는 곧 세차게 고개를 흔들었다.

'세상에 그럴 능력을 지닌 자는 단 한 명도 없어!'

그녀는 살금살금 뒤로 물러났다. 마침 장내의 모든 사람들은 담우천과 조혼에게 시선이 집중되어 있었다. 그녀가 막 마차의 문을 열려고 할 때 갑자기 문이 활짝 열리는 바람에 하마터면 그녀는 놀란 나머지 비명을 내지를 뻔했다.

"여우같은 계집애."

문을 연 냉씨 부인이 호지민의 의중을 읽었다는 듯이 비아냥거렸다. 호지민의 얼굴이 빨갛게 달아올랐다.

"저리 비켜."

냉씨 부인의 말에 그녀는 저도 모르게 한쪽으로 비켜섰다. 냉씨 부인은 광주리를 들고 담호를 부둥켜안은 채 마차에서 내렸다. 그녀는 곧장 마차 앞쪽으로 걸어갔다.

그 뒷모습을 바라보는 호지민의 눈빛이 표독하게 빛났다. 지금이라면 저 마음에 들지 않는 아줌마를 해치우고 두 명의 아이를 인질로 삼을 수 있을 것이다. 하지만 그녀는 움직일 수가 없었다.

"어머, 꼬마 좀 봐. 귀여워라!"

북해빙궁의 어린 공주이자 장차 호지민의 새엄마가 될 소녀가, 광주리를 덮은 양털 가죽을 젖히고 고개를 내민 담창을 보고는 손뼉을 치며 소리쳤기 때문이었다. 백의인들의 시선이 일제히 담호에게로 쏠렸다. 그 바람에 호지민은 낮췄던 허리를 펴며 엉거주춤 걸음을 옮겨야 했다.

"들어가 있으시오."

담우천이 뒤도 돌아보지 않은 채 말했다.

"아이들이 하도 보채서 나왔어요."

냉씨 부인이 말했다.

"밖이 춥소. 들어가시오."

"그럴 수는 없어요."

냉씨 부인은 고개를 저으며 말했다.

"저자의 심장은 내가 찌를 테니까요."

담우천은 나직하게 한숨을 쉬었다. 그들의 대화를 듣던 조흔의 얼굴에 희미한 미소가 스며들었다.

"호오, 내 심장을 가지고 흥정까지 하셨나?"

조흔은 천천히 검을 빼 들었다.

"좋아, 애들도 추울 테니까 빨리 끝내지. 일합(一合) 승부로 가자구."

담우천은 여전히 무덤덤한 얼굴로 어깨를 축 늘어뜨린 채 서 있었다. 조흔의 눈빛이 살짝 빛났다.

'아직도 검을 빼지 않는 건 그만큼 속도에 자신이 있다는 건가?'

담우천의 검에 찔린 기억이 새로웠다. 당시 조흔은 그 엄청난 검의 속도를 차마 믿을 수가 없어서 환검이 아니냐고 묻기도 했다. 그러나 지금 모습을 보건대 담우천은 쾌검의 달인임에 분명했다.

손을 움직이는 순간 검을 뽑고 동시에 목표를 찌르는 일직선의 움직임. 가장 단순하면서도 가장 강력한 공격이 바로 쾌검의 수법이었다.

조흔은 마음을 차분하게 가라앉혔다. 상대의 쾌검이 압도적으로 빠르다면 이쪽은 둔검(鈍劍)으로 상대하는 게 옳았다. 느리지만 무겁고 단순하지만 그 속의 변화가 천변무쌍한 수법이 바로 둔검이었다.

조흔은 검을 들어 세웠다. 일순, 지켜보고 있던 백의인들이 놀라 소리쳤다.

"신검합일(身劍合一)?"

"일검장신(一劍藏身)!"

믿을 수 없는 일이 일어나고 있었다. 조흔의 얼굴과 가슴, 복부를 일직선으로 가르는 검. 어느 한 순간 그의 전신이 검에 가려지는 듯했다. 아니, 점점 검이 커지면서 조흔의 전신을 뒤덮는 것만 같았다.

놀랍게도, 지금 조흔은 검과 자신이 한 몸이 되고 검에 자신의 몸을 숨기는 경지의 검술을 시전하고 있었다. 내공이 최소한 일 갑자(甲子)가 넘어야 하고 수십 년의 수련이 필요한, 그래서 이른 바 노경(老境), 문경(門境)의 경지에 오른 자만이 펼칠 수 있다는 신검합일!

백의인들은 물론 냉씨 부인이나 북해빙궁의 소공주 또한 놀란 눈으로 그 믿을 수 없는 광경을 지켜보았다. 심지어 호지민도 그러했다. 그녀의 사형이 신검합일의 경지에 올랐다는 건 금시초문이었으니까.

하지만 정작 담우천의 모습에는 변함이 없었다. 굳이 찾자면 조금 전보다 눈을 가늘게 뜨고 있다는 것 정도. 그 상태로 담우천은 조혼의 신검합일을 지켜보다가 불쑥 입을 열었다.

"아쉽군."

넋 놓고 조혼을 지켜보던 사람들이 그제야 정신을 차리고 일제히 그를 바라보았다. 담우천이 계속 말했다.

"비록 이제 첫 걸음이라고는 하지만 그 나이에 신검합일의 경지에 오른 이가 얼마나 될까. 혁형과의 약속만 아니었다면 그대의 성장을 위해서 내 이대로 물러날 수도 있었을 텐데."

담우천은 칭찬으로 한 말이었겠지만 듣는 이는 충분히 모욕감을 느낄 말이었다. 호지민의 얼굴이 붉으락푸르락 변한 것도 그 때문이었다.

하지만 검 뒤에 흐릿한 신형으로 서 있는 조혼의 얼굴에서는 그 어떤 감정도 엿보이지 않았다. 외려 조혼은 담우천의 말로 인해 자신의 심기가 흐트러지지 않도록 더욱 정신을 집중했다. 그제야 비로소 담우천의 눈빛이 살짝 흔들렸다.

'격장지계(激將之計)에도 흔들림이 없다니… 보름여 만에 사람이 달라졌구나.'

보름 전, 처음 만났을 때만 하더라도 조혼은 어디까지나 오만했다. 그렇기 때문에 상대의 겉모습만으로 그 실력을 재단

하고 평가하는 오류를 범했다.

그러나 지금은 달랐다. 이미 담우천을 강자로, 자신보다 강한 고수라고 인정하고 있었기에 그는 지금 한 점 흐트러짐 없는 집중력을 보이고 있었다.

담우천은 고개를 끄덕이며 말했다.

"좋아, 단 일 합으로 끝내지."

담우천이 한 걸음 앞으로 나섰다.

2. 그런 억지가 어디 있어!

우우웅! 거친 바람이 불고 있었다. 눈발이 사방으로 흩날렸다.

꿀꺽. 그 와중에 누군가 마른침을 삼키고 있었다. 긴장감, 초조함, 두려움, 흥분 등의 엇갈리는 감정들이 휘몰아치는 눈보라 사이로 퍼져 나가고 있었다.

조흔은 느릿느릿하게 움직였다. 그는 신검합일의 자세에서 자신이 익힌 최고의 검법을 펼칠 작정이었다.

신검합일은 곧 공수일여(攻守一如), 사람과 검이 하나가 되어서 공격이 수비가 되고 수비가 공격이 되는 경지였다. 그러니 담우천의 쾌검을 막는 데 신경 쓰는 것보다는 그의 목젖을 꿰뚫는 것에 집중하는 게 당연했다.

"가랏!"

일순 조흔이 벼락처럼 외쳤다. 그의 기합과 더불어 검은 태산의 무게를 실은 채 담우천의 목을 향해 일직선으로 뻗어갔다.

동시에 놀라운 일이 벌어지고 있었다. 그 극강한 파괴력과 압력을 견뎌내지 못한 눈보라가 회오리를 일으키며 검 주위를 휘감기 시작한 것이다.

검 한 자루에 자신의 모든 내력을 실어서 뻗은 일격, 그 무엇으로도 막을 수 없고 그 어떠한 것이라도 박살 낼 위력을 지닌 중검(重劒)! 이른 바 태산압렬(泰山壓裂)이라는 내가중수법(內家重手法)을 검초로 바꾸어서 만든, 조흔만의 비전절기가 바로 그것이었다.

조흔은 자신의 중검이 주변 공기의 흐름을 산산조각 내면서 앞으로 뻗어 나가는 걸 지켜보았다. 그리고 담우천이 그 무형의 압력에 의해 전혀 움직이지 못한다는 사실을 깨달았다.

문득 그의 입가에 희미한 미소가 떠올랐다.

'이겼다!'

막 그의 중검이 담우천의 목덜미에 닿는 순간, 조흔은 그렇게 회심의 일갈을 외치려고 했다.

하지만 그의 벌린 입에서는 소리가 흘린 나오지 않았다. 대신 듣기 싫은 괴음과 더불어 간질 걸린 사람의 게거품처럼 부글부글 피가 끓어올랐다.

그는 저도 모르게 목을 만졌다. 어느새 그의 목에는 손가락 하나가 들어갈 만한 구멍이 뚫려 있었고 그곳에서 피가 꾸역 꾸역 밀려 나왔다.

'언제?'

당한 걸까.

조혼은 담우천을 바라보았다. 담우천은 여전히 그 자세 그 대로 서 있었다. 조혼이 검을 날리는 그 순간부터 지금까지 전혀 움직인 기색이 없었다. 그렇다면 지금 이 상황은 무엇이 란 말인가.

'어떻게 된 거지?'

조혼은 보름 전에도 그러했듯이 지금 이 상황을 이해할 수 가 없었다.

비록 갓 걸음마를 뗀 거라 하더라도 어쨌든 신검합일의 경 지에 오른 상태였다. 거기에 쾌검을 잡을 수 있는 극강의 중 검술을 펼쳤다. 그런데도 담우천의 그 어떤 움직임조차 잡아 낼 수가 없었다.

역시…….

"내 생각대로……."

조혼은 부글부글 끓어오르는 피거품을 게워내며 애써 입 을 열었다. 하지만 그뿐이었다. 정작 하고 싶었던 말을 꺼내 지도 못한 채 그는 앞으로 천천히 꼬꾸라지기 시작했다.

"죽어!"

기다렸다는 듯이 냉씨 부인이 담호와 담창을 팽개치고 달려와 그의 가슴에 비수를 꽂았다. 바구니 밖으로 던져진 담창의 우는 소리가 눈보라 사이를 뚫고 사방으로 흩어졌다.

"안 돼!"

호지민이 벼락처럼 소리치며 날아들어 냉씨 부인의 등을 향해 일검을 날렸다. 털가죽 외투가 반으로 갈라지고 냉씨 부인의 등에서 피가 일직선으로 쏟아졌다.

"아하하하!"

하지만 냉씨 부인은 고통도 느끼지 못하는 듯 연신 비수를 들어 조혼의 심장을 몇 번이고 내려찍으며 소리쳤다.

"내 남편의 복수야! 죽어라, 죽어라!"

호지민의 눈에서 불똥이 튀었다. 그녀는 일도양단의 기세로 검을 휘둘렀다. 냉씨 부인의 목이 싹둑 잘려 나갔다. 호지민은 발로 그녀를 걷어찬 후 조혼을 끌어안았다.

"사형! 사형!"

조혼이 힘겹게 눈을 뜨며 입을 달싹거렸다. 호지민이 반색하며 그를 흔들었다.

"그래요! 힘내세요, 사형!"

그러나 조혼이 정신을 차린 건 불과 한 호흡도 되지 않았다. 이내 그의 눈이 감겼으며 목이 힘없이 뒤로 젖혀졌다.

죽은 것이다.

산동의 절대검객, 절정검 조혼이 이 북쪽 끝 동토(凍土)의

대지 한 구석진 자락에서 숨을 거둔 것이다. 별호도 이름도 전혀 세상에 알려져 있지 않은 무명의 낭인에게 목숨을 잃은 게다. 그것도 단 일 합의 승부로.

"이 개자식!"

호지민은 눈물을 쏟아내며 악을 썼다. 담우천은 물끄러미 그녀와 조흔을 지켜보다가 천천히 몸을 돌렸다. 그는 냉씨 부인이 던지고 간 담창을 품에 안았다. 그리고 담호에게 손을 내밀었다.

담호는 울먹거리다가 힘들게 물었다.

"아줌마를 구해주실 수 있었잖아요?"

"아니."

담우천은 잠시 생각하다가 대답했다.

"아줌마는 구해주지 않기를 바랐을 거야."

담호는 이해가 가지 않는다는 표정을 지었다. 담우천은 소년의 머리를 쓰다듬으며 말했다.

"네가 좀 더 크면 알게 될 게다. 어쨌든, 이제 가야지. 내가 약속했던 모든 게 마무리되었으니까."

"웃기지 마! 끝나기는 뭐가 다 끝나!"

호지민이 소리치며 벌떡 일어났다. 그녀는 검끝으로 담우천의 등을 겨누며 말했다.

"이대로 네놈을 돌려보낸다면 내가 사람이 아니지. 천궁팔부의 명예를 걸고서라도 반드시 네놈에게 복수할 것이다!"

천궁팔부라는 단어 때문이었을까. 백의인들은 그제야 퍼뜩 정신을 차렸다. 그리고 지금 무슨 일이 벌어졌는지 떠올린 그들의 안색이 창백해졌다.

북해빙궁의 영토 안에서, 북해빙궁을 찾아온 손님이 죽은 것이다. 그것도 평범한 손님이 아닌, 소궁주의 혼인 예물을 가지고 온 천궁팔부의 사신(使臣)이 죽은 것이다. 그것도 북해빙궁의 사람들이 두 눈 멀쩡히 뜨고 지켜보고 있는 가운데.

세상 사람들이 이 일을 알게 되면, 아니, 거기까지 생각할 겨를도 없었다. 천궁팔부의 주인이 알게 된다면 혼인이 물 건너가는 건 당연했고 어쩌면 전쟁이 벌어질 수도 있었다.

마운을 비롯한 백의인들은 서로 눈짓으로 의견을 교환했다.

─지금이라도 늦지 않았어. 호 아가씨를 도와 놈을 죽이면 돼!

─하지만 우리만으로 가능할까? 상대는 절정검 조흔을 단일검에 죽였다구. 게다가 우리는 그가 어떻게 검을 사용하는지조차 보지 못했어.

─그렇다고 도망칠 건가? 우리는 북해빙궁 사람이라고. 그리고 이곳은 우리의 영토! 이곳에서 우리의 뜻과 의지에 반해서 일어난 살인을 용납한다면 미개한 여진족속들조차 우리를 비웃을 거야.

마운과 백의인들은 고개를 끄덕였다. 그들의 눈에서 결연한 의지의 빛이 반짝였다.

문득 마운이 길게 휘파람을 불었다. 그 날카롭고 뾰족한 휘파람 소리는 눈보라 속을 뚫고 바람에 실려 멀리까지 퍼져 나갔다. 구원을 요청하는 긴급신호였다. 최소한 일각 안에 동료들이 달려올 것이다.

그동안 다른 백의인들은 몸을 날려 담우천의 주위를 에워싸듯 포위했다. 담호가 저도 모르게 담우천의 소매를 꽉 쥐었다. 담우천은 가늘게 눈을 뜨며 말했다.

"귀하들과는 상관없는 일일 텐데."

"상관이 있지."

휘파람 불기를 마친 마운이 호지민 곁으로 걸어오며 말했다.

"조 대협은 우리의 손님, 우리의 영토 안에서 우리가 보는 자리에서 그 손님을 살해했으니까."

"일대일의 정당한 비무였는데도?"

담우천이 차분하게 묻자 일순 마운은 대답할 말을 찾지 못했다.

일대일의 정당한 비무.

그건 마운도 인정할 수밖에 없었다. 분명 조흔이 먼저 비무를 신청했고 저 평범하게 생긴 사내는 그 신청에 응하여 싸웠을 뿐이니까. 그런 정당한 비무까지 복수니 원한이니 운운하며 죽기 살기로 싸운다면, 강호무림에 피바람이 잘 날이 며칠

이나 될까.

　그렇다고 순순히 물러날 수 있는 일도 아니었다. 무엇보다 천궁팔부의 소궁주 호지민이 지켜보고 있었다. 마운은 서릿 발 같은 기색으로 말했다.

　"정당한 비무라고 변명해 봤자 소용없다. 그대가 우리의 영토 안에서 우리의 귀중한 손님을 죽인 것은 틀림없는 사실 이니까."

　'그런 억지가 어디 있어요!'

　듣고 있던 담호가 소리치며 항변하려 했다. 하지만 다른 사 람이 그보다 빠르게 외쳤다.

　"그런 억지가 어디 있어!"

　마운은 당황해했다. 방금 소리친 사람이 북해빙궁의 소궁 주라는 어린 소녀였기 때문이었다. 백의인들이 모두 담우천 을 포위하느라 자유가 된 그녀는 가죽 장갑을 낀 손을 불끈 쥔 채 소리쳤다.

　"사나이 대 사나이로 싸웠어! 그래서 한 명은 죽고 한 명은 살았다구. 그 정정당당하고 무인다운 결과에 승복하지 못하 고 복수 운운한다면, 죽은 자만이 불쌍하게 될 뿐이야. 자신 의 모든 것을 걸고 정면으로 승부했던 자를 모욕하는 일이라 구!"

　담우천의 눈빛이 가볍게 일렁거렸다. 그는 의외라는 듯이 어린 소녀를 바라보았다.

반면 마운은 입술을 깨물었다.

왜 그가 그러한 사실을 모르겠는가. 그 또한 무인이지 않은가 말이다.

"웃기지 마!"

호지민이 악을 바락바락 썼다.

"비무가 정당하다면 복수도 정당한 거야! 죽은 자를 위해 복수하는 게 뭐가 잘못된 건데? 내 사형이 죽었어! 천궁팔부의 여덟 부주 중 한 분이 죽은 거야! 그런데 정당한 비무였다고 손을 놓고 그를 보내줘야 한다? 웃기지 마!"

그녀는 눈물을 흘리며 소리쳤다.

"만약 강호의 도의가 그런 거라면 그야말로 강호무림은 평화 그 자체였을 거야. 하지만 그렇지 않잖아? 누군가 죽으면, 그게 아무리 정당하더라도 혹은 죽은 자가 아무리 비열하고 잔악한 자라 하더라도 또 다른 누군가가 복수를 시작하잖아? 복수는 그런 거라구! 내 가족이, 내 동료가 죽었는데 인의니 정당이니 사나이의 승부니 하는 게 무슨 헛소리들이냐구!"

백의인들의 얼굴에 갈등의 빛이 어렸다.

호지민의 이야기 또한 틀리지 않았다. 아무리 정당한 비무라 하더라도 죽은 자의 후예는 복수할 권리가 있는 법이다. 정정당당한 비무 끝에 죽은 아버지의 복수를 꿈꾸는 소년에게, 그 누구도 손가락질을 하지 않는 게 이 세상인 것이다.

"좋아! 다들 망설인다면 나 혼자 복수하겠어! 그 누구도 끼어들지 말라구! 이건 사형의 죽음에 대한, 나 호지민의 복수이니까!"

호지민은 소리치며 곧장 담우천에게 덤벼들었다. 일순 백의인들이 사색이 되었다. 호지민만큼은 절대 죽어서는 안 되기 때문이었다. 특히 지금 이곳에서 이 상황에서는.

결국 백의인들은 어쩔 도리 없이 그녀와 함께 몸을 날려 담우천을 공격했다. 마운이 황급히 호지민의 앞을 가로막으며 말했다.

"아가씨는 뒤로 물러나십시오. 저자는 우리가 처리하겠습니다."

"싫어요!"

"그러지 마시고."

마운과 호지민이 실랑이를 벌이는 동안 네 명의 백의인은 사방에서 담우천을 협공하고 있었다.

오랜 시간 동안 서로 호흡을 맞추고 수련한 듯 담우천에 대한 그들의 움직임은 절묘하게 이어졌다. 이만한 합격술(合擊術)은 쉽게 찾아볼 수 없을 정도로 공수의 전환이 날렵했으며 전후좌우의 협공이 톱니바퀴 물리듯 원활하게 펼쳐졌다.

그 자유자재로 변환되는 합격술에 당황한 것일까. 담우천은 그들의 공격을 피하기만 할 뿐, 쉽게 반격을 펼치지 못하고 있었다.

물론 그럴 수밖에 없는 상황이기도 했다. 품에는 담창을 안고 한 팔로는 담호를 껴안은 상태였으니 막상 검을 쥘 수조차 없었던 것이다. 그럼에도 불구하고 담우천의 표정은 여전히 담담했다. 그는 빗발처럼 쏟아지는 연환공격을 피해내며 말했다.

"열 헤아릴 시간을 주마."

외려 그는 이렇게 협박하고 있었다.

"그동안 도망가지 않으면 모두 죽여주마."

어이없고 황당하기까지 한 이야기.

그러나 정작 백의인들은 전혀 긴장의 끈을 늦추지 않았다. 그들은 이 평범해 보이는 낭인이 신검합일의 경지를 일검에 박살 내는 광경을 똑똑히 보았다. 그러니 지금 저자가 저렇게 광오한 말을 하는 게 자연스럽게 느껴질 지경이었다.

그래서였다. 백의인들은 담우천이 검을 뽑을 여유를 주지 않고 악착같이 달라붙었다.

"셋, 넷……."

담우천은 어정쩡한 자세로 그들의 공격을 피하면서 숫자를 헤아리고 있었다.

그리하여 그가 마침내 일곱이라는 수를 세었을 때였다. 그리 멀리 떨어지지 않은 곳에서 휘파람 소리가 들려왔다. 백의인들의 얼굴이 급격하게 밝아졌다.

"동료들이 왔구나!"

"순찰당 전원이 왔다! 다들 힘내라!"

그들은 서로에게 힘을 불어 넣고 상대를 압박하기 위해 크게 소리치기 시작했다. 아니나 다를까, 담우천의 눈빛이 살짝 흐려졌다.

'서른 명? 그 이상일 수도…….'

눈보라 속을 뚫고 달려오는 발자국과 말발굽의 수는 결코 적지 않았다. 자칫 늦장을 부리다가 한바탕 살겁을 일으켜야 할 수도 있었다.

'최대한 빨리 이들을 해치우고 자리를 뜨는 게 상책이겠군.'

쓸데없는 피는 보고 싶지 않았다. 피는 질리도록 봤으니까. 하지만 아무 쓸모없는 살겁을 피하기 위해서라도 최소한의 피는 봐야 했다.

우선 이들 네 명.

그렇게 결심하는 순간 담우천의 모습이 백의인들의 시야에서 순식간에 사라졌다. 마법과도 같은 일이 벌어진 것이다.

3. 빙백성마검

일순 담우천의 신형이 매섭게 휘몰아치던 눈보라 속에서 자취를 감췄다. 말 그대로 눈 깜빡하는 사이 그의 모습이 사라진 것이다.

"어어?"

막 공격을 퍼부으려던 백의인들이 놀라고 당황하여 주위를 두리번거렸다. 마운가 옥신각신하던 호지민이 벼락처럼 소리친 건 바로 그 순간의 일이었다.

"위예요!"

눈보라 속으로 사라졌던 담우천이 어느 순간 삼사 장 높이의 공중으로 뛰어올라 곧바로 백의인의 정수리를 향해 수직 낙하하고 있었던 것이다.

그 맹렬한 속도는 실로 한줄기 유성과도 같아서 호지민의 외침을 들은 사람들이 고개를 쳐드는 순간, 이미 담우천의 두 발은 백의인의 정수리를 내려찍고 있었다.

"안 돼!"

비단폭 찢어지듯 날카로운 외침과 함께 한줄기 새하얀 섬광이 담우천의 허리를 노리고 폭사해 왔다. 일순 담우천은 저도 모르게 고개를 돌렸다. 처음으로 그의 얼굴에 당황한 빛이 스며들었다.

허리를 향해 날아드는 백색 섬광은 한 자루의 검이었다. 그 검의 속도 때문에 놀란 건 아니었다. 그 검에서 뿜어져 나오는 한기와 살기가 담우천을 당혹스럽게 만든 것이다.

그것은 심장까지 얼어붙을 정도의 한기, 거미줄에 묶인 벌레처럼 꼼짝하지 못하게 만드는 살기였다. 사람이라면 누구나 지니고 있는 원초적이고 본능적인 공포와 두려움을 떠올리게 만드는 마력의 힘이 그 검에서 흘러나와 담우천을 압박하고 있었다.

'마병(魔兵)이구나!'

담우천은 허공에서 몸을 돌리며 담호를 등에 업고는 손을 뻗어 날아드는 검을 잡았다. 북해빙궁의 신물이라 할 수 있는 빙백성마검은 그의 손아귀에 들어오는 순간이었다.

일순 담우천의 눈빛이 흔들렸다. 내심 손아귀가 찢어지는 것 정도는 각오했는데 그게 아니었다. 빙백성마검의 주인이 지닌 내력이 미약한 덕분에 생각보다 쉽게 손에 넣을 수가 있었다.

어쨌든 그동안 백의인들은 사방으로 흩어지며 담우천의 공격권에서 벗어날 수 있었다. 그렇게 비워진 공간으로 담우천은 표표히 떨어져 내렸다. 그때였다.

"내 검을 내놔!"

북해빙궁의 소공주가 고함을 지르며 몸을 날렸다.

그것은 막 네 명의 백의인이 뒤로 물러나는 순간이었고 마운은 호지민을 막느라 신경을 쓰지 못한 까닭에 북해빙궁의 어린 소녀는 아무런 제지 없이 담우천에게 덤벼들 수가 있었다.

담우천은 어이가 없다는 얼굴로 그녀를 바라보았다. 눈 깜짝할 사이에 지근거리까지 당도한 어린 소녀는 담우천의 얼굴을 향해 주먹을 날렸다. 담우천은 어깨를 살짝 비트는 동작으로 가볍게 피했다.

"안 돼!"

"물러나세요, 아가씨!"

백의인들이 저마다 놀라 소리치는 한편 위험을 무릅쓰고 담우천을 향해 공격을 감행하려 했다. 그러나 그들은 움직일 수가 없었다.

소녀와 담우천이 엇갈리는 순간, 담우천은 순식간에 검자루로 소녀의 마혈을 제압한 것이다.

"움직이면 이 아이는 죽는다."

담우천이 소녀를 돌려세우며 말했다. 백의인들은 쉽사리 움직일 수가 없었다. 새로운 인질이 생기는 순간이었다. 백의인들의 얼굴에 낭패의 기색이 스며들었다.

4. 날 인질로 삼으세요

"날 인질로 삼으세요."

소녀와 담우천이 엇갈리는 순간, 그녀는 빠르고 낮은 목소리로 그렇게 속삭였다. 일순 담우천은 그녀가 무슨 의미로 그런 말을 하는지 알아차릴 수가 있었다.

'영악하군.'

담우천은 저도 모르게 그런 생각을 하면서 소녀의 뜻대로 그녀를 인질로 삼았다. 확실히 북해빙궁의 금지옥엽이라면 충분히 위협적인 인질이 될 수 있었다.

아무리 호지민이 악을 써도 백의인들이 꼼짝하지 못하는 건 당연했다. 참다못한 그녀가 마운을 물리치고 담우천을 향해 덤벼들려고 했지만 때마침 마차 주변으로 몰려든 또 다른 백의인들에 의해 제지당해야만 했다.

아차 하는 순간 마차 주변은 삼사십 명의 백의인으로 가득 메워졌다. 조금 전 휘파람으로 연락을 주고받은 순찰당원들이 드디어 달려온 것이다.

호지민을 막아 세운 중년인이 두 손을 모으며 사과했다. 위엄과 기품이 넘쳐흐르는 콧수염이 매력적인 중년인이었다.

"죄송합니다만 경거망동은 하지 않으셨으면 합니다."

호지민은 눈을 뾰족하게 뜨고 물었다.

"당신은?"

"순찰당의 책임을 맡고 있는 양위(陽威)라고 합니다. 상황이 상황이니만큼 인사는 나중에 하겠습니다, 호 아가씨."

이미 호지민이 누구인지, 그리고 지금 어떤 일이 벌어지고 있는지 모두 알고 있다는 듯이 말한 후, 양위라는 중년인은 천천히 몸을 돌려 담우천을 바라보았다. 이때 담우천은 등에 담호를 업고 품에 담창을 안은 채 북해빙궁의 소궁주의 목덜미를 향해 검을 겨누고 있었다.

양위는 잠시 담우천의 기이한 모습을 바라보다가 소궁주를 보고는 한숨을 쉬며 물었다.

"이게 무슨 짓입니까?"

"미안해, 양 당주."

소궁주는 헤헤, 웃으며 말했다.

"이렇게 하지 않았다면 다들 죽었을 거야."

마운을 비롯한 백의인들의 표정이 변했다. 양위는 다시 한숨을 쉬며 말했다.

"그렇다고 해서 아가씨께서 인질이 되실 필요는 없었습니다. 비록 몇 명이 희생된다 하더라도……."

"아니야."

소궁주는 단호하게 말했다.

"나는 지금 양 당주와 전 순찰당원들의 목숨에 대해서 말하는 거거든."

양위의 표정도 변했다. 그러나 어린 소녀는 진지한 어조로 말을 이었다.

"물론 양 당주가 강한 건 잘 알고 있어. 하지만 이 사람을 막을 수 있을 정도로 강한 건 아냐."

양위는 담우천과 소녀의 얼굴을 번갈아 바라보다가 말했다.

"믿을 수 없습니다."

"아니, 믿어야 해."

소녀는 말했다.

"이 사람을 막으려면 북해빙궁의 모든 사람이 몰려나와야 할 거야. 어쩌면 아버님까지."

양위는 다시 한 번 담우천을 바라보다가 고개를 돌렸다. 마운을 향해 저 말을 믿어야 하느냐는 눈빛을 보냈다. 마운은 잠시 망설이다가 살짝 고개를 끄덕였다. 어쩌면 그럴지도 모른다는 의미였다. 양위의 근엄한 표정이 일그러졌다.

"그런데 이 사람, 무슨 이유인지 모르겠지만 살인을 내켜 하지 않는 것 같아. 그래서야, 내가 인질로 잡힌 건."

소녀의 말에 양위와 마운은 물론, 백의인들에게 둘러싸여 어쩔 줄을 몰라 하고 있던 호지민조차 놀라 입을 다물지 못했다.

소녀는 계속 말했다.

"이 사람이 억지로 살심(殺心)을 일으켜서 우리 빙궁 사람들을 죽이지 않도록, 괜한 살겁이 일어나지 않도록 내가 일부러 인질로 잡힌 거야. 이러면 양쪽 모두 피를 보지 않아도 되겠지."

마운이 다급하게 말했다.

"하지만 소궁주의 안전이……."

"괜찮아."

소녀는 어깨를 으쓱거리며 말했다.

"설마하니 나 같은 어린 꼬마 계집을 해치겠어? 자기가 안전하게 되면 풀어줄 거야, 반드시."

"믿을 수 없습니다!"

"믿어도 돼, 이 사람이 약속만 해준다면."

"일개 낭인 따위가 하는 약속을 누가……."

"믿어도 되오."

잠자코 있던 담우천이 처음으로 입을 열었다. 일순 사람들은 잡아먹을 듯한 눈빛으로 그를 노려보았다. 그러나 담우천은 담담한 어조로 말을 이었다.

"내가 약속하겠소. 안전한 곳에 당도하면 이 꼬마 계집을 풀어준다고."

소녀가 불쑥 말했다.

"내가 나를 어린 꼬마 계집이라고 한다고 해서 당신까지 꼬마 계집이라고 하면 안 되지. 내 이름은 예예(芮芮)야."

담우천은 저도 모르게 피식 웃고야 말았다. 그는 곧 고개를 끄덕이며 정정했다.

"그래, 안전한 곳에 당도하면 예예를 풀어주겠소. 약속하오."

"흥! 누가 그런 약속을……."

"믿으라니까!"

예예가 버럭 소리쳤다. 마운이 찔끔 놀라 입을 다물었다. 예예는 그와 사람들을 바라보며 말했다.

"아까도 말했잖아. 이 사람의 약속, 믿을 만하다고. 왜 이 사람이 여기에 왔는지 알아? 약속 때문이야. 그리고 그 약속한 걸 지키기 위해 조 대협과 싸웠던 거고."

담우천은 그녀의 말을 들으며 내심 상당히 놀랐다. 지금 그녀는 아까 담우천이 담호에게 말했던 한마디를 가지고 모든 상황을 파악하고 있었던 것이다.

"어쨌든, 이제 가야지. 내가 약속했던 모든 게 마무리되었으니까."

'예예라고 했나?'
담우천은 새로운 눈빛으로 자신이 인질로 삼고 있는 조그만 여자아이를 내려다보았다.

第十章
사람의 성격이 변하는 데
얼마나 걸릴까

어떤 이는 평생을 걸쳐 천천히 변할 것이고 또 다른 이는 어느 한 순간 운명처럼 변화하게 될 수도 있을 것이다. 그녀는 후자의 경우라 할 수 있었다.

원래 그녀는 쾌활하고 명랑하며 따뜻한 마음을 가진 소녀였다. 천궁주의 외동딸, 그것도 늦둥이로 태어나 남부러울 것 하나 없이 자랐고, 훌륭한 사부와 좋은 사형, 사매들에게 무공을 배우고 익혔다.

그런 그녀가 변했다. 단 한 순간에, 그녀는 끈질기고 악독하며 원독에 가득 찬 복수의 화신으로 변했다. 더불어 세상 모든 것을 저주하는 악녀가 되었다.

1. 목숨을 잃을 것이오

갈 때와는 달리 올 때의 마차는 단출했다.

조흔과 냉씨 부인이 죽고 호지민이 빠진 대신 예예라는 어린 소녀가 합류했다. 네 필의 말 중 두 필이 죽는 사고도 발생했다. 한 필의 말은 얼음으로 뒤덮인 동토를 달리다가 발목이 부러졌고 다른 한 필은 추위를 견디지 못하고 동사했다.

그렇게 네 명을 태운 채 두 필의 말이 끄는 마차는 십일월 중순 무렵 유주의 유명촌─정확하게 말하면 유랑객잔─으로 되돌아왔다.

이미 유주도 겨울이었다. 길 곳곳에는 눈이 쌓여 있었고 찬 바람이 매섭게 휘몰아쳤다. 마차가 유랑객잔 앞에 당도했을 때, 마침 저귀는 객잔 앞의 눈을 치우고 있던 참이었다.

"엉망이 되었군."

말과 마차를 본 저귀가 내뱉은 말이었다. 담우천이 마부석에서 내렸다. 저귀는 삐쩍 마른 말과 군데군데 얼어붙은 마차를 둘러보며 물었다.

"갔던 일은?"

"대충 해결되었소."

담우천은 마차 문을 열었다. 예예가 한쪽 손에는 광주리를, 다른 한 손으로는 담호의 손을 잡고 내렸다. 지켜보던 저귀의 단추 구멍만 한 눈이 휘둥그레졌다.

그는 담우천을 돌아보며 손가락으로 예예를 가리켰다. 담우천은 그녀에게서 광주리를 건네 받으며 말했다.

"북해빙궁의 아가씨요."

"이런."

저귀는 입을 열었다가 다물었다.

천궁팔부의 아가씨를 데리고 떠났다가 북해빙궁의 아가씨를 모시고 돌아오다니.

무슨 영문인지, 어떤 일이 벌어졌는지 미치도록 궁금했지만 그는 여전히 태평한 얼굴로 말했다.

"꿩국이 맛있게 끓여졌네. 들어가서 몸 좀 녹이고 있게."

"고맙소."

담우천은 세 명의 아이를 데리고 객잔 안으로 들어갔다. 홀로 남게 된 저귀는 우두커니 서서 그 뒷모습을 바라보다가 한숨을 내쉬었다. 그리고는 고개를 설레설레 흔들며 중얼거렸다.

"이런 게 무림이라니까."

저귀의 말대로 꿩국은 뜨거웠고 맛있었다.

예예는 감탄하며 두 사발이나 들이켰다. 담호는 연신 호호불며 담창에게 국물을 떠먹이는 한편 자신도 만두에 국물을 찍어서 게걸스레 먹었다.

담우천은 국수 한 그릇과 꿩국을 비우고는 물끄러미 창밖을 바라보고 있었다. 계산대에서 얼쩡거리던 저귀가 결국 참지 못하겠다는 듯 그에게 다가와 말을 건넸다.

"한 그릇 더 줄까?"

"됐소. 충분하오."

"하지만 아이들이 무척이나 잘 먹는데."

예예가 방긋 웃으며 말했다.

"정말 솜씨가 좋으시네요. 이렇게 맛좋은 꿩국은 북해빙궁에서도 먹어보지 못했어요."

저귀가 눈을 끔뻑거리며 말했다.

"대대로 내려오는 조리법 덕분이오. 어쨌든 고맙수다."

저귀는 다시 담우천을 돌아보며 물었다.

"냉씨 부인은?"

담우천은 창에서 눈을 떼지 않은 채 대답했다.

"죽었소."

"으음."

저귀는 머리를 긁적이다가 다시 물었다.

"물론 원수는 갚았겠고?"

"그렇소."

"불행 중 다행이네. 허 참, 이번 일 때문에 너무 많은 사람들이 죽었네그려. 결국 그때 모였던 사람 중에서 살아남은 건 자네와 아이들뿐인가?"

담우천은 머뭇거리다가 말했다.

"천궁팔부의 아가씨도 살았소."

"호오, 그 이쁘장한?"

예예가 입술을 삐죽였다.

"얼굴 예쁜 게 다가 아니라구요. 그 계집의 악다구니를 들어보셨다면 진저리를 쳤을 거예요."

저귀가 고개를 갸웃거렸다.

"악다구니? 그 아가씨가 원래 그런 성격이었던가?"

담우천이 중얼거리듯 말했다.

"사람의 성격이라는 건 믿을 수 없을 정도로 쉽게 변하니까."

*　　　*　　　*

사람의 성격이 변하는 데 얼마나 걸릴까.

어떤 이는 평생을 걸쳐 천천히 변할 것이고 또 다른 이는 어느 한순간 운명처럼 변화하게 될 수도 있을 것이다. 그녀는 후자의 경우라 할 수 있었다.

원래 그녀는 쾌활하고 명랑하며 따뜻한 마음을 가진 소녀였다. 천궁주의 외동딸, 그것도 늦둥이로 태어나 남부러울 것 하나 없이 자랐고, 훌륭한 사부와 좋은 사형, 사매들에게 무공을 배우고 익혔다.

그런 그녀가 변했다. 단 한 순간에, 그녀는 끈질기고 악독하며 원독에 가득 찬 복수의 화신으로 변했다. 더불어 세상 모든 것을 저주하는 악녀가 되었다.

"다 서로 짜고 저지른 일이구나! 그래, 알았어. 이게 모두 네년 때문이지?"

호지민은 샛노랗게 번들거리는 눈으로 예예를 노려보며 악다구니를 썼다.

"우리 아빠와 혼인하기 싫어서, 파혼하기 위해서 일부러 꾸민 계략이지? 조 사형이 죽은 것도 네년의 흉계였던 거지?"

"말이 심하시오, 아가씨!"

마운이 정색하며 그녀를 꾸짖었다. 호지민은 뒤로 물러서며 소리쳤다.

"말이 심하기는 뭐가 심해? 지금 네놈의 아가씨라는 년이 저 개자식을 살려주려고 애쓰는 거 안 보여? 일부러 인질로 잡혔다잖아?"

마운은 아무런 대꾸도 할 수가 없었다.

사실 예예가 순찰당 사람들을 구하기 위해서 애써 생각한 행동이기는 했지만, 반대로 호지민이 보기에는 담우천을 살리기 위한 계략으로 생각할 수가 있었다.

그렇기 때문에 지금 마운은 예예의 행동이 죽은 조흔과 살아 있는 호지민을 무시하는 행위가 아니라고 반박할 수 없는 것이다.

"만약 우리 조 사형을 죽인 저 개자식을 풀어준다면, 파혼은 물론이거니와 천궁팔부가 네놈들을 가만 놔두지 않을 거야! 전쟁이라구! 저 계집과 네놈들이 다 죽을 때까지 천궁팔부의 이름을 걸고 싸울 거라구!"

양위는 한숨을 내쉬었다. 그는 어쩔 수 없다는 듯 마운을 향해 눈을 찡긋거렸다. 마운은 고개를 살짝 끄덕이고는 호지민에게 다가갔다.

"진정하십시오, 아가씨."

"이것 놔! 놓으란 말이……."

호지민은 마운이 제 어깨를 잡으려 하자 버럭 소리쳤다. 하지만 곧 그녀는 정신을 잃고 앞으로 쓰러졌다. 번개처럼 손을 놀려 수혈을 짚은 마운이 재빨리 그녀를 부축했다.

"이번 일이 끝날 때까지 그대로 주무시는 게 나을 것 같군."

양위는 그렇게 중얼거리면서 담우천을 돌아보았다. 여전히 담우천은 예예를 인질로 삼고 버티는 중이었다.

"들었소?"

양위의 물음에 담우천은 희미하게 미소를 지으며 말했다.

"저리 시끄럽게 떠드는데 듣지 못할 리가 있겠소?"

양위는 난감하다는 표정을 지으며 말했다.

"그녀의 말이 아니더라도 사실 우리의 입장은 매우 난처하오. 어쨌든 당신은 우리를 찾아온 손님을 해치웠으니까 말이오."

"이해하오."

"그럼 순순히 우리 아가씨를 풀어주겠소? 내가 천궁팔부 측에는 이번 비무가 매우 정당했다고 증언하겠소."

"그럴 수는 없소."

담우천은 담담히 말했다.

"이래 봬도 꽤 바쁜 몸이라 더 이상 이런 시시한 일에 시간을 뺏길 수가 없소."

"정말 우리를 난처하게 만드는구려."

"난처할 것도 없소. 여기 인질이 있는 이상, 그대는 내 말에 절대적으로 따라야 하니까."

담우천은 검날을 움직여 예예의 목덜미를 그었다. 가느다란 상흔이 새겨지면서 핏물이 배어 나왔다. 그 느닷없는 행동에 예예는 깜짝 놀라 비명조차 지르지 못했다.

"무슨 짓이오!"

양위은 얼굴이 핼쑥하게 변한 채 소리쳤다.

"아가씨는 당신을 생각해서 일부러 인질이 되었지 않소!"

"상관없소."

담우천은 여전히 담담한 어조로 말했다.

"일부러 잡혔다 하더라도 인질은 인질이니까. 만약 인질의 목숨이 중요하다면 길을 터주시오. 그렇지 않으면 인질의 목이 내 발밑에 뒹구는 모습을 보게 될 것이오."

담우천은 농담이 아니라는 듯 예예의 목에 댄 빙백성마검에 살짝 힘을 가했다.

빙백성마검에서 흘러나오는 살기 때문인가, 아니면 제 목을 베려드는 검날에 대한 공포심 때문일까. 예예의 얼굴이 새하얗게 변했다. 일순 사십여 명의 백의인이 일제히 무기를 꺼내 들었다.

"됐다. 무기를 넣어라."

양위가 손을 들었다. 백의인들은 입술을 깨물며 무기를 도로 집어넣었다. 담우천은 차분하게 말했다.

"내 뒤를 쫓지 않겠다고 약속한다면 엿새 후 사간포 남서쪽 호숫가에 인질을 내려두겠소. 하지만 약속을 저버리고 내 뒤를 쫓는다면… 이 인질은 물론 그대들까지 용서하지 않을 것이오."

양위는 그 황당할 정도로 당당한 이야기에 잠시 말문이 막혔다. 만약 조흔을 죽였다는 보고를 듣지 못했더라면, 저 사내야말로 천하의 허풍선이라고 생각했을 것이다.

"당신이 약속을 지킬 거라고 어떻게 믿소?"

문득 담우천은 차라리 깃발에다가 '아보증약정(我保證約定:나는 약속을 지킨다)' 이라는 글을 써서 들고 다니는 게 나을지도 모르겠다는 생각을 했다.

담우천은 지겹다는 표정을 지으며 검을 던졌다.

"이 검으로 말하겠소."

담우천의 손을 떠난 빙백성마검이 양위에게로 향했다. 깜짝 놀란 양위는 두 손으로 검을 받아 들었다. 담우천이 말했다.

"보아하니 그 검은 북해빙궁의 중요한 물건인 것 같은데 내게는 아무 소용이 없소. 그러니 그 검을 돌려주는 것으로 내가 약속을 반드시 지킨다는 걸 보증하오."

양위는 마른침을 삼켰다.

'대단한 자다.'

빙백성마검이 북해빙궁의 신물인 걸 떠나서 그 자체만으로도 얼마나 대단한 무기인지 담우천이 모를 리가 없었다. 검을 쓰는 자라면 누구나 탐내고 갈구하는 신검이 바로 빙백성마검이었다. 그런 빙백검을 자신에게 소용없다며 돌려주었다.

다시 말해서 그는 지금 예예 또한 자신에게 소용이 없게 되면 반드시 돌려주겠다는 이야기를 하고 있는 것이다, 빙백성마검을 돌려줌으로써.

'이렇게 담대한 자가 과연 세상에 몇이나 될까?'

놀란 눈으로 담우천을 지켜보던 양위는 곧 머리를 굴리며 생각했다.

'무엇보다 중요한 건 아가씨를 무사히 구해야 한다는 점이다. 천궁팔부와의 일은 그 다음에 해결한다. 호 아가씨에게 사과하는 한편 궁주께 보고를 해야겠지. 그러면 궁주께서 직접 천궁팔부로 사신이나 전서구를 보내어 상황을 설명하고 차후 대응에 대해서 논의하겠지. 저자를 잡는 건 그 이후의 일이다, 지금 내가 결정할 일이 아닌 게다.'

한참이나 고민하던 양위는 결국 고개를 끄덕이며 말했다.

"좋소. 엿새 후 사간포 남서쪽이오. 약속을 어기는 자는……."

담우천은 당연하다는 듯이 말했다.

"목숨을 잃을 것이오."

2. 영악한 계집아이

그런데 어이없게도 예예는 이곳 유주의 유랑객잔까지 그

를 따라온 것이다. 그녀 생각만 하면 골치가 아파지는 담우천이었다.

'말괄량이, 잔머리 모사꾼······.'

예예를 수식할 수 있는 단어는 매우 많았다. 그중에서도 영악한 계집아이, 라는 것만큼 적절한 표현이 없었다.

"아직도 화가 나신 거예요?"

예예가 담우천의 눈치를 살피며 물었다. 담우천은 대답 대신 무뚝뚝하게 물었다.

"이제 어디로 갈 거지?"

"음, 북해에서 가장 먼 곳으로요."

예예는 어깨를 으쓱거렸다.

그녀 옆에 앉아 있던 담호는 피곤했던지 탁자에 엎드린 채 잠들었고 담호 또한 광주리 속에 누워서 새근새근 자고 있었다. 계산대에 앉아 있는 저귀는 딴청을 피우며 귀만 쫑긋거렸다.

"이해해 주세요."

예예가 계속해서 말했다.

"몇 번이나 말씀드렸지만 지금 돌아가면 이번에야말로 죽도록 혼날 거라구요. 게다가 천궁의 그 늙은이와는 절대로 혼인하기 싫구요. 생각해 봐요. 나이 예순다섯에 열다섯 살 신부를 맞이한다는 게 말이나 돼요? 그야말로 두꺼비가 천상의 복숭아를 넘보는 격이죠. 안 그래요?"

예예는 고개를 절레절레 흔들더니 삐잇, 하고 입을 내밀며 말을 이었다.

"제 이상형은 말이죠, 잘 생기고 늠름한 체격을 지닌 미공자라구요. 웃을 때는 빙당(氷糖)처럼 달콤하고 비단처럼 부드러워야 하고 한 번 인상을 쓰면 만천하가 벌벌 떠는 기세가… 아, 미안해요. 쓸데없는 이야기를 늘어놓았네요."

예예는 갑자기 정신을 차린 듯 정색하며 말했다.

"이 사태가 진정되기 전까지는 결코 돌아가지 않을 생각이에요. 그래서 담 아저씨께 실례를 무릅쓰고 억지를 부린 겁니다. 용서해 주세요."

깜찍하게 생긴 어린 소녀가 이렇게까지 나오는 데야 더 이상 화를 낼 여력조차 없게 된다. 사내라면 적당히 양보할 수밖에 없는 상황인 셈이다. 예서 더 길어져 봤자 결국 '속 좁은 남자'로 끝나게 되게끔, 그녀가 상황 자체를 만들어 나가는 것이다.

이 얼마나 영악하고 잔머리가 팍팍 돌아가는 꼬마 계집이냐는 말이다.

담우천이 입을 열었다.

"상관없다. 어차피 약속을 깬 건 그들이 먼저였으니까."

"그것도 용서해 주세요. 이십 여리의 거리를 두고 추적하는 것까지 아저씨가 알아차릴 줄 어떻게 생각하겠어요? 설마 아예 추적을 하지 않을 거라고 생각하지는 않았겠죠? 어느 정도 거리를 두고 쫓아와야지 제가 허허벌판에서 얼어 죽지 않을 거 아니겠어요?"

"그래, 그것도 상관없다. 그들이 날 건드리지만 않는다면 이제 나도 더 이상 그들을 신경 쓰지 않으마."

담우천은 질렸다는 얼굴로 말했다.

"그러니까 여기까지다. 너와 나의 인연 또한 말이지. 객잔을 떠나는 즉시 우리는 따로 헤어져서 각자 갈 길로 가면 끝이다."

"물론이에요."

예예가 활짝 웃으며 말했다.

"비록 아호와 아창이 귀엽고 깜찍해서 헤어지기 싫기는 하지만, 아무래도 아저씨와 다니다 보면 이것저것 문젯거리가 많아질 거 같아서요."

그 대부분이 너 때문에 비롯된 문제다.

"이왕 가출한 것이니만큼 여기저기 돌아다니면서 강호무림을 구경하고 싶어요. 음, 말로만 듣던 소림사(少林寺)나 무당파(武當派)도 보고 싶고 또 옛 촉나라였던 사천(四川)에도 가보고 싶어요. 제가 제갈공명을 좋아하거든요."

그래, 제갈공명도 잔머리의 대가였지.

"음, 그럼 아저씨는 어디로 갈 건가요? 설마 정해진 목적지가 없으면서도 그저 저와 같이 다니기 싫어서 일부러 헤어지는 건 아니겠죠?"

"나도 할 일이 있다."

"뭔데요?"

"너는 몰라도 된다."

"에이, 그래도 보름 정도 같이 지낸 사이인데… 이 정도면 사해(四海)가 가족 운운하지 않더라도 꽤 가까운 사이가 아니던가요?"

"주인장."

담우천이 저귀를 불렀다. 손톱을 손질하며 딴청을 부리던 저귀가 고개를 돌렸다.

"나 불렀나?"

"이 아가씨는 오늘 하루 이곳에서 묵어갈 것이오. 꽤 먼 여행을 하는 중이니 필요한 물품들 좀 챙겨주시오. 말 한 필… 아, 말은 탈 수 있나?"

"북해에서 가장 잘 타는 사람이 바로 저였어요. 여진 족속들을 빼면요."

"말 한 필도 구해주시오. 돈은 내가 내겠소."

"아니에요, 돈은 저도 충분해요. 원래 가출하려고 잔뜩 돈을 가지고 나왔으니까요."

예예는 제 배를 툭툭 치며 말했다.

그러고 보니 담우천이 예예와 처음 만났을 때, 그녀는 북해 빙궁에서 가출했다가 순찰당원들에게 잡혀서 끌려오던 참이었다. 이것저것 생각하고 계획해서 가출했을 터이니 나름대로 필요한 경비는 지니고 있을 것이다.

"그럼 잘됐군. 내 돈은 굳었으니까."

담우천이 자리에서 일어났다. 예예가 고개를 들고 쳐다보았다.

"지금 바로 떠나시게요? 애들이 이렇게 곤하게 자는데도요? 불쌍하다구요. 하루 정도 푹 쉬게 해주세요."

여자란, 늙든 어리든 간에 상관없이 어린아이를 좋아하게끔 되어 있나 보다. 저 호지민조차 처음에는 담창이 귀여워 어쩔 줄 몰라 하지 않았던가.

그게 모성애(母性愛)라는 타고난 본능인지는 모르겠지만, 어쨌든 예예 또한 예까지 오는 동안 담호와 담창을 끔찍이도 귀여워해줬다.

하지만 담우천은 냉정한 얼굴이었다.

"불쌍하다라… 네가 그렇게 말하다니, 정말 얼굴이 두껍구나."

예예는 미안한 표정을 지었다.

"하지만 그때는 어쩔 수가 없었고 또 본심이 아니라는 것도 잘 아시잖아요? 사간포에서 제가 아호, 아창을 인질로 삼지 않았다면 결국 그때 마차에서 쫓겨났을 거라구요. 그리고 순찰당 사람들에게 붙잡혀서 빙궁으로 되돌아갔을 거구요."

*   *   *

사간포에 당도했을 때의 일이었다.

담우천이 마차를 세운 후 문을 열었을 때, 마차 안에는 겁에 질린 담호와 영문도 모른 채 깔깔 웃고 있는 담창이 있었다. 그리고 날카로운 비수—어쩌면 냉씨 부인이 남 몰래 마차 좌석 밑에 숨겨둔 것인지도 모르겠지만—로 아이들의 목을 겨누고 있는 예예가 있었다.

담우천은 문을 잡은 채 고개를 숙이고 한숨을 쉬었다.

"너마저 왜 이러느냐?"

"미안해요."

두 아이를 인질로 삼은 예예는 진심으로 미안한 표정을 지으며 말했다.

"어쩔 수 없어요. 이대로 돌아가게 되면… 저는 자살할지도 몰라요."

담우천은 가만히 그녀를 바라보다가 불쑥 물었다.

"애당초 내 인질이 된다고 했을 때부터 이런 생각을 한 거였나?"

예예는 머쓱한 표정을 지으며 고개를 끄덕였다. 담우천은 '정말 영악한 아이구나' 라는 생각을 하면서 중얼거렸다.

"그러니까 싸움을 말리고자 인질이 된 게 아니라 그 상황과 나를 이용해서 가출하려고 했던 거였군."

"죄송해요, 정말 미안해요."

인질을 잡은 흉악범답지 않게 예예는 안절부절못했다. 또한 인질극이라고 하기에는 그 상황도 긴박하거나 위협적이지 못했다.

한 살배기 담창은 '우가우가' 하면서 자꾸만 그녀의 어깨 위로 기어오르려고 했고 담호는 인질답지 않게 평온한 얼굴로 담우천을 바라보고 있었다.

'자기네들끼리 이야기가 된 게지.'

다치게 하지 않겠다, 그러니 겁먹지 마라. 그동안 여기까지 오면서 누나가 어떤 사람인지 잘 알게 되었잖니? 하는 등등의 말로 담호를 안심시킨 게 분명했다. 담호 또한 응, 누나라면 믿을 수 있어. 걱정 마, 누나 생각대로 될 거야, 라는 식으로 대답했을 테고.

담호의, 저 호지민에게 인질로 잡혔을 때와는 전혀 다른 표정이 바로 그러한 사실들을 말해주고 있었다.

담우천은 무표정한 눈빛으로 예예를 바라보았다. 자꾸만 이리저리 움직이는 담호를 달래며 품에 안으려던 예예는 그 눈빛에 결국 고개를 푹 숙이며 말했다.

"아무래도 나는 인질범과 거리가 먼 것 같네요. 그냥 없던 일로……."

"어쩔 도리가 없지."

담우천이 그녀의 말을 중간에 자르고 나섰다. 예예가 고개를 들었다. 담우천은 무심한 눈빛으로 그녀를 바라보며 계속해서 말을 이어 나갔다.

"내 귀여운 두 아들을 인질로 삼았으니 그 협박에 굴복한다고 해서 누가 뭐라 하지 못할 거야. 좋아, 네가 원하는 대로 하지."

예예의 얼굴이 활짝 밝아졌다. 담호도 빙긋 웃었다. 담창은 뭐가 좋은지 깔깔거리며 다시 예예의 어깨 위로 기어 올라갔다.

담우천이 마차의 문을 닫았다.

3. 정보와 단서

"자네도 하루 묵고 가게."

예예의 편을 들듯이 저귀가 말했다.

"음, 그럴 이유라도 있소?"

담우천은 차를 따르는 저귀를 쳐다보며 물었다.

"붉은 용이 내게 부탁한 게 있네. 그게 때마침 내일이면 도착할 걸세."

'붉은 용이라면 혁형?'

담우천은 잠시 생각하다가 입을 열었다.

"나와 상관없는 일이……."

"아니, 자네와 상관있는 일이네."

저귀는 힐끗 예예를 바라보며 말을 이었다.

"그는 내게 매화 문양에 대한 정보를 원했거든."

일순 담우천의 얼굴이 딱딱하게 굳어졌다. 저귀는 잠시 망설이다가 그의 옆자리에 앉으며 낮은 목소리로 소곤거리듯 말했다.

"붉은 용은 일을 끝내고 돌아왔을 때 자네에게 선물을 줄 생각이었네. 그래서 정보료도 자신이 부담하겠다고 했고, 자네 모르게 일을 진척시키라고도 했지. 하지만 세상일이라는 게 사람 뜻대로 되는 게 아니지. 결국 일은 실패로 돌아갔고… 또 그 정보 또한 의외로 알아내는 데 시간이 걸렸네."

담우천은 찻잔을 기울이며 저귀의 말을 묵묵히 들었다. 그 살벌한 인상의 혁자룡에게 그런 알뜰한 구석이 있을 줄 전혀 몰랐다.

저귀의 말은 계속 이어졌다.

"어쨌든 붉은 용이 의뢰했던 그 정보가 내일이면 당도할 거야. 그러니 하루 정도 묵으면서 좀 쉬게나. 자네, 지난 한 달 동안 꽤 무리하지 않았나?"

무리하기는 했다. 북해까지 오가는 동안 그는 단 하루도 쉬지 못했다. 아니, 그 이전부터, 그의 아내가 사라진 날부터 지금까지 그는 두 아이를 챙기면서 제대로 밤잠 한 번 자지 못했으니까.

저귀는 잠깐 망설이다가 담우천의 어깨에 살짝 손을 얹고 두어 번 툭툭 치면서 말을 이었다.

"오늘 같은 날은 뜨거운 물에 몸을 푹 녹인 다음, 푹신한 요와 이불 속에서 잠자는 게 최고라구."

"아아."

맞은편 자리에서 가만히 듣고 있던 예예가 상상으로도 너무나 행복하다는 듯이 신음도 비명도 아닌 소리를 흘렸다. 저귀와 담우천이 그녀를 바라보자 예예는 볼이 빨개진 채로 웃으며 말했다.

"그러고 보니 뜨거운 물로 씻어본 지가 꽤 오래되어서요."

담우천은 저도 모르게 희미한 미소를 지었다. 저귀가 그를 돌아보았다. 그는 어쩔 도리 없다는 듯이 고개를 끄덕였다.

"놈들에 대한 정보를 얻기 위해서라면 하루가 아니라 열흘이라도 뜨거운 물에 몸을 담글 수가 있소."

저귀도 잘 생각했다는 듯이 고개를 끄덕였다.

"그럼 나는 이만 가서……."

그는 자리에서 일어나려다가 다시 주저앉았다. 담우천이 그를 쳐다보았다. 저귀는 콧잔등을 긁적이다가 어쩔 수 없다는 듯이 어깨를 으쓱거리며 입을 열었다.

"궁금해서 견딜 수가 없네."

담우천은 알겠다는 표정을 지으며 말했다.

"개인적인 일이오."

"잘 알고 있네. 그래서 나나 붉은 용이나 처음부터 묻지 않았던 것이고. 하지만 일이 이렇게까지 된 이상에야 나도 조금은 알 권리가 있다고 생각하네."

예예가 턱을 괸 채 두 사람의 대화를 지켜보다가 불쑥 입을 열었다.

"역시 엄마겠죠?"

담우천이 인상을 찌푸리며 물었다.

"담호가 말했나?"

"아뇨. 마차를 타고 오는 동안 그 아이는 아저씨처럼 개인적인 질문에 대해서는 단 한 번도 제대로 대답해 주지 않았어요."

"그런데 어떻게 알았지?"

"그래 봤자 어린아이잖아요."

열다섯 살 예예는 의기양양한 얼굴로 말했다.

"이리저리 돌려서 묻거나 살짝 꼬아서 질문하면 그래도 곧잘 대답해 주거든요. 가령 '엄마는 돌아가셨니?' 라고 물으면 '아뇨. 안 돌아가셨어요' 라고 대답하죠. 또 다른 이야기를 한참 하다가 불쑥 '아빠랑 셋이서 여행하는 건 역시 힘들지? 엄마가 있어야 아창을 제대로 챙겨줄 텐데. 왜 같이 다니지 않아?' 라고 묻게 되면 '그야 엄마가 지금 없으니까요' 라고 대답해 주죠. 그렇게 몇 번 들은 대답을 요리조리 꿰맞춰 보면 지금 이 여행의 목적을 알아내는 건 그리 어렵지 않아요."

"으음."

"으음."

저귀와 담우천이 똑같이 신음을 흘리다가 서로를 돌아보았다. 그들의 눈가에는 똑같은 의미의 눈빛이 담겨 있었다. 그들은 서로 쓴웃음을 흘리며 고개를 돌렸다.

"네 말이 맞다."

담우천은 어쩔 수 없다는 듯 말했다.

"아호, 아창은 지금 납치된 엄마를 찾아 여행하고 있는 중이다."

"아!"

예예가 탄성을 질렀다. 내심 예상하고는 있었지만 이렇게 자신의 추측이 딱 맞아 떨어진 게 꽤 놀라웠던 모양이다. 반면 저귀는 단추 구멍만 한 눈을 끔벅이며 뭔가를 곰곰이 생각하다가 입을 열었다.

"원한 관계인가?"

담우천은 고개를 저었다.

"모르오."

"흐음."

저귀는 목덜미를 긁적거렸다.

궁금한 것 투성이였지만 차마 물어볼 수가 없었다. 세상을 떠도는 낭인, 그들의 개인적인 이야기들을 묻는 건 금기에 가까운 일이었으니까.

하지만 예예는 그렇지 않았다. 그녀는 궁금한 건 참지 못한다는 듯이 고개를 바짝 들이대며 물었다.

"도대체 어떻게 된 사정인데요?"

담우천은 눈살을 찌푸렸다. 그는 '너는 몰라도 되는 일이다'라고 대꾸해 줄 요량으로 입을 열었지만 저귀의 무뚝뚝한 목소리가 더욱 빨랐다.

"나 역시 되도록 많은 단서를 알게 되면 그만큼 빠르고 정확하게 일을 처리할 수가 있네."

유주 최고의 정보통이자 중개인이라고 할 수 있는 저귀의 말이었다.

"나 같이 정보를 사고 파는 사람들을 가리켜 강호에서는 아호(牙戶)라고 부른다지? 뭐, 저 유명한 황계(黃契)나 흑개방(黑丐幫)처럼 전문적으로 정보를 다루는 거대한 조직도 있지만 어쨌든 우리 같이 소규모로 장사하는 사람들일수록 단서들이 많이 필요한 법이거든."

아호는 거간꾼과 비슷한 의미였다. 그들은 사람들 사이에서 중개, 협상을 해서 매매가 이뤄지게 하거나 상담이 성사되게 만들거나 혹은 필요한 구매자와 판매자를 이어주는 일을 하면서 수수료를 챙겼다.

시대에 따라 그들은 거간상, 거간인, 경기인, 경판상, 대판상, 시아, 아상, 탁시 등으로 불렸고 또는 납견적, 고쾌, 상쾌, 아기, 아랑, 아인, 아쾌, 아행, 아호, 포람인 등으로 불리기도 했다.

아호가 일반 거간꾼들과 다른 점이 있다면 그들은 무형의 물질, 가령 소문이나 정보 같은 것까지 중개하고 거래한다는 데에 있었다.

그들은 자신들의 인맥을 통해서 필요한 정보를 얻어내기도 하고 또 건네주기도 하는데, 조금 전 저귀가 말했듯이 보다 많은 단서가 있는 게 원하는 정보를 보다 빠르고 정확하게 얻어낼 수 있었다.

"좋소. 사실대로 다 말하지."

저귀의 말을 듣고 잠시 생각하던 담우천은 고개를 끄덕이며 말했다.

"그러니까… 산 아래에 있는 마을에 다녀오던 길이었소. 그날따라 내 장작더미가 인기가 좋아서……."

『낭인천하』 2권에 계속…

신풍 神氣 기협 風俠

FANTASTIC ORIENTAL HEROES

윤신현 新무협 판타지 소설

「수라검제」,「태양전기」의 작가 윤신현
우직한 남자의 향기와 함께 돌아오다!

사부와 함께 떠났던 고향.
기다리는 친구들 곁으로 돌아온 강진혁은
사부의 유언을 지키기 위해 강호로 나선다.
반드시 돌아오겠다는 약속을 남기고.

"믿어라. 난 결코 허언을 하지 않는다."

무인으로 살 것인가, 무림인으로 살 것인가.
고민을 안고 나아가는 강진혁의 강호행!

신의 바람이 불어와 무림에 닿을 때,
천하는 또 하나의 전설을 보게 되리라!

Book Publishing CHUNGEORAM

유행이 아닌 자유추구
WWW.chungeoram.com